蓉漂记

樊雄 著

四川人民出版社

图书在版编目（CIP）数据

蓉漂记 / 樊雄著. －－ 成都 ：四川人民出版社，2025.1. －－ ISBN 978－7－220－13946－8

Ⅰ. I267.1

中国国家版本馆 CIP 数据核字第 2024B1M240 号

RONGPIAOJI

蓉 漂 记

樊雄 著

责任编辑	王其进
封面设计	晏 灵
版式设计	戴雨虹
责任印制	祝 健
出版发行	四川人民出版社（成都三色路 238 号）
网 址	http://www.scpph.com
E-mail	scrmcbs@sina.com
新浪微博	@四川人民出版社
微信公众号	四川人民出版社
发行部业务电话	（028）86361653 86361656
防盗版举报电话	（028）86361653
照 排	四川胜翔数码印务设计有限公司
印 刷	成都东江印务有限公司
成品尺寸	145mm×210mm
印 张	11.75
字 数	210 千
版 次	2025 年 1 月第 1 版
印 次	2025 年 1 月第 1 次印刷
书 号	ISBN 978－7－220－13946－8
定 价	78.00 元

目 录

下卷　家在成都

序

漂荡与植根的人生变奏

李明泉

一个人的时空挪动往往形成命运的变动。如果一生孤守一地，他的命运必然与周遭环境捆绑在一起，少有大波大澜、大起大落，有如一片树叶悄然无声地飘零沉寂。只有那些不安于现状、不屈从命定，敢于和善于瞭望别处、冲出夔门、闯荡江湖、矻矻终日的人，才可能挣脱原生地的束缚，不向命运低头，不向世俗认输，以自己的勇毅、倔强和才能打开一片新的生存天空，拓出一条新的前行通途，不断改变自己生活处境和人生命运。在中国历史上，无论是族群迁徙“走西口”“闯关东”“湖广填四川”，还是个体出走“打短工”“海外淘金”，其全社会整体性对命运的抗争，都不如二十世纪八九十年代我国市场经济大潮涌动所掀起的“民工潮”“北漂”“海漂”“深漂”“蓉漂”等来得波澜壮阔、惊心动魄，彻底改变了一代又一代身居小城或乡村的有志者的根本命运，汇聚成建设现代化国家的坚实基础和磅礴力量。没有这一群又一群挥汗如雨、艰苦劳作、不懈奋斗的“漂流者”，我们的城市建设和经济社会发展不知会延后多少时间！正是这些外地的城市进入者，甘愿吃苦受累、熬更守夜、四处奔波、任劳任怨，才推动着整个国家奋然前进，整个时代焕然一新。这是我读了樊雄自传体散文《蓉漂记》后的真切感受。

因樊雄（网名烦人）二十多岁就写诗，与我同班同学张建华是诗友，加之他在宣汉师范学校读过书，母亲又是宣汉人，与我同乡，我在80年代末就与他相识。这本《蓉漂记》记录他从达州乡村小学教师奋斗到县城，经过艰难曲折自己把自己调到成都，又在成都艰辛创业的“漂荡”与“扎根”的人生过程，写得情真意切、真实感人，字里行间流淌着辛酸的泪水、委屈的烦闷、无奈的挣扎、不屈的苦斗、成功的欢欣，异常生动地体现出“樊雄式执着”，向读者破解了一个“草根”如何自我浇灌、剪枝除蔓，从而感受时代大变革的勃勃生机和阳光雨露，最终成长为为社会做贡献、为家庭遮风雨、为朋友送清新的特异大树的价值重构和内在密码。

“樊雄式执着”表现在不甘现状的自我闯荡，寻找生存通途。樊雄在本书前言《不幸的幸运——从1980年代走来》中从他于2010年5月18日在纽约城市音乐大厅——金色大厅参加女儿纽约大学毕业典礼写起：“我目光专注，盯住主席台，搜寻女儿的身影。不知过了多久，当广播里终于念出女儿的名字——虽然英语是反起念出来的，但我却听得清清楚楚。我看见一身学位服的女儿，青春靓丽，满脸开心，从校长手中接过学位证书。这一刻，我的眼泪忍不住流下来，内心百感交集。迷糊的双眼刹那间闪出另一幅画面，那是几十年前一个同样年龄段的青年，身背铺盖，手提网兜，正深一脚浅一脚走向大山深处的背影。”樊雄出生于20世纪60年代初期的川东北小城达县大北街11号小院里，其父亲在离城几十公里的盐滩湾建设煤矿当搬运工，拉板板车运送煤炭上船。母亲从宣汉县农村嫁到城里，无固定职业。家里还有婆婆（奶奶）和她的姐姐大婆，两个成分都不太好的无业老太。随着他和两个妹妹相继出生，完全依靠父母打零工、下苦力养家糊口，日子极为艰难，全家几乎没有固定资产，穷到一无所有，这也让他从小就缺乏安全感，内心比同龄儿童多了一份忧心忡忡，自然也让他从小就明白，不可能依赖家庭，“我的家庭不会为我创造任何有利条件”。正是由于社会地位的低微与家庭生活的贫困，樊雄不甘忍受命运的折磨，一定要摆脱穷困的束缚，从15岁开始就逃离原生家庭，无依无靠尽全力，赤手空拳闯天下。

看到女儿在国外读书获学位，比起上一代，他们从该怎么活就怎么活，发展到想怎么活就怎么活。因而，他们是活出来的一代。樊雄清醒地认识到：“与父母辈不同，我一生下来虽然也身份卑微，生活困顿，但在我刚刚长大成人之季，就遇到了改革开放的春天。坚冰打破，潮流涌动，这是一个变革的时代，也是一个行动的时代，我很幸运地顺应和投身时代潮流，寻求自我命运的改变。我生命的主题词因此变成了闯荡和创造——不只是我自己想闯与创，更是时代正在闯与创。我个人的所有努力在时代大潮的惊涛骇浪中是那么微不足道，但新时代的滚滚洪流中毕竟也有我的一朵浪花。时代变了，国家变了，我也变了。可以说，我这一代是闯出来的一代。”《蓉漂记》就是樊雄记录这个变革时代的心灵史和闯荡史的真实写照。

《22岁，我终于成了一名“大”学生》记述了樊雄的求学奋斗和留在成都的曲折经历。在80年代中期，他借调到达州市政府办和文教局办公室跑腿当差，满腔热情地参加了成人高考，虽然他的考分最高，但局里却只同意两名有背景的女生去上电大。郁闷之中，他只好参加成人自考，刚刚考过了一门，有一天突然看见四川教育学院的招生广告。他发奋复习，终于考上了。在求学年龄段，本该多读书打好坚实的学问基础，但一想到毕业后就要回达州，回到让他痛苦不堪的家里，他有一种刻不容缓的冲动，一切为了先留在成都。樊雄说：我那时一门心思写诗，一心只想多发表作品作为调动工作的敲门砖，这种迫在眉睫的功利思维，让我根本无法静心学习。他几乎把所有的精力都投入写诗之中。进校伊始，他的诗作就在学院校刊上发稿。第二个寒假，他还和已分配到新华社的朋友一起，深入大巴山腹地20多天，采写了长篇通讯发表在校刊上，后来还获得了省市新闻奖，他也加入了省作协。

《从小县城到大成都的个人“移民”史》讲述他跑调动的艰辛而柳暗花明的经历。30年多年前的成都城区还在一环路范围之内，外地人想在成都安家落户，必须符合两个条件：一是正式工作单位调动，接受调入的单位要有进人编制；另一个更重要的条件是，调入单位有编制的同时，还得有进城指标才能调人。“进城指标”，一个早已被历史遗忘的词汇，当年却不知卡住了多少人、多少家庭。由于他在入校第一学期寒假回老家结了婚，面临的调动已不再是一个单身汉，还要解决夫妻分居的问题。通过同学的介绍，双流是郊县，不需要进城指标。1987年12月底，他把妻子从达县市工商银行的科长调入双流县计划生育指导站当会计。“工作落差之大，让她相当郁闷。”县城比作为地级市的达州城还小，尤其是县城每周都有几天要赶集，赶集时的县城街道都会变成一个大农贸市场。突然觉得，没有从小地方到大城市，反而从城里到乡场了。

樊雄的妻子调到双流，而他已经从教院毕业，为了保住工作只能先回到达县上班。结婚一年多，他在成都读书，她在达县工作；现在她到双流上班，他又回达县工作。他只能趁假期或周末跑到成都来联系单位。他白天骑着自行车在成都市区四处晃荡找单位，下午6点左右“收工”，骑车赶往20多公里外的双流县城。有天黄昏，骑车刚出城走到红牌楼，砰的一声车胎爆了，推车到修车铺补胎，花掉身上仅有的2元钱。不料车胎又爆了。天已漆黑，簇桥一带已完全是郊野，幸亏碰到一辆卖肥猪回县城的手扶拖拉机。他躺在油腻腻的绳网上，拖拉机慢悠悠地颠簸，望着天上的月亮在乌云中穿行，所有的酸甜苦辣一起涌上心头，神奇的是他居然找不出一丝哀愁，在拖拉机的摇晃中，还踌躇满志地默诵着“天将降大任于是人也，必先苦其心志，劳其筋骨，饿其体肤……”正是凭这股闯劲和执着，他应聘到成都市职工大学，拿到了日思夜想的调动函。拿到了调动函还得按当时的规矩办，总共九道关口，必须签字盖章。如果签字和盖章卡在任何一个环节，调动都会泡汤。那时候，樊雄说：我身上的全部功夫，只有“忍”和“磨”：拼命忍，厚脸磨。顺带学会了追踪每一个环节每一个步骤进展中的各种细节。这也足以让我在今后的岁月受用终身。“我的伟大的人生创举，对于上千万成都本地人来说，一出生就已拥有。对于家庭有能力供养上高中考大学的人来说，一毕业就拥有。但我却要用10年青春来换取，这就是我的命。”“我想起了儿时就记得的一句话：一个人不能选择自己出生在什么时间、什么地方、什么家庭，但能选择在这个时间、地点和家庭背景下让自己过得更好的方式。在自己的认知范围内让自己变得更好，这便构成了个人的历史。很多时候，惊天巨变的个人史，放到整个社会却普普通通。所以社会历史大都只记录英雄们的创举，个人的记忆或许永远都只能属于个人，连我自己的儿女以及儿女的儿女，也将越来越不明白，生下来就拥有的东西，为什么会花费10年青春去苦苦追寻。”

当一个人难以凭借外力做支点的时候，自我的内生动力将会迸发出惊人的弹跳力，去抵达常人难以抵达的人生目标。樊雄那股不甘现状束缚的闯劲、不顾一切去拼的执拗劲，使他在人生漂泊中扎下了梦想的根基，彻底改变了自己和家庭的走向。

“樊雄式执着”体现为忍受折磨的顽强意志，坚守人生理想。任何有所作为和成就的人，总是要经过如炼狱般的苦难生活和精神折磨，方能淬炼出抗打击抗风险的顽强心性和卓越品质。被誉为“代表了俄罗斯文学的深度”的陀思妥耶夫斯基创作了三部最伟大的长篇小说《罪与罚》《白痴》和《群魔》，他说：人之所以爱生活，是因为他们喜欢痛苦和恐惧。有研究者认为“把所有的不幸放一个人身上，这就是陀思妥耶夫斯基”。苦难唯一的意义是有人记录苦难，将之变为文学或艺术作品，这样苦难就有了意义。如果没有人记录苦难，苦难就没有意义了。

樊雄在《22岁，我终于成了一名“大”学生》中记述道：读四川教育学院时，如果一天吃两份肉，一个月伙食费则要30多元。从进校起，他就给自己规定，每月总费用不得超过50元，但往往周末一逛书店，则只有省减伙食费，还经常入不敷出。饿其体肤、空乏其身的背后是樊雄不屈不挠的意志修炼。

在《盐道街3号那间9平方米的小屋》里，樊雄生动细微地讲述了他和几位漂泊成都的朋友的故事。在教育学院读书的日子尤其是毕业后没着落的那段时间，他几乎天天泡在盐道街3号那间9平方米的小屋里，与庞学锋的同事几乎都混熟了。转眼间，毕业那个暑假就结束了，樊雄的调动却毫无眉目。他不得不回到达县，被安排在一所职业高中教书。他把每周的课时集中在三天上完，然后又坐火车来成都找工作；几天后又回达县上课；然后又来成都……一年当中反复往返。

在盐道街3号的日子里，他与庞学锋住同一间寝室，很多时候还加上张建华，三个人在小屋子里，每天晚上两个人轮流挤在其中一张单人床，谁也没抱怨过条件艰苦，一见面总有聊不完的话题，经常一聊就到深夜，而且聊的题目基本上都是些踌躇满志的话题。这期间，也有闹饥荒的时候，不到月底就弹尽粮绝。庞学锋就出去找他的同事借饭菜票帮他度日，然后等着老家那边发了工资寄钱来救援。手头宽松的时候，他们相约去附近的青石桥农贸市场打牙祭。

进不了出版社工作，但并不妨碍他们在出版社圈子里厮混。他和张建华还有庞学锋三个人最初商量，“走向未来”丛书是思想启蒙的读物，打开了人的眼界和思维，但我们正身处社会大变革之中，最重要的应该是看每个人的具体行动，于是策划编一套“行动时代启示录”丛书。接下来编了一本《最初的玫瑰——现代少女抒情诗选》，获得了中国图书“金钥匙”奖。又编了一本《春天的秘密——现代少女抒情散文选》，订单也不错。大家一合计，又弄了个“爱的世界”丛书选题，由张建华到北京请冰心老人题字，大诗人艾青做名誉主编，出了三辑约20本。那时的他们亢奋异常，脑子里整天都在思考、创意选题——社会和经济“双效益”的大选题。

樊雄本来有机会成为第一批真正下海经商的人，但头脑里又固执地只操正步，认为只有正式工作调动到成都，上了成都户口，才是改变命运唯一“正规”的途径。一边固守成规跑调动；一边游离体制当串串；一边豪情满怀做大选题；一边急功近利搞“二渠道”。樊雄认为，厮混在盐道街3号，他只是个流浪的边缘人。

流浪途中，总会因为自身的品行和才华得到人们认可，才会汇聚起改变人生命运的奇妙合力，助推生活之舟越过险滩，迎来春暖花开。《蓉漂路上的贵人》讲述樊雄在流浪和跑调动过程中得到好心人关心、帮助的故事，可看出樊雄的感恩之心。帮助他调妻子到双流的同学室友黎大哥，因欣赏作文而毅然关心帮助他的周老师和她的爱人任伯伯，把商调函开给他的成都市职工大学袁校长，还有《文艺青年的文学时光》中记述帮助他成为四川作家协会会员、聘为巴金文学院专业作家的徐康；在《星星》诗刊多次为他发组诗的鄢家发，以及第一本个人诗集的责任编辑张新泉等老师。从这个意义上讲，一个人的漂流或沉寂或溃败或新生或崛起，与如何善于寻找社会合力的托举和牵引有着至关重要的内在联系。

樊雄总结道："回首往事，我的童年没有欢乐，少年没有任性，青年没有潇洒，早熟的压抑和压抑的早熟，让我失去了这个年龄段应有的天性和本真。过早的功利性努力，即使能让我提前改变个人的命运，但也掩藏不住我内心深深的失落。"几十年求生求变曲折人生的输赢得失，使我们强烈感受到樊雄自我生长的背后，与时代发展和城市变迁休戚与共、息息相关。一个人唯有赶上踏上时代的节拍，才不至于处于无根无力无物状态。

"樊雄式执着"融入不畏艰辛的创业过程，奉献智慧价值。《孟子·滕文公下》说："居天下之广居，立天下之正位，行天下之大道。得志，与民由之；不得志，独行其道。富贵不能淫，贫贱不能移，威武不能屈，此之谓大丈夫。"一般而言，大凡“漂泊者”一旦扎下根来，都会以特殊的技能、百倍的努力和千倍的坚韧去拓展自己的生存空间，在为社会创造物质和精神财富的过程中不断改变和提升自己的生活环境和生命质量，将初心和梦想根植于时代大变革大发展的广阔而深厚的大地之中，即使不能成为时代的“弄潮儿”，取得辉煌的业绩，也能成为社会的“垫脚石”，为国家现代化建设增添一砖一瓦。“漂”中的心性磨砺和“业”里的创新创造，何尝不是一种“大丈夫气概”的真切体现和生动诠释?

樊雄18岁中师毕业分配到比县城更小的乡村学校，连火车也看不到，下了客车还要走一段长长的山路。所以，在他20岁之前，大城市只在电影里面见过。当他“漂”到成都后，通过写诗作文，显示了自己的才华；在省作协文学院当了两年专业作家，展现了过硬的文字功夫；在编书、卖书中展露出策划能力和市场意识；在自身工作之外多一份热心，让他了解到报刊广告业务；在第一次到广州感受中国经济前沿阵地的飞速发展和拿下第一份赞助协议的经历中，学会了市场经济的初步运作方法……

可见，一个大事情的成功，往往是从有心人的一点小细节开始的。

2002年，樊雄扎根成都，转向房地产，充分发挥他注重策划与项目、文化与环境、品质与市场的融合优势，走出了一条审美地产的开发路子。《风烟五津：最美的相遇》讲述他为楼盘创作的主题歌《江山多娇我的家》。这首旋律优美的歌曲，由王铮亮演唱，一时间出现在新津的电视广播、各大电器商店、各大歌舞厅，还制作成光盘送给相关单位和私家车主，到处都能听到这首歌曲的旋律。可以说，接下来几年里，他们几乎是在歌声里完成了这个项目的销售，连很多业主都会情不自禁地哼唱几句。

植根难免有风雨、艰险，创业总是有坎坷、风险。世上没有免费的午餐，也不可能有不劳而获的幸福。樊雄《蓉漂记》总结反思了他做生意、搞投资、炒股票等的经验教训，写得跌宕起伏、刀光剑影、触目惊心。真心会遭遇欺骗，投入会收获亏损，合作会踏入陷阱，贪多会换来洗白，商场、股市真的是不见硝烟的战场，真金白银会打水漂，只有通过法律来维护自己的权益，只有操持固有良知才不至于被人唾弃和败下阵来，也才能化险为夷，走上成功的坦途。

樊雄《蓉漂记》的笔触细腻而直白，情感丰富而素朴，语言直率而诗意。《从1980年代的初恋说起》《流浪的新婚》是对爱情和婚姻的礼赞；《嫁女：一个父亲的感恩日志》《教子：送儿子去留学》《带孙：我只是个业余爷爷》写出了别样的亲情和生命的暖意；《地震：5·12亲历记》可以作为灾难史志；《居家：我在成都的5次搬迁》《养狗：泰迪和芭比》《好园：听花开的声音》展现了在来了就不想走的成都，经营一个美好家庭的安逸与乐趣。

《蓉漂记》是樊雄人生一个阶段的回顾与自省，其中许多况味值得读者体悟。这是本书的价值所在。樊雄真切感慨道："我经历过一贫如洗的穷困，也享受到丰衣足食的富庶；我经历过与世隔绝的封闭，也体验到四海遨游的开放。从物质短缺到商品过剩，从传统经济到互联网时代，从愚昧无知到心智大开，从随波逐流到独立自主，历史给了我这一代人太多可以发挥的空间，让这一代人的生命体验比以往任何时代更丰富多彩。我发自内心深处由衷地感谢这个时代。"

是为序。

2021年岁末于大邑云上

（作者系中国文艺评论家协会副主席、四川省社科院二级研究员）

前 言

不幸的幸运

——从1980年代走来

一

这一天虽还在夏日的5月，雨后的纽约街头吹起一阵阵凉风，天气阴冷，但未能阻挡几千名男女老幼的热情。城市音乐厅的大门外，早早就排起了长龙，都是来参加纽约大学毕业典礼的亲朋好友。人群中，我看见世界各色人等齐聚，白人、黑人，还有黄皮肤的中国人、日本人、韩国人……都以家庭为单位，三五成群，穿戴整齐，期待着那个重要时刻的来临。

在美国学校，毕业典礼是最隆重的盛典。无论小学、中学还是大学，每年的毕业典礼都有一番相当庄严的仪式。无论学生家长是总统还是平民，是亿万富翁还是工薪一族，这一天都会带上至爱亲朋，亲自参加。而对于国际学生的家长，只要是参加毕业典礼，美国使领馆也基本上都会签证放行。

2010年5月18日，我随着人流走进纽约城市音乐大厅——

金色大厅，满眼都是耀眼的金黄。金黄的穹顶、金黄的帷幔和金黄的灯光，与大厅里红色的座椅组合在一起，熠熠生辉。鲜花装饰的主席台上，以30多面竖立的各国国旗为背景，象征这所世界名校的国际化、多元化程度。国旗前，几排长长摆放的座椅可坐近百人，意味学校所有重要人物都会出席。

鼓号齐鸣。身穿欧美传统服饰的男子，举起旗帜，吹响风笛一样的长管民乐，打起腰鼓，从大厅两边过道入场，后面跟着一身长袍、头戴学位帽的应届毕业生。他们在雷鸣般的掌声中鱼贯而入，兴高采烈地向亲友挥手。近百名学校的官员、教授和嘉宾同样也身穿长袍、头戴学位帽出现在主席台。他们的长袍有黑色、蓝色、白色和红色，我不知道代表什么，但看得出每个人的穿戴都相当正规和讲究。

典礼开始，唱美国国歌。台上台下，是美国人都自觉把右手放到了胸前，不是美国人则垂手肃立。然后是各种各样的致辞、讲话，我一句都听不懂，但大致可判断出有校长的致辞、教授讲话，毕业生代表讲话，还有西装革履的杰出校友讲话等，大都简短，不时爆发出笑声。

而占据时间最长，最激动人心的时刻，是校长会一直站在主席台上，亲自给每一位博士、硕士和本科毕业生颁发学位证书。上千名毕业生，还只是纽约大学的一个学院，美国人把这件事做得极为认真。广播里缓缓念出每一个毕业生的名字，校长在台上站几个小时，台上的所有教授、嘉宾也会站几个小时。

我目光专注，盯住主席台，搜寻女儿的身影。不知过了多久，当广播里终于念出女儿的名字——虽然英语是反起念出来的，但我却听得清清楚楚。我看见一身学位服的女儿，青春靓丽，满脸开心，从校长手中接过学位证书。这一刻，我的眼泪忍不住流下来，内心百感交集。迷糊的双眼刹那间闪出另一幅画面，那是几十年前一个同样年龄段的青年，身背铺盖，手提网兜，正深一脚浅一脚走向大山深处的背影。

二

没上过正规大学，让我一辈子耿耿于怀，遗憾终生。

没有大学生涯，意味着没有青春浪漫，没有多姿多彩；也意味着没有系统教育，一辈子画地为牢，不懂外语，走不出国门。

回首往事，我的童年没有欢乐，少年没有任性，青年没有潇洒，早熟的压抑和压抑的早熟，让我失去了这个年龄段应有的天性和本真。过早的功利性努力，即使能让我提前改变个人的命运，但也掩藏不住我内心深深的失落。

当我看见女儿兴高采烈领取纽约大学文凭的时候，内心既高兴又悲伤。这样百感交集的时刻，无论头脑有多么理智，我也做不到心理学教科书所说的那样，与原生家庭和解。

从15岁开始，我就逃离原生家庭。无依无靠，赤手空拳，竭尽全力，宁愿流浪在外，也要与原生家庭拉开距离。

直到25岁左右，我在走了10年大弯路以后，才基本上回到了同龄人本应有的起点。随着我的个人处境日渐好转，生活改善，我也曾试图扭转原生家庭的局面，不再内乱和打仗，还慢慢制造点温馨和谐的氛围，但我却悲哀地发现，家庭战争的基因已经渗透每个人的血脉，随时随地，只要遇到零星的火苗，立即就会引燃一场内战，而一旦打起仗来，就会一如既往地愈演愈烈，没有一个能灭火的人。

一个从来就缺乏慈爱亲情的原生家庭，不可能因为生活条件的改变就变得温情脉脉起来。

这也让我从骨子里感受到，原生家庭制造的毒汁，一旦让人中毒，便终身没有解药。无论飞黄腾达还是逃离天涯海角，我都不能真正彻底地摆脱原生家庭。所有的过往——生活中的每一件事，说过的和听到的每一句话，都有可能已变成慢性毒药，在最关键的时候，就会毒性发作。这种关键性的伤害，往往出现在人生大事的重要时刻，摧毁力远远大于所有外力阻碍，带给人的挫败感也最彻底，最无奈，让人无法抗拒只能接受，还说不出口。我相信，受到原生家庭伤害的每一个人，都一定有难言的切肤之痛。

无法彻底摆脱原生家庭，也就无法驱逐原生家庭留下的心理阴影。比如我至今对所有温情浪漫的仪式都不知所措。我不知道咋个过生日，不会说情话，不会挑选礼物，但凡有点仪式感的亲情举措我都本能地排斥。我虽然很努力地改变现状，却一直不知道怎样把自己的日子过舒服，不知道为自己而活。我的性格敢想敢做却又自卑胆怯，我聪明机灵却又自闭保守。整个青春期没有一次率性而为，随心所欲。即使走上了顺境，内心深处也会冒出莫名其妙的恐惧，沉重的石块一直压在心头，挥之不去的阴影如同幽灵缠身。

我知道，这就是我的命，原生家庭伤害带来的命，无法抗争，只能认。

三

我从小就感觉到命运的不幸。

我的不幸主要来自原生家庭。

20世纪60年代初期，我出生在川东北小城达县大北街11号小院里，父亲在离城几十公里的盐滩湾建设煤矿当搬运工，拉板板车运送煤炭上船。母亲从宣汉县农村嫁到城里，无固定职业。家里还有婆婆（奶奶）和她的姐姐大婆，两个成分都不太好的无业老太。我是这个家庭第一个出生的孩子。

从童年时代起，我的心里就像压上了几块沉重的石头。

一是身份卑微，如同无根的浮萍。父亲只有一个亲姐，在粮食局所属的碾米厂上班，从来就不太管我们一家。母亲只有一个亲妹，在宣汉县农村，生了3个小孩后老公却与人私奔到西北，生活艰难还需要我妈照顾。我没看见过爷爷和外公外婆，也没有其他可依靠的亲戚长辈，所以我从小就感受不到家族概念。而我自己的家庭，父亲是戴上帽子被国营大厂遣送回乡劳动改造人员，母亲在大饥荒中幸存，他们两个在这座小城里都只有一个共同的身份，那就是苦力，没有正规单位、没有组织也没有任何固定收益和福利待遇，卑微到尘埃的临时工苦力。

二是深度贫困，穷到一无所有。随着我和两个妹妹相继出生，正碰上史无前例的十年，完全依靠父母打零工、下苦力养家糊口，日子更加艰难，我的家庭过着朝不保夕的生活，上无片瓦下无寸地，全家几乎没有任何固定资产，这也让我从小就缺乏安全感，内心比同龄儿童多了一份忧心忡忡，自然也让我从小就明白，我不可能依赖家庭，我的家庭不会为我创造任何有利条件。

三是无休止的家庭内战雪上加霜，让本就破落的家庭更加潦倒。如果只有前面两块石头压在心上，随着国家拨乱反正，改革开放过上好日子，自然会云开雾散。偏偏我这个既低贱又贫穷的家庭，还要闹内乱，打内仗。这让我从小就不知道亲情为何物，更视家庭为魔窟，一心只想逃离。在不能自立的童年和少年时代，来自家庭不和的隐痛，成为压在我心头最重一块石头，不仅压毁了我的青春，而且至今还要为此服药治疗。这种隐痛，是一辈子的痛。

四

但我依然能感受到我一生的幸运。

我最大的幸运就是遇到了这个社会最好的时代。

1963年出生的我，躲过了近在咫尺的饥荒。身处和平年代，自然也躲过了父祖辈曾遭遇的战争和动乱。“文革”开始时，我还只是个懵懂孩童，躲过了停课闹革命、大串联和派系武斗，更躲过了上山下乡当知青的命运。到了我该读书的年龄，“文化大革命”已接近尾声，拨乱反正，我迎头赶上了高考恢复，科学的春天，知识改变命运，四个现代化，享受到读书不交学费和生活费，还包分配，有工作单位还可以分住房。生命中最黄金的青春期，又一头扎进1980年代改革开放、思想大解放的滚滚洪流。国门大开，眼界大开，可以尽情吸收新思潮、新知识、新科技。人生的道路不再只有天生注定的那座独木桥，而是灿烂多姿的个性化、多元化选择。英雄不问出处，人人都可以被历史推上舞台。

我遇上了遍地都是良机的好时代。

这个时代是国家由弱变强，老百姓由穷变富的时代。长期的物质和文化短缺，让每一个领域都有大把的机遇，每一条道路都能创出一片新天地。改革开放、思想解放的冲击波，也冲破了阶层固化的樊篱，让白手起家的寒门迎来了千载难逢的良机。和我同一时代的人，无论出身是否有背景，无论是否有机会读过大学，只要融入这个时代的潮流，乘风破浪，个人和家庭的命运都有可能发生根本性的改变。从1980年代走过来的一代人，回首40年前的生活，已恍若隔世。

我经历过一贫如洗的穷困，也享受到丰衣足食的富庶；我经历过与世隔绝的封闭，也体验到四海遨游的开放。从物质短缺到商品过剩，从传统经济到互联网时代，从愚昧无知到心智大开，从随波逐流到独立自主，历史给了我这一代人太多可以发挥的空间，让这一代人的生命体验比以往任何时代更丰富多彩。

我发自内心深处由衷地感谢这个时代。

五

与我的父母辈和子女辈相比较，无意中发现，我这一代人恰恰处于承前启后的历史阶段，这或许是我一辈子最应该承担的历史使命。

同样身份卑微、生活困顿，我的父母辈一生只能坚守两个字：忍和熬。无论遭受多大的痛苦和冤屈，他们也只能比拼忍和熬，才能最终平安无事。在那个年代，有思想，有骨气，不能忍，只有自取灭亡。有能力，有干劲，投身火热的运动，那也未必有好下场。天生的阶级“成分”，为每个人的生活圈层打上了身份标识，一旦划定便背负一生。因而在我父母辈的意识里，压根就不会有闯荡和创造之类的词语，所有的知识、才华、能力和勤奋都找不到出口，生命的单一体验能一眼望到尽头，如同那个时代男女老幼都一身单调的灰色。天下一统，个性泯灭，封闭落后，故步自封。生活在那样的年代，出身不好的百姓唯一能保平安的方式只有无声无息地忍和熬。他们是熬出来的一代。

与父母辈不同，我一生下来虽然也身份卑微，生活困顿，但在我刚刚长大成人之季，就遇到了改革开放的春天。坚冰打破，潮流涌动，这是一个变革的时代，也是一个行动的时代，我很幸运地顺应和投身时代潮流，寻求自我命运的改变。我生命的主题词因此变成了闯荡和创造——不只是我自己想闯与创，更是时代正在闯与创。我个人的所有努力在时代大潮的惊涛骇浪中是那么微不足道，但新时代的滚滚洪流中毕竟也有我的一朵浪花。时代变了，国家变了，我也变了。可以说，我这一代是闯出来的一代。

而到了我的子女辈，他们已经完全不知道什么叫身份卑微、生活困顿。他们一生下来就过上了丰衣足食的日子，还赶上了人类科技进步日新月异带来的新生活方式。我和我的父母辈都曾经望穿秋水的那些奢望，在他们的生活里已变成与生俱来的寻常。正常地出生在大城市，正常地就读重点幼儿园、小学、中学和高中，正常地出国留学读大学、研究生，正常地有了房子、汽车和手机，正常地享受青春、恋爱、结婚生子……他们不知道粮票、肉票、煤油灯和收音机，更不可能知道什么运动、成分、帽子、苦力和饥饿。他们从该怎么活就怎么活，发展到想怎么活就怎么活。因而，他们是活出来的一代。

六

往事已矣。随着我的父母辈这一代人逐渐离开这个世界，我和我的同一代人也正在走向老年，即将告别日益精彩纷呈的历史舞台。

从1980年代至今，40年沧桑巨变，我的身上既有旧时代和原生家庭烙下的伤痕，也有新时代波澜壮阔描画的彩绘。连接着贫穷与富裕、弱小与强大、传统与现代的我这一代人，比以往任何一代人的人生体验，内容更丰富也更多元。我的下一代所有与生俱来的“正常”生活，在我的眼里都是那么艰难和珍贵。所以我写下了自己成年后这30多年来的生活经历——一个平凡而普通的中国人，在这个伟大的变革时代前后的亲身经历，虽然谈不上轰轰烈烈，更不属于功成名就的名人自传，但每一句话都绝对的真实、诚恳，还有敬畏和尊重。

我想说的是，曾经有千千万万像我一样平凡而普通的中国人，在1980年代，带着满身伤痕，解放思想，开拓进取，穿越贫穷落后、封闭保守的层层迷雾，终于迎来了改革开放的春天，从此一路阳光灿烂。

我想说的是，改革开放，造就了一代人，也改变了国家面貌和大多数人民群众的生活，因此我和我的后辈都应该对这个时代倍加感恩和珍惜。在我的有生之年，我已经幸运地看到了苦难深重的中国人，好不容易有了扬眉世界的今天，更希望我的国家从此不再走回头路，不再跌入五千年循环往复的朝代兴衰。推动历史的车轮滚滚向前，时代中的每个人，都责无旁贷。

我想说的是，历朝历代的草根阶层，除了极个别的人能金榜题名改写命运，绝大多数都只有在凄风苦雨中自生自灭。

几千年来，只有我生活的这个时代——现代化与国际化，和平与文明的时代，阳光普照大地，所有的草根都有蓬勃生长的机会。但草根家族的生长需要一代一代地接力，才能长成参天森林。一个败家子，也会毁掉几代人。所以我多么希望我的后辈，无论自己想怎么任性地活，也要为下一代创造更多的“正常”。很多年以后，当我后代的后代有一天提到我，可以自豪地说，他不是有钱人家的子女，却是贵族的祖先。

是的，我的一生，恰恰处于承前启后的历史时代。我无力改变社会，也无意创造惊天动地的丰功伟绩。我和我这一辈人所能做的一切，只是抓住历史机遇，改变自我命运，让我的后代不再为基本生存苦苦挣扎，让下一代彻底脱离贫穷的苦海，享受本该有的快乐人生——

那些天经地义与生俱来的正常生活，不再艰难和稀缺。

上卷

漂在旅途………

1985年，一个偶然的机会让我来到遥远的大城市成都，无意中竟成了改革开放后第一代蓉漂……

从1980年代的初恋说起

一

那是一个夏日的中午，教室里只剩下稀落的几个人。外面烈日当空，连地面也晒得发烫，而被几株古树遮蔽在浓荫下的教室，此时却显出几分清幽。我坐在后排写作业，偶尔抬起头来一瞥，天啊，我惊呆了——

我看见左侧面的最后一排，她双手弯曲趴在书桌上，头朝左斜躺在手背上，两条短辫子，一身白色短袖衬衣，微微隆起的胸部，微闭的眼睫毛，红晕丰满的脸蛋，白嫩的颈项和手臂……与午后的教室构成一幅静谧的画面。时间突然凝固了，教室里听不到一丝声响。我第一次长久地盯住她看，大胆地盯住她看，几乎能听到她均匀安详的呼吸。

我突然感觉到一种怦然心跳的美。

我偷看的这位女生，是我们初七九级二班的团支部书记，

一个老师眼中的乖乖女，学生中的领头人。从我转学到这所学校起，我就知道她不仅成绩好，而且有威信，远比同龄的学生更成熟、稳重、懂事，是本班乃至全年级最受老师宠爱的优等生，当之无愧地成了班级的老大，最早一批入团，稳坐学生干部头一把交椅。而我虽然转学过来后也被老师起用为班长，但其实还有另一位女生也是班长。我在班级的地位，最多只是男生中的突出人物，而我们班的男生，整体素质远远不如女生。

所以，我对她的第一印象，最初只是“普通群众”对“领导干部”的印象。我没料到有这么一个午后，有这样不经意的一瞥，让我触电，让我心跳加速，让我猛然发现一朵含苞待放的花蕾已悄然露出了鲜活的生机，一个刚跨入青春门槛的少女已显现出女人的芬芳气息。一瞬间，灌醉了少年的心。

回过头来，不，再看一眼；再看一眼，目不转睛了。

美丽少女的倩影，让14岁少年的心在燃烧、在陶醉。短短的一瞥，恰似闪电击中心灵，磁铁吸住灵魂，从此以后我就被迷住了。无意中的一瞥竟变成了我未来两年多的习惯，我一直悄悄地偷看她，每偷看一次，都感到莫大的快慰。

我的心燃烧起来，完全不知道怎么回事，只觉得一股不可抗拒的情潮冲击心房，汹涌的波涛鼓动着我每时每刻都恨不得沉浸在这莫大的快慰之中。我悄悄地偷看她，每一天，每一节课，目之所及，爽心悦目；目光收敛，怅然若失。

我知道她的家也住在大北街，与我家相隔十几间房子，几十米距离。我们上学和放学都将穿过同一条巷子，名叫小北街，因此我经常能在这条弯曲的石板路上遇见她。如果她走在我的前面，我会刻意放慢脚步，不会超过她，也不会离她很远，不远不近地跟在她的后面，看她。如果我走在她的前面，听到她在后面说话的声音，我则会故意磨蹭，让她走到前面去。即便是擦肩而过，我们也从来没说过一句话，更不会相互对看一眼，完全形同陌路。

每天一到教室，我总会习惯性瞥一眼她的座位。在班上，我和她均属于偏高的个头，都坐在最后一排，而我的座位离她只有一个过道。除了暗地里偷窥，她在和老师说话，在和别的女生谈笑，我都在暗自偷听。有一次或许是因为生病了，她一整天未到学校，以后几天又都是很晚到校，我看不到她的身影，听不到她的声音，心里空空落落，像丢了魂。

在我和她同学的两年半时间里，有一道无形的高墙分隔了所有男生和女生，自然也分隔了我和她。用当时的话说，叫分男女界限。不知是谁发明，又是谁规定，1970年代初期上学的那一代人，无论小学、初中，男女学生都要分界线，绝对不能互相说一句话。

这样的禁忌，偶尔也有打破的时候。一旦超出常规打破了禁忌，引发的震撼，绝对不亚于一场心灵地震。

二

这天傍晚，我正躺在床上看书，突然听到有个女生在院子入口的消防水缸边喊我的名字。我的脑袋嗡的一下就蒙了，下意识地抛开书，钻进了被窝，浑身紧张得颤抖。门外是同班同学贺晓秋的声音，这是一位个头偏小，性格开朗活泼的姑娘，也是班委干部。她在门外大声地喊道，受团支部书记王同学委托前来带话，喊我现在到王同学家里去一趟。我妈在外面替我应答，我躲在被窝里听得清清楚楚。

团支部书记王同学，也就是我心中暗自迷恋的那位女生，喊我现在到她家里去一趟，简直出乎意料，甚至不可思议。

我有些魂不守舍地下了床，胸中像有双手在激烈敲打一面锣鼓，心跳加速，脚步颤抖。我出了院门，走向几十米外的王同学家，远远看见她家灯火通明，临街的窗户大大敞开，家门也大大敞开……

这是我和她第一次单独在一起见面。多么难能可贵的机会，但我却几乎一句话也说不出来，也不敢抬头正眼看她，紧张的心跳像要蹦出胸腔。而她呢？她还是那么端庄稳重吗？她的脸是不是泛起了红晕？她说话的声音是不是也有点打战？她的胸部是不是急促起伏？这些细节我都没法清醒感知，恍惚中只依稀记得她说学校第三批入团人员有我，她是我的入团介绍人，要我填一张申请表……我好像只是机械地点头，好像一句话没说就匆匆离开了。

出得门来，如释重负。大街上行人稀少，习习凉风吹拂，让我有了一丝清醒。陡然间回过神来——我已经接近心中的女神了。哈哈，这才有了几分欣喜。脑袋又开始转动起来：虽说是入团的事，但这样的夜晚相见是完全必需的吗？为什么她自己不来通知而要找人带话去她家说？为什么她家窗户大开房门也大开，灯火通明却又是她独自一人在家等我呢？种种迹象表明，一种从天而降的神秘幸福感正在向我招手。

那时候，我是一个心理和生理都早熟但性格却不成熟的少年。一方面天生浪漫激情澎湃，还富有幻想；另一方面不幸的家庭身世又让我从小就拼命压抑自己，以自卑的心理看待优于我的一切人和事，形成了敢幻想而又胆怯，想压抑又不服输的性格。走进青春期，男女意识萌动，我也曾和其他情窦初开的少年一样，对身边的女孩，尤其是特别漂亮的女孩产生过遐想，但这样的遐想稍一冒头就会被自卑掀起的巨浪彻底淹没。越是惊艳过人，越是条件优越的女子，我反而离得越远，以至于在我的整个青春期都不曾去尝试过主动追求。

许多同年龄段的女生如今都回忆说我从小就有几分孤傲，不爱搭理人。没人能知道我心灵深处的自卑，当然，她也不会知道。对我而言，她一开始就是完人，是神一样的存在：她的家庭条件优越——父母都有正式工作，这一最起码的条件都足以对我构成门当户对的鸿沟。她个人形象端庄——稳重、成熟、懂事，在我看见的女孩中还找不出第二人。但尽管如此，在那个时候，乃至以后的几年中，我即使内心热情似火，也绝不会做出主动追求的任何举动。

很多年过去了，她只记得那个曾经拎着小板凳转学来到教室里的少年，长相英俊，成绩也不错，帅气的脸上却长期愁眉紧锁。不知是这英俊的忧郁还是忧郁的英俊打动了她，让她觉得里面肯定有很多故事。她想解开这个故事，才有了后续一生的故事。

三

三年以后，经历了初中毕业季那一场生死抉择的命运逆行，我已形容枯槁，萎靡不振，成为宣汉师范学校一名落魄的中师学生。

为了立即脱离原生家庭，独立求生，我不惜自毁前程，彻底失去了读高中升大学的机会，等待我的将是从中师学生到乡村教师的命运。命运、命运、命运……16岁的我心如死灰，天天念叨这两个字。青春期仅有的一抹亮色，一丝波澜，早已被命运的巨浪冲刷得烟消云散。

十万个想不到，我突然收到了她的来信。

她和我一样，初中毕业也报考了中专，但她读的是达县地区财贸学校，号称达县的清华大学，毕业后铁定到热门单位银行工作。对于她为什么不选择读高中升大学，我心里也很纳闷，但固守从来不说话的男女界线，我自然没有机会询问，更何况我当时正与不满意的命运抗争，完全陷入苦闷、低落、哀愁乃至绝望的情绪中了。

她的来信完全以同学的口吻写成。问好以后说："当你收到这封信时，一定感到很奇怪吧，不免告诉你：写信的是你的同学。"然后说："离开达县一个多月了吧，这一个多月来，你的情况怎样呢？学习、生活各方面都习惯吗？这一切作为你的一个同学来说是十分关心的。"（我在信上批了一句"多么不一般的同学啊"）信中她又说："当录取通知书发到我手中时，我是那样高兴，虽然没有考上一个较好的中专，但几年的心血总没有白费，从自私的角度来说，饭碗总算找到了吧。"（我批了句"目光短浅"）她又说："可以想象，当你接到通知时，心情大概也一样吧！"（我批了句"根本不一样！"）

她的这封信礼貌客气，回忆了令人留恋的初中同窗生涯，还中规中矩地说：“现在我们虽然没有在一个学校，更没有在一个班，并且专业也不同，然而我们的学习目的却是一致的，让我们在学习中发奋努力，认真学好专业知识，三年后，在不同的岗位上为四化贡献自己的青春和热血。”（哈哈，我在回信里也写到我们是“革命同路人”，在不同的地方互帮互勉）

信的末尾留了个伏笔，说：“今后你若需要什么参考书，属于哪一方面的，可来信告知，我一定尽力帮助。”（这是知道我喜欢看书，发挥她爸爸在新华书店工作的优势）最后还说：“有机会回达县一定到家里来玩。收到此信后，望在百忙中抽点时间回信。”落款是“祝：你学习好！你的同学：王××。一九七九年十一月五日晚。”

这封意外的来信，是初中三年多以来，首次打破男女界线的私人对话。我把来信反复读了几遍，如同一枚深水炸弹，在我枯萎的心中又激起了波澜。一年多以后我已完全明白，我初中暗自倾慕的姑娘，其实早就爱上了我，对，是真真切切的恋爱——既是一个少女炽热的初恋，也是一个女人一辈子的挚爱。虽然没有一次约会，一次表白，更没有一次拥抱一次亲吻，甚至连一次握手，一句私下里的交流也从未有过，爱的火种早已在她心中炽热燃烧，表面上却波澜不惊，大爱无形。

如今重读这封石破天惊的来信，现在的年轻人是否能够发现，这样一封中规中矩的来信，原来却是一封热情滚烫的情书？是否能够想象在那个年代，投出这样一封普通的书信，竟然属于胆大包天的出圈行为？是否能看出来那时的恋爱完全不谈条件和要求，客客气气每句话的背后，都在诉说一颗痴迷的心对爱慕对象灼热的期待？

四

从此，我和她有了书信联系。

从此，等待她的来信，成了我每天比一日三餐还要准时的必修课。

我和她的通信依然循规蹈矩，没有任何出格的语言。信中谈论最多的是学习，各自对专业选择的体会，各自都开了哪些课程。她问我学期考试成绩，我说全班第一名；我也问她成绩，她说全班并列第一名。两个都是乖娃娃。

从第二封信起，我就托她购买了两本书，《唐诗三百首》和《古文观止》，以后又托她购买了《文言散文的普通话翻译》《唐宋诗选讲》《散文特写选》《古代白话短篇小说选》《西方美学家论美和美感》等书。那时候，我只能周末去宣汉县城逛书店，经常是前几天刚上架的一批新书，到我去时就已卖断了货，我只好在信中给她开书单，把她这个新华书店的资源利用起来。

第一次托她买书，她就坚决不收我的钱，我只好把书钱交给了初中班主任王老师。刚上中专那阵，我每次回达县几乎都要到王老师家聊天，只有王老师能倾听我苦闷的诉说，给我以安慰和教诲。而她也是王老师家的常客，毕业后仍经常去看望老师。当她得知我已托王老师转交书钱，大为吃惊，等于暴露了她已经在和我私下写信交往的秘密，不好意思再去王老师家了。

我和她正常通信，往往是我给他写一封信，要等很多天才能收到她的回信。随后我明白了原因——她说她有点怕了。每次收到我的来信，都会引起中专同学的一阵玩笑，同时在初中的老同学中也开始流传风言风语。她对我说，在她的心中“怕这个念头不仅过去有，甚至现在也有，而且愈来愈怕，就连你的信，都成了怕的原因”。因此，“每次写回信都是在熄灯以后，打着手电筒在被窝里写的”。要彻底铲除这个怕字，她说“也许只有等到三年毕业后甚至更长的时间”。

我知道她从小就是个标准的乖乖女，正统的形象在老师和同学眼中都几近完美。在中专，她又做了团支部书记、校团委委员，自然害怕被人发现她早恋。而事实上，在她那所中专学校，确实已出现违规恋爱并出格犯戒的行为，她不希望自己纯洁的言行与那种荒唐事混为一谈。为了避免给她造成负面影响，我也决定不再给她写信，但她又分明时刻盼望着我的信，而且还说在这个时候，世界上只有我能够告诉她该怎么办，也只有我能够给她力量，能够理解她的心情。

她告诉我写信邮寄到她家里，星期四发出，周末回家正好收到，但我又担心她父母兄长突然发现她在和一个男孩通信，会不会引起更大的麻烦。我拿不定主意该把信邮寄到她学校还是家里，很多时候就写两张字条，揉成团，抓阄决定。偏偏有一封抓阄决定寄到学校的信她却并未收到，这让她整日惶恐不安。四十多年后，当我把双方当初互通的信件比照阅读，发现我写给她的信，缺失的远不止一封，这才体会到她当时的胆战心惊。

五

自从1979年11月我收到她打破男女界线的第一封来信，在我情绪最低落的整个1980年，我都把她的来信当成抚慰心灵创伤的灵丹妙药。

然而现实却往往事与愿违。

刚刚才开始通了几封信，到1980年4月，因为惧怕流言蜚语的影响，直到7月我才又收到她的来信。尽管我对她说，根据她的情况，我不能经常给她写信，但却时刻盼望她经常给我来信。而实际上，就在我说了这话之后，她却又拖了整整39天才给我回信。

39天，我几乎又经历了一场惊心动魄的精神磨难。

我是多血质性格，激情一旦燃烧，就做不到像她那样表面上若无其事。我天天盼望收到她的回信。上课时想到她，做作业想到她，吃饭散步想到她，周末和节假日更是放纵情绪如痴如醉想她。我的日记本几乎每隔一两天就要为她写满几大篇。我每天最认真的必修课就是去取信，八九天过去了，我还是看不到她的回信。是她因为慌乱写错了地址？是邮局投递出了故障？是被人劫了她的信？是她在等考试完了才好好回信并请我原谅？——我满脑子胡思乱想。

继续失望。我想提笔给她写封信，又想到她如果没收到上封信，再写一封依然会被人打劫。我想把信邮寄到她家里，又想到她的家人一定会把信藏起来。我想把信邮寄给我最好的朋友，也是她的邻居张同学转交……对，这样最可靠。等到17天的那晚，我做了一个梦，梦见我从学习委员手中看到了她的信，信封已破烂不堪，还被人撕开一条口。糟糕，显然被人偷看了甩回来。我又去分管信件的图书室老师那里查找，看见一大摞信，有四五封，全是她写给我的。我拿起信跳上了疾驰的汽车，张同学在后面追我，她也在后面追赶，两个人都不停喊道：怎么了？怎么了？……

她的信依然没到。我头昏脑涨，突然病了，浑身没有一点力气。我只能在日记里不停地写她的名字，写我想她！想她！！想她！！！直到第39天晚上，学习委员终于真的交给我一封信，是她，真的是她！我哆嗦双手打开信，如一桶冰水从头凉到脚。这是一封客气到家的信，之前来信在我名字后面的同学二字本已经去掉，现在又规规矩矩加上了。没有及时回信的原因是忙，而且现在依然忙，所以迟复为歉，顺便提醒我学习不要偏科。仅此而已。

明显的剃头挑子一头热，让我大受刺激。尽管我知道她也有苦衷，但依然感觉冷得够呛。

当晚我就给最好的朋友张同学写信吐露心声，决定扑灭心中燃烧的焰火。我知道她绝对已对我春心萌动，但她毕竟是个乖娃娃，绝不会超越乖娃娃的行为举止，更不会做出离经叛道甚至出格犯戒的行为。而我，在最低落痛苦的时候得到了她的关心抚慰，又因为依恋这份关心和抚慰产生新的痛苦。够了！已经掉进命运深渊里的我，首先应该竭尽全力想方设法爬出来，而不该去寻求和贪恋一份精神慰藉。

六

半年以后，初夏，晚上10点的大街上，一个声音在背后喊我的名字，我回过头来，是她。

她气喘吁吁从后面追上来，白嫩的脸蛋已露出两朵红晕。此次五一假期回到达县城，我也曾几次在她家门口徘徊，但最终打消了主动上门找她的想法。在此之前，我已去过一趟她家，名义上是托她买书，但却在她家里坐了将近一个小时，她的父母任由我俩坐在里屋谈话，感觉只有她三哥偶尔会朝屋里望一眼。

39天轰轰烈烈的精神起落以后，我仍和她继续通信，只是不再有那份浓烈的期盼。她也依然保持她的风格，在信中偶尔有几句温暖的话会令人遐想，但一转眼又保持一如既往的冷静和理智，正统得让人挑不出任何破绽。

而此刻，她就走在我的身边，第一次与我并肩而行，在夜色朦胧的人行道上。我们不经意地朝河边走去，仿佛不约而同走向夜的寂静和寂静的夜。她面带微笑，与我娓娓而谈。我又有点控制不住自作多情，说话语无伦次，最终还是忍不住把我39天苦苦等信所经历的精神折磨和盘托出。她有些吃惊，面带笑容客气地说，她也曾久等不得我的来信，又说她不擅长经常写信，还说写不写信只是形式，只要经常想到就行。

时间不知不觉到了深夜12点，我已把她送到家门口，她又折回来陪我走一段，我又把她送到家门口，如此反复几次。我忍不住又对她说，我有个结拜的姐姐，在地区妇幼保健站上班，就在她学校的对面。希望她去认识一下这个姐姐，以后我们可以在姐姐那里见面。

果然，在我返回学校不久，她就去见了姐姐，两人谈得还很投机。我委托姐姐转交，给她送了一个笔记本和一张照片，还在笔记本上写了一句元稹的诗：“曾经沧海难为水，除却巫山不是云。”她不明白这句诗的含义，中专卫校毕业的姐姐也说不清楚。不过，随着她多次到姐姐那里聊天，开始慢慢地了解到我糟糕的家庭情况，也逐渐了解到我内心深处的苦闷和压抑。可以说是姐姐为我们戳破了同学关系以外的那层窗户纸。

暑假即将来临，我归心似箭。考试后第一时间赶回达县，满腔热情期待与她相见。不料她却因为家中突发事件，心急火燎地赶往万源市的二哥家。我和她擦肩而过，直到十几天以后才收到她从万源写来的信。两个人都朝思暮想，忍耐了20多天，直到暑期快结束的最后几天才终于见面，在姐姐的工作单位，在姐姐负责的伙食团摆满了米面和油盐酱醋的一间库房里。我们第一次以恋人的身份相处在一起，第一次拥抱，献出了初吻。

这几天，虽然仅有两三次见面，虽然仅限于拥抱和亲吻，但当时的感受却是烈火冲天，连房顶都快要烧了，既痴迷陶醉，又惶恐不安。从1979年11月5日第一次通信，到1981年9月5日首次成为“亲爱的”，时间将近两年。我刚满18岁，她还差15天18岁。

七

转眼到了1981年底，我和她的通信开始以“亲爱的”相称，所有的语气已全是恋人的口吻。当然，我给她的信，许多都是托姐姐转交。

我们仍在各自的学校，节假日回达县，偶尔才在姐姐单位见面。此时，她已经非常了解我和我的家庭。就在我刚刚品尝初恋的滋味，刚刚感受到有生以来才有的一点点心灵温暖，我那不幸的家庭又伸出魔掌来害我。几场大的家庭战争爆发，不仅又把我打入十八层地狱，也让刚刚才走进我世界的她，迎面就遭遇烽火狼烟。我知道，没有任何一个正常家庭出生的姑娘，会愿意投身这种又贫穷又动乱的家庭。

时值隆冬，1982年的第一场寒冷，是家庭战争刮起的暴风雪，是看不到个人出路的茫茫冰川，是深深掉进冰窟窿里的无能为力。我突然感到如果与原生家庭还有一丝牵连和依靠，我的初恋将变成一场苦恋，旷日持久的苦恋，永无尽头。我的当务之急首先还是要逃离原生家庭，自强自立。因为上天已注定让我不可能成家才立业，那就只有立业才能成家。我的脑海里飞速闪过一个念头，太可怕了，我压抑，不敢想象，可又像纸包不住火，终于燃烧起来，难以扑灭了。在离家返校的前一晚，我吞吞吐吐，对她说了。

她以为我在开玩笑，不相信。但是她哭了。

做梦也不会想到，我会和她分手。一个小时前还不敢想象的情境，转瞬已出现在眼前。她晶莹的泪水在眼眶里打转，终于忍住没有哭出声来，而是挤出一丝尴尬的笑，疯人般的笑。

我听到我心中响起一个声音：是良心的谴责。

我听到我心中又响起一个声音：是男人的坚毅。

一个通宵的彻夜难眠，辗转反侧。我已意识到，当我感到命运强加给我痛苦的时候，就更应该把痛苦化为自强的动力，去挣扎拼搏，而不应该在痛苦中寻求抚慰，自己苟且偷安还拖人下苦海。我的心愈发坚硬起来。

清晨的长途汽车站，浓雾重裹，寒气逼人，就像我的心情一样冰冷沉闷。我背上行李包正准备登车，突然听到一个声音在喊我，竟然是她。白茫茫的雾气中，我发现她整个身体已变得娇小孱弱，白嫩的脸冻得通红，满眼楚楚动人。她递给我一个小纸盒，一句话也没有说。

在拥挤摇晃的车厢里，我打开小纸盒，里面是一个精致的小相册，下面还有一封信。我哆嗦着打开信纸，眼泪忍不住夺眶而出：

初恋是霏霏的细雨，是瑰丽的彩虹，是苇尖上的蜻蜓，是荷叶上的露珠……一片阳光，一阵清风，就能让它消失。然而，它留给我们的是永不磨灭的珍珠般的记忆……

她让我允许她最后一次称呼亲爱的，说无意中抄录的这段话竟一语成谶。回顾几年来感情变化过程，她说她是幸福的，不后悔也不恨我，“虽然我们已经分手，爱已经成为历史，但我找不出恨你的理由，不能说服自己”。

我边看边哭，泪水滴在信笺上。这是一封力透纸背的信，虽然能看出她在努力保持克制。“如果说我们的相识是上帝的安排，那么我们的相爱就一定是上帝制造的一场误会。粗心的上帝，一次小小的误会，给我们造成了多么使人难忘的痛苦。如果要问该责怪谁，我只能说，我恨苍天无眼，月老弄人，飘浮的红线在我眼前一闪即逝……”

仅仅才5个月的甜蜜，就被我一意摧毁，一拳打碎。她说现在才冷静多了，“不然，我的手连笔也拿不住”。绝望而又无奈的告别，她对我说：“比爱情更美好的东西既然存在，你就应该忘记一切，尽最大的努力去追求，我为你祝福！”

我在宣汉县城郊外的公路边下了车，一个人朝路边的田野上走去，放声大哭，捶胸顿足，撕心裂肺。仰望苍天，孤零无助。

回到学校我就给她写信，说我后悔了，不分手了。信发出去了，我却感觉不到轻松，反而愈发心情沉重，甚至陷进日益恐惧的心理之中。此刻，我多么羡慕能做一个普通的正常人，拥有青春年华本该有的一切。但遥想我的家世前途，坎坷险阻，磨难重重。我已经掉进深渊里了，一个人往上爬尚且看不到光亮，又怎能把好端端的她也拖下来在黑暗中碰壁呢。我又给她写了一封绝情的长信，从明天起，我将赤条条来去无牵挂，义无反顾地走进我黑咕隆咚的漫漫前路。

从此，我强迫她彻底消失在我的视野。恩断义绝。

八

在中师的最后一学期，19岁的我斩断初恋，独自去面对上帝强迫我要经历的一切。

两年过去了，我从县城师范走向乡镇村小。我已有足够的心理准备，走向大巴山深处的崇山峻岭，那是我的宿命，是我的必经之路。我不管世俗的眼光如何轻视乡村教师，因为我对眼前的生活一无所求，无从比较。我也不再羡慕一批同龄人已走向大城市成了大学里的天之骄子，正在恣意挥洒青春，因为我已彻底认命，那些五彩斑斓的浪漫注定不属于我。在冷清偏僻的乡村小木屋里，我有我自己的活法，就是把自己的一天当成别人的一年去活。闲散平淡，仿佛时间已停止转动的山野里，我却像大城市的白领一样紧张忙碌，充实的生活内容填满我的精神空间，连抒发感叹的一小会儿时间也舍不得。我完全沉浸在自我的世界，经常遗忘身边的一切，当然，大多数时间，我也忘记了她。

我只知道她毕业后不出所料进了银行。时间不知不觉又过了两年，她已是银行里最年轻的科长。

我不知道的是，工作单位好，年轻有为，已经21岁的她，两年来随时都在拒绝络绎不绝为她介绍对象的亲朋好友。介绍大学生，她拒绝；介绍军官，她拒绝；介绍条件好到爆的官家子弟加大学生加权力职位的极品男，她仍然拒绝。就连她最尊重信任的长辈给她介绍的对象，她也一律不见。对，所有的介绍，她从来都是一律不见，直接拒绝。这让她身边的亲朋好友，百思不得其解。

我更不知道的是，两年来我几乎从未见过她，而她却经常暗中看我。许多个周末的傍晚，她独自一人守候在长途汽车站，在来去匆匆的人流中，寻找我的踪影。运气好的话，她会看到我从乡村返回城里，一头蓬乱的卷发，一脸忧郁的倦容，穿一件胸口别着钢笔的灰色中山服，裤腿却挽到膝盖，更多时候还穿一双沾满泥泞的长筒靴。她就这样远远地注视着我——这个已落入尘埃身份低微的乡村教师。而这个落魄的乡村教师还浑然不觉，无数次在她眼皮底下匆匆而去。

转机出现在1984年3月7日，我获得通知借调到市政府办公室工作。我知道，从16岁开始的命运逆行，从此就要掉转方向了。每当这样的时候，我不幸的家庭就会兴风作浪，不仅不会扶我一把，反而总是会在我人生最关键的时刻，对我釜底抽薪，让我一次次跌落深渊。

借调回城工作，首先要有个落脚的地方。这时候，我爹已平反落实政策，在他工作的百货公司分到一个单间宿舍，虽然是和他住在一起，但在屋子中间用篱笆分隔一道墙壁，我总算在城里有了自己的铺位，还有了属于自己人生的第一张书桌。偏偏就在这个时候，我爹和我爆发了有史以来最大的一场冲突，他唯一的撒手锏就是撵我滚蛋。这让我再一次透彻心扉地感到，只要对原生家庭还有一丝依赖，无论我如何挣扎，都将倒八辈子大霉。

我滚蛋了，失去了在城里落脚的地方。我借来一辆板车，把我从乡下搬回来的衣物棉被，更多则是几年来积累的书，装了满满一板车。我拉着板车在大街上徘徊游荡，不知道应该在哪里停靠。直到黄昏降临，万家灯火通明，我身不由己地将板车拉向一个叫窝窝店的地方，那里是新华书店库房，那里是她的家。

我走进她家的时候，一家人正围桌晚餐。她见我突然撞了进来，脸上竟没有丝毫诧异。她把我带进里屋，自己又走出来，平静地对家人说了一句：怎么样？这个人。她的父母也轻描淡写地说：你的事，自己定。我就这样在她家里明确了关系，而且马上就搬到她家里住了。

而即便是公开的恋爱关系，没有结婚之前最常见也只是女方住到男方家里，哪有男方没结婚就公然住到女方家的呢？更何况我家和她家还曾是一条街的邻居呢，这在小城已经是非常出格的行为了。一向正统的父母只好把她赶到银行去挤集体宿舍。

我住在她家，每天惴惴不安。借调才两个月，政府办的主任就找我谈话说，正式调动手续办不成了，要把我送回农村学校，我更是急得像热锅上的蚂蚁。危机四伏的时刻，苍天开眼，让我突然看见了四川教育学院的招生广告，于是我不顾一切，偷偷报名；然后闭门复习，苦熬数十日，终以优异成绩拿到了录取通知书。几番周折，我竟然抓住了从天而降的机会，竟然可以立刻奔向以前想都不敢想的大城市和大学校园。

又是几个月短暂的甜蜜，又将面临似曾相识的分别。她默默为我编织贴心的毛衣，还为我选购了一个精致的皮箱，仔细为我打点行装。时间终于到了1985年9月6日，她送我来到达县火车站，这是我第一次有能力彻底摆脱原生家庭命运的日子，是我奔向心中广阔天地正式起航的日子。在站台上，她冷静地对我说："我知道，达县这个小地方留不住你，我也留不住你。你天生就属于外面的世界。到了成都，你就尽情地远走高飞！我们分手吧！"我握住她的手，只说了一句话："等我寒假回来：和！你！结！婚！"

汽笛拉长呜咽，沉重的车轮轰隆一声在铁轨上启动。轰隆、轰隆、轰隆，如同我不停扇动的翅膀。我终于要起飞了，飞了。我不仅要自己飞，命中注定还要带上她，还有两年后她肚子里的孩子，一起飞。

22岁，我终于成了一名“大”学生

当达县市文教局办公室的尔康兄，在我的顽强怂恿下，终于答应背着局领导，偷偷在我报考四川教育学院的报名表上，盖下本局那枚鲜红的大印，我知道，我的命运就要发生逆转了。

一

本来只想业余时间读个电大。在1980年代中期，统招大学的录取率依然很低，无论是高考落榜者，还是像我这样根本无缘读高中考大学的穷孩子，通过自考、函授、电大等途径获取大学文凭已然成了热门。那时候，我正借调到市政府办公室和文教局办公室跑腿当差，同其他人一样，满腔热情地参加了成人高考，同时被广播电视大学录取的有三个人，除了我，还有两个女生。我的分数最高，但局里却只同意两名女生去上电

大，因为她们都比我有背景。

郁闷之中，我只好参加成人自考，刚刚考过一门，有一天突然看见《四川日报》刊登了四川教育学院的招生广告，我才知道还有这么一所学校，专门为全省教育系统在职培训中学教师，可以脱产两年到成都学习并获取专科或本科文凭。以前完全不敢想象的正规大学校园、遥远的省会成都，竟然同时都在向我招手了。祸兮福倚，宿命之中的期待不正姗姗而来了吗？我的出路在冥冥之中已然闪现光点。

当然，我不敢再老老实实地去局里申请报名。非常时期采取非常手段，在那个太阳的余晖还把办公室的白墙映衬得透亮的下午，我却像黑夜中一名大胆潜行的家丁，偷偷盗走了一张出门的路条。

二

那个既是我街坊邻居又是我初中同学的小姑娘，那时候也像我一样中专毕业，分配在工商银行上班。她通过关系搞到了两条“重庆”牌香烟，送到我已经把自己圈禁起来的房间里。红色烟壳、短支、无过滤嘴的“重庆”牌香烟，开启了我未来30年的吸烟历史。

邻居加同学的小姑娘天命注定喜欢我，后来也理所当然成了我的太太。她不明白为什么要送烟给我，对我接下来几年好多“惊人”的举动更是懵懵懂懂。她只是因为单纯的初恋，愿意支持我，做我喜欢的一切。

圈禁的房间是她三哥的房子，专门留给我一个人。房间里堆满了语文、数学、历史、地理各科复习资料。在早已错过高考的年龄，我却把自己关了几十天，夜以继日地经历一遍高考前最后的冲刺。机会只有这一次，我愿意为它痴、为它狂。那几十天，我忘掉了世间的一切，死记硬背的所有资料都已经滚瓜烂熟，而至今我能记起的却只有“重庆”牌香烟烟雾的满屋缭绕。

对我来说，最难的是数学。我天生是个数学白痴，如果不临时突击基本上离0分不远。初中的杜老师——也是我初中班主任王老师的丈夫，开始给我补习数学，我已记不清那段时间他给我一对一上了多少个课时的数学课，铭记于心的只有，那时候的老师给学生单独补课不收取任何费用，也不要任何好处。对我这个已经毕业了几年的学生，杜老师仍然在每天下课以后，还要单独给我上课。我像背课文一样把各种数学题型死记在脑中，依样画葫芦应对数学考试，居然考了75分。很多年后我在档案里看到，这次升学考试，政治81分、语文110分、数学75分、地理86分、历史87分，总分439分，在那一届考生中排名前几位。

我给中师时教语文的杨老师写了封信，他已经调任省教育厅《四川教育》杂志编辑部主任。直到有一天，我收到一个印有省教育厅红字的信封，悄悄躲到厕所里打开：杨老师在第一时间告诉我，考得不错，已经被四川教育学院录取。

三

重要的时刻终于来临。

接下来要闯的最后一关——市文教局是否同意我去读书。

我被市政府办退回文教局后，又临时安排在局办公室编写《文教志》，与当时所有局领导并无半点私人瓜葛，唯一能寻找到的线索是，在隔壁卫生局当书记的刘姨，她和我女朋友家有旧交。刘姨与市文教局的老大曾经为同事，能够说得上话。

而一向老实本分不求人的女朋友一家人，却开不了口向刘姨求助。关键的几天，我密切留意局领导的动向，一丝一毫也不敢疏忽大意。终于打探到某日下午将在市人民电影院楼上的会议室召开局党组会，最后一项议题将研究是否同意我去省教院读书。当天上午，我鼓起勇气走进了刘姨的办公室，而刘姨在下午上班的时候拦住了路过她办公室门口的文教局老大。于是一切都显得顺其自然，下午五点半我得到通知，局领导放行了。

在合适的时段，合适的地点，找到合适的人，机会的关键属性，一个都不能少。

从此，我牢牢记住了市人民电影院，这个改变我命运走向的标识之地。以至于十多年以后，当我作为招商引资的对象，回故乡参与旧城改造，在几个备选的项目中，一眼就挑中了当年的市人民电影院，在这块不足10亩的土地上，建起了一座20层的高楼。

四

透过人民南路高大挺拔的梧桐树，可以看见两栋七层高的学生宿舍。

四川教育学院的主大门就设在人民南路三段西侧，校名是毛体字竖向排列。进入校园，南北两侧临街的是学生宿舍，中间有一个大坝子，北面有一栋教学大楼，南面是一排两层楼的老房子，里面是一个小院子，住有教职员工。学校后面还有大礼堂、行政办公楼和几栋教师宿舍。

这是我唯一读过的“正规大学”，其办学规模只相当于大一点的县城中学。来到这里就读的学生绝大多数都是全省各地中小学教师，年龄从十八九岁到三十多岁，已经结婚生子的人也不在少数，都是拿工资带薪脱产培训，两年学习结束可获得本科或专科文凭，但所有学生都不迁移户口，不转工作和粮油关系，毕业后都必须原地返回。

那时候，重庆还没有从四川划出去，所以尚有很多重庆地区来的学生，此外还有少量教育系统以外的委培生，比如我们班就有几位来自出版社和省团委的同学。数了一下，全班47个学生，家住成都市的只有很少几位，其余的都来自全省各地市州，大家心里都明白，读完两年书，每个人都要乖乖地回原单位上班。路途遥远，哪怕现在只须驱车一个多小时的乐山、雅安，当年也要坐一整天的长途汽车才能抵达，从巴蜀大地跋山涉水汇聚到成都的这群已经工作的中小学教师，无一例外都是错过了曾经的统招高考，都把这样一次学习晋升的机会当成改变个人命运的转折点。

我就读的是四川教育学院中文系秘书专业，这是一个新设的专业，专科性质，因此学生的平均年龄在整个学院都偏小，基本上在20岁左右，只有极少数人上了30岁，而与我们同时入学的中文系本科班，绝大多数年龄都在30岁以上，平均比我们大近10岁。因此，这不是一所普通的高等院校，而更接近于进修培训学校，尽管如此，对于已经失去高考机会的我，能够在这样的大学成为一名“大”学生，也很知足了。

学校的住宿条件很好，每间宿舍放3张上下床，住6人，配有写字桌、椅子和可以上锁的柜子。学校食堂的伙食也很不错，每天中午和晚上，有20多种菜品供选择，可以说花样齐全，味道可口，只是菜价略微偏贵，一份肉要3角至3角5分，蔬菜5分至1角，如果单点小炒，则要5角至1元。那时候，我的正工资42元（行政24级），加上各种补贴合计52元。如果一天吃两份肉，一个月伙食费则要30多元。从进校起，我就给自己规定，每月总费用不得超过50元，但往往周末一逛书店，则只有省减伙食费，还经常入不敷出，给家里那位写信，总是忍不住要钱。

尽管机会难得，但在入校之初，这些早已成年，多少都有些牵挂的“大”学生，大多数都害起了相思病，一个个都趴在桌上一封接一封地写信，只有那些孩子都打酱油了的老油子些反倒显得无牵无挂，整天吃力地啃书本。我的上铺是一位涪陵来的学员，成天闷闷不乐，也不爱说话，老是躺在床上不肯下来，谁也不知道他在想什么。有一次我去卫生科看病，听医生偶然谈起一个思乡过度的人已引起精神毛病，悄悄一核对，说的竟然就是这个同屋。

五

从上火车那一刻起，我就暗下决心：不回来了！

尽管我知道，此行只是去进修培训；我也知道，户口、工作单位都还在达州；但我却固执地认为，我只有这唯一的一次机会，离开达州。

所以，从开学第一天起，我就比其他同学多了一份压力，那就是必须在两年之内，也就是毕业之前，找到工作单位，把自己调进成都。为此，我在教育学院的两年，基本上是我行我素，完全按自己想法安排时间，完全忽视学校的课程及活动安排，以至于沉浸在自我世界，人在曹营心在汉，很快就成了学校里的边缘人。

曾经在入校之初，我就下决心自学外语，当时外语系的学生会办起了英语夜校班，我们全寝室的人都花了5元钱报名，每周两个晚上夜课，从许国璋英语一册学起，不存在英语基础的障碍。这本来是一次极好的机会，如果从那时起就一直坚持，这辈子也就不会成为英语文盲了。但由于我们的正课里没有外语，以后再去参加高考也总感觉不太现实，全寝室的人又都慢慢地放弃了外语自学，这成为我终生的一大遗憾。

入校时，我还担任了班里的团支部书记。参加中文系和班集体活动，和同学一起排练文艺节目，组织诗歌朗诵会，但由于后来自己的写作热情高涨，尤其是对写诗的迷恋，已无暇分配更多的时间和精力，我知道自己干不好学生干部，干脆放弃。放弃了和同学的接触、放弃了集体活动，甚至放弃了多门功课的学习。很快，我就成了同学和老师眼中的怪人：诗人。

我几乎把所有的精力都投入写诗之中。正是文艺复兴的80年代中期，写诗绝对是那个时代的时尚。我每天都沉浸在诗歌创作之中，无数个夜晚，我都是一杯茶、一沓纸、一支笔，枯坐在教室里，不知道熬了多少个通宵。白天上课时间也不是在写稿就是改稿，完全无视老师和上课的内容。

记得有一次一位非常受欢迎的女教授上课，我正埋头写稿，隐隐觉得整个教室的目光都集中到我身上了，抬起头来，才发现女教授已经骂我很久了。我傻笑地看着她，激起了她更大的愤怒，劈头盖脸朝我骂过来，中心意思就是我有什么了不起，为什么要轻视她的课程？轻视课程就是瞧不起老师！后来得知，这位女教授所上的每一节课，全班每个人都听得津津有味，唯有我一直开小差，已经让她忍无可忍了。这是一位确有水平的教授，后来调去了川大任教。

女教授不知道，我在教院读了两年书，认识的老师顶多两三个，很多任课老师我都想不起来了。我那时一门心思写诗，一心只想多发表作品作为调动工作的敲门砖，这种迫在眉睫的功利思维，让我根本无法静心学习。如今回想起来，22岁仍然在求学年龄段，本应该多读书，打好坚实的学问基础，但一想到毕业后就要回达州，回到让我痛苦不堪又无力改变的原生家庭，我就有一种刻不容缓的冲动，一切为了先留在成都。

六

也有对外交往的时候。

周末或者晚饭后，我会骑上专门从达州托运来的那辆永久牌旧自行车出校门。一般都是随意钻进一条小街，在里面打圈圈，顺便认识更多的地方，无意中知道某个单位在哪一条街道，以这种原始笨拙的方式，积累对这座城市的点滴认知。

进校第二天，我就和教院的同学老乡一起，来到离学校最近的华西医科大学。走进校园的林荫大道，一栋栋古色古香的房子，向我诉说这里积淀的深厚文化内涵。坐在荷花池边，落日慢悠悠掉进了湖水，微风送来荷叶的清香，在这沁人心脾的黄昏时分，我看见和我年龄差不多大的男女学生，有的在长廊上看书，有的在湖边散步，还有绿荫下一对对窃窃私语的情侣。时间仿佛凝固，一切都显得那么安详宁静。我知道这才是真正的大学校园，但我已经不属于这里了。

转悠中，我走进校园里一个单独的大院子，里面有好几栋楼，原来是女生宿舍——从来没看见过这么多女大学生集中住在一起，突然想起初一班上有一位女同学在这里读大四，平生第一次走进了正规大学的女生宿舍。在她的寝室里，8个女生有四川的也有外省的，个个性格开朗，爱说爱笑。以后曾有几次参加她们的聚会，女生们将两口煤油炉摆在桌子上，自己备好菜肴。我与她们及她们的男朋友聚在一起，边烫火锅边喝啤酒。热气腾腾的氛围中，要求在场的男生都说一说自己的爱情故事，几乎每个人都张口就说，滔滔不绝，概括起来就是敢爱敢恨，无所顾忌。在寝室里热闹完了，一群人往往又涌去食堂参加周末舞会。我感到这群人才是真正的天之骄子，可以无拘无束、畅谈未来、放声大笑，当然也可以自由恋爱，而我虽然年龄和他们相仿，却走上一条逆行的道路，现在也只不过是大学里的进修生，随时会被打回老家。顾虑重重的我，无论如何也无法与天之骄子融为一体了。

随着前所未有的诗歌热兴起，民间诗潮涌动，尤以高等院校最为火热，各种诗歌流派纷纷举起大旗，我手里也得到不少民间诗歌流派油印的报纸、期刊，但我却从来没去参加任何院校诗歌流派举办的活动，更没有加入任何一门诗歌流派。如同与大学生已经有一层天然的隔膜一样，我对大学里各种民间诗歌流派也有天然的隔阂，我依然觉得那只是天之骄子才能有的任性，自己已无资格加入和参与。

两年时间，我的对外交往逐渐集中到年龄比我大的人和正规的文化单位。除了省作协和出版社，我认识了团省委《青年世界》杂志的编辑，还有省妇联《分忧》杂志的总编，以及

《中学生文艺》《四川教育报》的主编等，偶尔在这些期刊发一些文章或诗歌，其实心里最大的期望还是他们能看上我，把我调进去。

七

入校第二年，我从进校门左边的宿舍楼搬到右边的宿舍楼，不知什么原因，我的运气来了，新搬入的宿舍只住3个人。

我和泸州来的涂国学同班，他的年纪比我小两岁，写得一手好字；另一名室友黎光诚，是中文系本科班学员，比我大8岁，也写得一手好字。

老黎来自双流，之前是华阳师范学校的书法老师。老黎告诉我，毕业后他可能调换工作岗位，他们的县委领导班子非常爱才重才，正在从各地大力引进各类人才，他可以推荐我到该县工作。这为我毕业后能留下来打了一剂强心针。后来又和老黎商量，为了便于我调动时达州方面能顺利放人，先将我夫人从达州调到双流，解除后顾之忧，这也是我之后能顺利调到成都的前提条件。

转眼间两年时间即将结束，我在外面跑了很多单位，却没有一家单位确认调我，反倒是留在学院工作尚有一丝希望，这在当时是除我自己之外，其他任何同学都不知道的秘密，也是潜伏在我内心深处，分量最重的一个目标。

进校伊始，我就在学院校刊上发稿。第二个寒假，我还和已经分配到新华社上班的铁杆朋友张同学一起，深入大巴山腹地20多天，采写了几千字的长篇通讯发表在校刊上，后来还获得了省市新闻奖，我加入省作协校刊也发了新闻。校刊的编辑山林老师很赏识我，提议把我留在校刊工作，党委宣传部的张老师及李月江部长都很赞同，因此在临近毕业时，宣传部正式向学院打了报告，据说已争取到分管副书记的同意，但这件事直到毕业都没办下来。

山林老师彝族人，个子高挑人漂亮，典型的美女加才女。和她同办公室的张老师，一位端庄美丽的少妇，公公还是省委领导。她俩一起给我使劲，加上李月江部长鼎力支持，校刊本身也缺人，把我留下来工作似乎是顺理成章的事。那段时间，我经常往山林老师家里打探消息，眼看事情一步步推进，只等发商调函了。而实际上，事情却恰恰卡在了有权发商调函的人事处，或者说具体到某一个官不大但很关键的人物那里。我至今都不明白当时究竟是什么原因卡住了，但现在回想起来，我那时还是太单纯，为什么不亲自去跑一下人事处呢？人事处长连我本人都不认识，会爽爽快快地发出调令函吗？

或许是预感不妙，那天我本来已骑车走远，又掉转车头骑回来敲了张老师的门。一进屋，张老师就有些神秘地把门一关，告诉我留校的事彻底黄了。她说的每一个字都像一记重锤敲打我的脑袋，让我几乎站立不稳，我已顾不了体面，不断用衣袖擦拭额头上的汗水。这最后的一击，让我的调动彻底陷入山穷水尽。几番死去活来，活来死去，我那该死的信心，却像风雨中的小草，始终不能连根拔去。我发现自己太顽固了，顽固到见了棺材也不掉泪。绝望中，我在那天的日记里，还是写了两个字：坚韧。

时间已是1987年8月底，我也已经正式从教院毕业了。在所有同学都忙于收拾行装，购买成都土特产，准备回到遥远的故乡时，我何去何从？一片茫然，但我依然固执地拒绝返回，将打好的包裹寄放到下一年级老乡的寝室，然后骑上我的旧自行车，开始了人海茫茫中的流浪。

后来得知，教育学院毕业那年，外地留在成都的只有两个人，其中一个是我。

流浪的新婚

一

1980年代初期，从达县到成都，最快的一趟列车是武昌到成都的特快，在达县站只停靠几分钟。这趟所谓的特快列车，从达县出发经过重庆，更换车头掉转方向后再到成都，总共需要17个小时，比如今从成都飞往美国纽约的时间还要长。

她心急火燎地熬到中午下班，匆匆收拾行装就出发了。那趟如今看来慢得像蜗牛的特快列车，在当时的达县却一票难求，需要提前预订。她不知道自己哪天能够动身，没法提前订票，所以在请假条批下来的当天上午，她一下班就义无反顾地奔向了火车站。

她只能买到重庆去的火车票。

时间是1985年9月30日，她还差一个月满22岁。从小到大，只有4岁时随父亲去过一次重庆，早已印象模糊。除此以

外，她从来没离开过达县这座小城，更没有到过任何大城市。坐在硬座车厢里，她一言不发，身边有个帅哥恰恰想与她搭话，憋了很久终于问了她一句："你到哪里呢？"她回答说："重庆。"帅哥又说："巧啊，我也去重庆。你是在沙坪坝下车还是菜园坝？"她一愣，心想到重庆就重庆站啊，咋又冒出什么沙坪坝菜园坝？为了不让对方看出她的土气，她反问道："你在哪里下呢？"帅哥说："我到沙坪坝下。"她心想，好了，反正我是到重庆，到最后一站下车，肯定就是重庆。

走出菜园坝站台，好多的人啊，简直像蚂蚁群搬家。这是她成年后，第一次见到大城市的火车站，无数条铁轨，纵横交错；通向无数的目的地，眼花缭乱。完全不像她熟悉的达县车站，只有几条铁轨，两个方向。这也是她第一次置身大城市的街景，高楼林立，车水马龙，不辨方向。她根本不敢远离火车站，赶紧寻找到售票处，买了一张去成都的车票。

黄昏时分，她已坐上了驶向成都的列车。整整一个通宵，拥挤摇晃的硬座车厢里，都在不停地播放苏芮演唱的流行歌曲《请跟我来》：

我踩着不变的步伐/是为了等你到来/在慌张迟疑的时候/请跟我来/我带着梦幻的期待/是无法按捺的情怀/在你不注意的时候/请跟我来……

这首歌的旋律，从此，像烙铁一样刻进了她的脑海。几十年后，每当听到这首歌的旋律一响，她都会情不自禁哼唱起来。印象太深刻了，那个急不可待的晚上，那个空气浑浊的车厢里，第一次出远门奔向情郎的她，浸泡在歌声中，如泣如诉的旋律，如同专门为她而唱。

请跟我来……是的，是我在召唤她，跟随我的脚步而来。一日之别，如同三秋。分别已20天有余，则更像长达一个世纪。我和她都迫切期待这个国庆假期，在成都相会。我们几乎天天写信，因为她不知道领导能否准假，不能提前订票；而我也无电话可接，所以无法到车站接她，只能在信中巨细无遗地告诉她，到了成都火车北站出站以后，往右手方向走，那里是公交总站，找到16路公交车，一直往南，在人民南路一环路口的跳伞塔站下车，再往回走几步即可看见四川教育学院的大门，我的宿舍就在进门左手那栋楼的415号……

说得够细致了，还不放心，又专门给她邮寄了一张标注好线路的成都地图。

二

清晨6点多，整个寝室的男生都还沉浸在睡梦中，我听到了敲门声。

她如约而来，拎一个纸口袋和两个皮包，身穿淡蓝色白条纹毛衣和牛仔裤，有点傻气地站在我的面前。我伸手摸了摸她的脸，脸有点凉。于是我赶紧拉着她的手向教室走去。沉睡中的校园还没有醒来，教室里更是空无一人，我们紧紧相拥在一起，诉说20多天的离情别意。从我9月初离开达县火车站那一刻起，短短的20多天，我发现她变了，每一封来信都浓情蜜意，每一个字都是滚烫的情话，不仅从不拖延，而且一天之中经常写几封信装在同一个信封里寄来，纵意挥洒，热烈似火，情意缠绵，毫无当初的顾忌。

21岁的年龄，毕业工作三年多，此时的她已完全可以正大光明地谈情说爱了。激情澎湃，如泄闸的洪水。而我也离开了心酸的原生家庭和小城，内心不再有那份压抑。此时此刻，我们的恋爱似乎才刚刚正式开始，但这个阶段却已不再属于恋爱期，而是临别时有了“寒假回来和你结婚”的承诺，必须立即兑现的时候了。我都不知道，我这一辈子，到底有没有过真正轻松如意、无拘无束的恋爱。

她给我带了一件亲手织就的枣红色毛衣——真正用羊绒线织就的毛衣，取代我身上的化纤衣服。我平生第一次穿上了真资格的羊绒毛衣，还在成都的商场选购了一件黄色花格子的西装，配上白衬衣，红领带，打扮一新，整洁帅气。一对偏远小城来的新婚夫妻，就这样带着几分新奇，几分向往，满腔热情投入成都这座迷人的大城市。

我带她游览了成都的人民公园、南郊公园、武侯祠和杜甫草堂，还坐车去了新都的桂湖，这些公园的任一个角落，都比达县城仅有那个公园还要大许多，让我们充分领略到大城市的大，简直是无边无际。在繁华的人民南路、天府广场、春熙路和东大街逛街，白天的人流，夜晚的灯火，都让我们陶醉；四周的一切，都让我们感到新奇。21年的小城生活经历，两条腿走遍达县城的生活局限，完全让我们无法想象，出门逛街还要去坐公交车，这得有多长多长的街道呀，长到我们21年人生想象的极限。

我和她像刘姥姥进大观园，看什么都备感新鲜。几天的国庆假期，我们早出晚归，天天出去看稀奇。街上的东西大多买不起，我们迷恋上成都的小吃。品种丰富，好吃又便宜的成都小吃，恰恰适合我和她这样的穷游者。盐市口三友凉粉店的担担面，1毛4分一碗，味道麻、辣、甜，三味俱全，入口既有麻辣又顿觉回甜，这正是成都特有的滋味。还有提督街的钟水饺、总府路的夫妻肺片、青石桥街口的复兴肥肠粉。肚子吃个饱，味道爽到爆，一天吃下来也才花几元钱。

成都，让我和她大开眼界。

三

她来到了成都，我和她却没有住处。

如果说住宾馆酒店，那是想也不敢去想的奢华，而且也是那时候极少数出官差的人才有的特权，根本不可能在我们的考虑范围。进校伊始，我认识了学院一位姓卢的年轻老师，正好与我同乡。听说我的“家属”要来，主动把自己在学校的单身宿舍让出来，于是我们抱起铺盖卷来到他的宿舍。这是一间简陋的平房单间，里面只有一张单人床，一张书桌，其余全是堆了半间屋子的书籍杂物。这个连卫生间也没有的小屋子，不仅成了我和她在成都这几天的落脚点，而且是我和她第一次单独住在一起的蜜月洞房。想想那时候的人也真厚道，仅仅认识才几天的同校其他科系的老师，就大方地把自己的寝室让给我们，自己还得去找人打挤，这要是放在人与人之间冷漠猜忌的现在，不是最铁的哥们，恐怕连这样的小屋子也没得住。

中午，415寝室的男生都聚在屋子里休息。我突然发现，一转眼她就不见了，下楼去寻找，操场里、教室里都没有她的身影，人生地不熟的她会去哪里呢？那时候还没有手机，我自然只能坐在屋子里干等，心中焦急万分。直到下午2点多她才回来，一问，原来是因为她害怕打扰一屋子男生的休息，主动出了门，也没得个去处，就独自一人沿人民南路往北走，从跳伞塔一直走到了红照壁，害怕找不到路，这才原路返回。

这件事发生在她临走的前一天，我大为冒火，但这样的事情在未来两年中却屡见不鲜。在我的整个新婚蜜月期前后，她每次抽空来成都待几天，我都要厚着脸皮去找一个住处，有老师的单身宿舍，有学生寝室，还有朋友的办公室。每次都不愿重复麻烦别人第二次，因而每次都要找个不同的地方。而她自从第一次下火车摸清了门路以后，那趟武昌到成都的特快列车永远都是清晨5点左右把她送到成都，每次下了火车坐上16路公交车来到校门口，她都要在校门附近无可奈何地消磨时间，直到7点多正常起床的时间到来，她才会上楼去敲响415的房门。

几十年后，当她每次开车路过人民南路四川教育学院的大门口，她都还能依稀看见，那个坐了一天一夜火车赶来成都的小姑娘，在晨雾中的人行道上，茕茕孑立，来回徘徊的身影。

四

短短几天国庆假期，我和她如胶似漆，但残忍的分别终究会到来。

她独自一人回达县，车厢很拥挤，连过道也站满了人，还杂乱地堆放着大包小包的行李，整个车厢就像蒸笼，刚上来就湿透了我的背心。我小心翼翼往架子上放她的行李，有一个大包裹，是两个枕套包着的大花瓶和搪瓷罐。有一大束奔放的绢花，还有她箱子里新买的包包、衣服、皮鞋，以及带回家的礼物。来之前我在信中让她多带点钱，起码200～300元，结果她带来了500元，基本上都堆放在这行李架上了。

我们又开始每天一封火热通信，信的主题聚焦到我寒假回达县结婚。

首先是婚房确定在哪里。我已被我爹扫地出门，已经滚蛋的人自然不可能还厚脸皮爬回去，更不可能还带一个人回去。实际并无可选之择——婚房只能在她家。这个决定是我做出的，而且异常坚决！但做出这样的决定，我的内心相当撕裂。

就像我初中毕业明明想读高中升大学，却不得不自己抉择去读中师走逆行一样。如今，我明明想先拼搏奋斗改变处境，却又必须立即结婚不负于人。明明知道，在达县这个小城同一条街的邻居，男方住进女方家如同嫁儿，而且嫁的还是男方家唯一的独苗，我也只能不顾廉耻坚决果断地把自己“嫁”出去。这一切都拜我不幸的家庭所赐，具体地说拜我一辈子都无法亲近的老汉（父亲）所赐，没有一个人能体会到我内心深处的那种隐痛。时至今日，我的老汉不会为此有丝毫的忏悔，就连我的妹妹和亲戚朋友也不一定会真正理解。

我到成都读书，一走了之，“寒假回来和你结婚”只是我撂下的一句话，所有的准备工作等于全部丢给了她和她的父母。她在家里排行老五，上面有4个哥哥，自己是幺女还是独女，自然从小受宠，没做过什么家务。突然之间，她就要结婚，而且独自操办结婚的所有事务，其压力可想而知。

岳母似乎早有预料，在我还没有去成都之前，就买了一车木料回家，现在正好用这些木料来打家具。我在信中让她去找一个木匠，曾经给我认识的人做过家具，她费力寻找，终于打听到这个木匠也给她同事做过家具，于是将木匠请到家里来，就在她家摆开了工地。幸好她的家住在新华书店库房，一层是仓库，有足够的空间可以借用。二层一部分是书店办公室，另一部分便是她的家，只有3间房屋，其中最里间，也就是靠窝窝店朝阳路入口那间，准备用来做我们的新房。

木匠在她家打家具，断断续续。一方面，我们也没完全想好家具该做成什么样子，基本上都是看到中意的式样就让木匠照做，尤其是我特别关心的书柜、角柜等，都是我在信中画好图纸寄回去。另一方面，木匠也经常停工跑回农村去干农活儿，这也给了我们更多的时间考虑。比如家具表面，我很想做成当时在成都很时髦的宝丽板贴面，但达县城还找不到一个工匠会这手艺，最后还是决定采用土漆，枣红色，时间越久越发光亮那种。

她守候在达县做家具的同时，也指挥我在成都采购结婚用品。我花691元在成都买了一个环宝牌收录机，日本原装，广州组装，原价761元，这已经是当时最奢华的家用电器了。不巧她也在达县花700多元买了一个更好的日本三洋牌收录机，这种机子在成都要卖950元还要搭售50盘磁带。尽管买重复了，但我买的那台转手便原价转让，可见当时电器之紧俏。

回顾当时我采购的结婚用品，有几样至今都还在使用，真正的价廉物美。一座纯金色圆柱状带玻璃罩的欧式座钟，花了139元。一套金黄色的床罩32元（还要2张侨汇券）。一组款式新潮的壁灯58.7元，是上海来蓉展销唯一的一套样品，我跑了四趟才买到。还有红色被单21.2元、装饰画17.5元、装饰娃娃16.7元、台灯3.99元、仿古花瓶2.2元、首饰盒1.71元、塑料仿真绢花20元。大件的泡沫床垫花了120.35元，也想法从成都打包带回。

我还给她买了一件粉红的西装65元，银灰色风衣57元。到放寒假的前几日兜里还剩50元，我和同寝室的老李一起去逛春熙路，看见有点工艺品摆设的店就钻进去，基本上只看不买。兜里的钱比之偌大的街市，如同沧海之一粟，但这一滴水如果洒出来，又恰恰能照映生活的太阳。我们从春熙路南端走到北端，发现大多数工艺品都只好看而不实用。走出了春熙路，才在东干道的一家玻璃器皿店做出选择——买一套饮水具。这套宝石蓝饮水具设计形象像竹节，上面还有几匹淡淡的竹叶。买完这个宝贝，我们又去当时少有的大超市红旗商场买食品，主要用于回家送礼。返回学校时，手里已拎上大包小包，50元也只剩下了5元。

返程的火车票订到了，但却没有订到座签。车厢里的一天一夜，我将站回达县。

五

1986年1月27日我放寒假回到达县，第一件事：办理结婚登记。

市文教局办公室的陈老师给了我一张空白介绍信，我自己在上面填了个25岁的年龄。那时候，规定的结婚年龄男25岁，女22岁。我只有22岁半，按规定办不了结婚手续。幸好当时还没有居民身份证，也不需要出示户口本，仅凭双方单位的介绍信，我和她第二天就在民政局领到了大红色的结婚证，证上我的年龄自然写成了25岁，她22岁，没有双方的照片，只有一个民政局的钢印。

从朝阳路走进窝窝店新华书店库房，迎面看见二楼朝北的一扇窗户，挂着红布窗帘，那里就是她的家，也是我和她的新房。

我回到达县，家具已打造完毕，房间也布置一新。新床摆放在与窗户相对的南墙中央，床上铺一层金黄色的床罩，四床缎面被子整齐地并列放在床头，被面上是两对一红一白的枕头。被子和枕头的前面摆有毛毯、毛巾和床单之类的东西。这些“高档”的床上用品，色彩都很鲜艳，颇具展示效果。床的左侧靠墙立一排书柜，下宽上窄，高度超过了我的身高，上面摆满了我一直无处安放的书籍。与书柜相邻的是写字台，紧邻的北墙角摆放了一个角柜，里面用镜面装贴，摆上了精挑细选的工艺品，包括欧式座钟、玻璃饰品、塑料人等，在小彩灯和镜面反衬下异常精美，引起了大多数人的惊奇。床头的右侧是梳妆柜，上面放置了很多小摆件，主要是首饰盒、化妆品和玻璃小瓶等，在当时都让人感到稀罕。紧靠右侧墙壁还伫立一排大衣柜，上面有落地穿衣镜，这是我从小就很羡慕的高档家具。新床的床尾，还摆放了一张圆角的北京小方桌，上面摆放古色古香的大花瓶和一大束火红的绢花。

这间只有12平方米的新房，尽管只是水泥地面，墙壁也是她亲自用石灰刷白，更没有什么吊顶和吊灯筒灯，但崭新的枣红色家具搭配的各种装饰品一摆出来，依然亮光闪闪，是我平生第一个属于自己的奢华空间。

我的家庭并未对我的婚事出力，但并不妨碍他们办一顿婚宴，把过去发出去的礼金收一些回来。婚宴并非去什么酒店餐馆，而是就在大北街11号院内，没有任何氛围装饰，甚至看不到一个大红喜字。在进入院门的过道摆上桌子，在院子里的贺家、陈家、王家和我家的厨房、卧室都摆上了桌子，还在院子隔壁的唐婆婆家摆上几张桌子。记不清总共有好多桌了，这一天整个院子每一家人的灶台都在为我的婚宴忙碌，从四面八方前来贺喜的客人大多为远近亲戚和父母的友人，很多我都不认识或分不清关系叫不出名字。我内心强烈抵制这顿婚宴，因为嫁儿本身就很羞耻，还好意思大张旗鼓让这么多人来朝贺，害我无地自容。懂事的她并不在意这些，拉着我去给每一桌敬酒，我就像个木头人跟在她身后，一言不发，一脸苦笑，只是机械地点头。

过了两天，轮到她家办婚宴。新华书店的库房有足够的空间，婚宴桌就摆在库房里，来的人我同样大多不认识，也分不清关系叫不出名字，我不得不把两天前的机械木讷再表演一遍。对她的家人，尤其是岳父岳母，我心存感念，但对婚礼本身，我依然深感悲催。嫁入女方家，无论女方家有多好，也是男方家庭的羞耻，具体地说是那个关键时刻让我滚蛋的人的羞耻。这个给了我生命的人，本该娶媳妇的一家之主，此时明明在百货公司楼上就有一个30平方米的单间房子，却不顾廉耻把唯一的独子嫁给已有4个儿子的街坊邻居，脸上还看不到一丝羞愧的神色。

当然，嫁入女方，也是我自身还无能为力的羞耻。我才22岁，落魄之身，前程未定，却不得不急不可待地完婚，这只是我不负于她，履行对她最坚定的承诺。也注定了婚姻不是我的安乐窝，注定了我刚筑起鸟巢又要远飞。

我要给她一个真正属于我们自己的家。

六

当新房的客人散尽，房间里只剩下壁灯橘红色的光亮，她悄悄在我耳边说：一个家庭就这样诞生了。

我和她都睡不着觉，泡沫床太软和，两个人都还不适应这从来没有过的舒服。夜深人静的时刻，录音机里淡淡的小提琴声在耳边娓娓低语。

总是刚刚感觉几分温馨，又要说到分离。十一假期我和她第一次单独在一起，7天。12月初她不顾一切偷跑到成都，我们在一起，3天。这一次，完成了寒假结婚的所有仪式，我们在一起，20天。

表面上是结婚安家，实际上却是未来几年更长时间分离动荡的开始。那时候，她并不完全明白，安排好这一切后，我即将全副身心投入另一个世界。只有我自己心里才清楚，面对我的将是一场又一场恶战，是一个又一个难以逾越的天堑。我无法预知结果，却甘愿放手一搏。今后的日子，自然不会泡在她的蜜糖罐里，不会在意她能理解多少，更不在意世俗的眼光。我已22岁，已经结婚成家，这一次我将义无反顾，一意孤行。

我知道，新婚对于她，并不意味着稳定靠岸，反而将陷入流浪漂泊；并不意味着柔情蜜意，反而将迎来凄风苦雨。我专门给她写了一组诗《红房子》，未来几年后，她才深有感触：

红房子

墙

不敢相信这灯光染亮的四壁
豪华的立柜桌椅大臣们一样肃立
沙发床上摆满四个季节的祝贺
装饰品各就各位、配合默契……
不敢相信这小朝廷诞生的日子
国王和王后，已举行过
隆重的加冕典礼……

短短的一瞬，目光和目光
碰出羞怯也碰出惊喜

……很久了，还一个人
浪迹在冰天雪地。不曾迷路
会不会匆匆寻找伴侣
为筑巢去收集素材
完成同一部作品的主题

直到垒起了墙，也来不及问问
要围住什么又把什么抗拒
这四壁已隔断昔日的寒霜冷雨
任墙外的秋风吹落梁祝的蝶
墙内只生长西厢的红双喜
一个亲吻是一朵开放的花蕾
一个拥抱是一次成功的酿蜜
今晚，欢情这一对影子
投映在红着脸又不说话的墙壁
放大的是单纯
缩小的是神秘

哦，幻想那无边的天地
原来只有十二平方米

窗

这一瞥纯属偶然
有一天早上我打开窗帘

整整一夜，梦一场梅雨
下得晦涩又缠绵
没想到我真的没想到

窗户上还挂着孟浩然的春晓图
夜来风雨
落花已报答绿叶的奉献
昏睡的太阳又爬起来做早操
公鸡的喇叭吹响了螺号
屋檐下，那对新婚的燕子
洞房中正细雨呢喃
大路上的风已匆匆奔向遥远……

（哦，窗外真新鲜）
你还在担忧室内的气温冷热
我早已牵挂室外的风云变幻

天亮了，你该走过来
戴上太阳投增的七彩光环
为草的青翠花的芬芳紫晶石的诱惑
让你的头倚着我的肩
你来，想一想
什么时候开始怕风筝的影子
怕老说走又不出发的抱怨
爱慕一扇明净的窗口
为何又挂起了深红的帷幔……

门

不是投宿的过客
不是转瞬即逝的流星
归来还是离去
都必须为我开门

你哭了，要我再看一眼
那盏依然温柔的壁灯
照得见人影的地板
和澄亮亮的桌椅板凳
拥挤的新房大得像空谷
不是雨后也死一般的寂静
红色的气温下降到冰点
墙壁上卷缩一对阴影……

你还是要——开门

因为门外有路
路上有风景
有你不曾知道的秃山野岭
有你不曾相遇的病树残云

你才会熟悉一个纤夫的背影……
寻找一滴泉可以找到海洋
寻找一粒籽就会发现森林
寻找一条路才会探险人生……
注定要你等待不断重复的涛响
注定要你忍受台风掀起的地震
自从岸边冲来了浪
自从崖上飞走了鹰

你的心，总有一道门
开是牺牲关也是牺牲
晴天让我带走满屋阳光
雨天让我带回周身泥泞……

七

没有手机没有电话的年代，要约在异地见面，只有死等。

新婚离别后的暑假，也就是1986年7月7日，我提前从成都坐火车到了重庆，站在沙坪坝的站台上等她。我目不转睛地盯住每一辆到站的列车，生怕错过。

她一眼就看见了站台上的我，在火车还没停稳的时候。她看见我穿一条喇叭裤，花格子衬衣，头发又长又乱又卷，面容瘦削，像个地面上的操哥。

我们终于在重庆又相会了，在新婚5个月后，我们约定穿越大半个中国去旅行。

她的兜里只带有1000元现金。

就用这仅有的1000元，我带着她从重庆出发，先坐轮船畅游长江三峡和小三峡。在宜昌下船后，又买了长途汽车票，坐车奔向武汉。在武汉游览了黄鹤楼、古琴台和东湖公园等地，我们又坐船去了江西九江，游览著名的庐山。然后又坐船前往南京，在南京待了三天，游览了中山陵、民国总统府、熙园、雨花台等地。然后又坐火车到苏州，饱览苏州园林美色。再坐船领略大运河苏杭段风光，到达杭州，游览西湖。坐车去绍兴，参拜禹陵禹庙、鲁迅故居、奉化溪口故里，然后坐车来到了大上海。从长江之头的重庆，到长江尾的上海，完成了长江游兼江南游。时间已花去20多天。

我们竟然又买了轮船票，横渡黄海北上大连，与正在大连读大学的谢表姐会合，游览了大连和旅顺。然后又坐火车到北京，与已经在新华社工作的铁杆朋友张同学相聚，游览了北京的天安门、故宫、颐和园、天坛、香山、十三陵以及长城等名胜古迹，在北京待了十多天，最后坐长途火车回到达县。行程数千公里，总共耗时40多天。

这一次横跨南北中国的旅行，创造了我和她生命中的N多个第一：第一次长途旅行、第一次走出四川、第一次看见大江大河、第一次看见大海、第一次坐轮船、第一次到首都、第一次到上海……

囊中羞涩，我们只能昼伏夜行，基本上选择晚上坐船坐车，白天参观游览。到重庆的当晚，尽管酷暑难耐，闷热憋屈，我们仍然到文友家小房子的客厅打地铺，电风扇吹了一夜。第二晚又住进蒸笼一样的轮船大筒舱里，几十人不分男女，空气浑浊、异味刺鼻，汗流浃背。我们随身背着一件塑料床单，在武昌、南京、苏州、杭州火车站广场，铺开来即当枕席，睡在广场上。在上海交大，我没找到小学同学，碰到一个素不相识的男生，竟大方地把学生宿舍交给我们住了几天。整个40多天，除了在船上、车上、广场上、学生宿舍和单位的单身宿舍过夜，回来后清点住宿登记的票据，只有少得可怜的几张。如南京某机关招待所两天15元，南桥旅社1天6.8元，苏州某部队招待所1天8.8元，杭州城站饭店1天6.8元，总的加起来也不到100元。

即便坐船坐车熬夜，船票也只买得起四等舱位，也就是最底层几十人一间，不分男女，上下床的大筒舱。如重庆到巫山，票价17.3元/张。在庐山顶上的那晚，住的也是不分男女，几十人一间的大通铺。第二天下山来，发现买好去南京的船票不见了，当时就像丢了魂似的。只得补办两张连四等大筒舱也不如的散舱船票，票价8.3元/张，整整一夜，我和她一直背靠背坐在轮船甲板上，江风扑面，半睡半醒。至于火车卧铺，我们想也不敢想，无论多远的距离，都只能买硬座。从大连到北京的火车上，为了抢座位，我和一位北方汉子发生争执，他手里端起一盘螃蟹朝我砸过来。在北京回达县的火车上，长达两天两晚的硬座，浑身动弹不得，到了终点站下车以后，我和她的两条腿都肿大了。

值得庆幸的是，我们跑遍了大半个中国，游览了数十个景点，但门票价格却极其低廉。如北京故宫，3元；颐和园，0.3元；香山索道，1元；明长陵、定陵，0.5元。首都以外的庐山，1.5元；黄鹤楼，1元；中山陵，0.1元；岳王庙，0.2元；大连海豹池，0.1元；旅顺白玉山，0.1元。原始的票据至今仍珍藏在我的文件盒子里。我在网上查了一下，如今故宫门票60元/张，颐和园门票30元/张，30多年来分别涨了20倍和100倍。

1000元，重庆—长江三峡—宜昌—武汉—九江庐山—南京—苏州—杭州—绍兴—上海—大连—旅顺—北京—达县，40多天穿越了大半个中国，用于车船、住宿和门票的费用，仅占300元左右，其余的大头，一是饮食。什么都可以省俭，唯独饮食一点也不克扣，吃饱喝足了才有精神上路，那时候身体真好。二是拍照。一路上拍了十几个胶卷，许多照片都成了一生中的经典影像，胶卷和冲印的费用占了不少。三是购物。沿途还买了一些纪念品和回家的礼物。

这是一次大开眼界的旅行，也是一次真正意义上的穷游。在很多同龄人都还不知道旅游为何物的年代，我就带着她先行一步——与其说是我们的新婚蜜月游，不如说更象征我们流浪的新婚。

如果时光倒回到现在，还是这么点盘缠，还是以这种方式穷游，我不知道会不会还有一个傻乎乎的女孩，愿意跟随我。

盐道街3号那间
9平方米的小屋

这间屋子大约只有9平方米，呈L型摆放两张单人床，里面的主人是从川大毕业刚分到四川人民出版社的庞学锋和S。

这是老式三居室房屋中的一间，在进门的左手位置。中间稍大的一间住一对夫妇，男主人是川师大毕业的研究生。靠右的一小间，同样住有两名刚分来的名牌大学毕业生。

这套老式三居室就在盐道街3号出版社院内，一栋砖混结构6层红砖楼的底层。除了三间卧室，连客厅和饭厅都没有，只有一间很小的厨房。

5个大学毕业生在新单位的集体宿舍，本来已经很拥挤了，在成都漂泊的我和张建华又挤了进来，在他们的宿舍蹭住宿。

一

庞学锋和我是达县城老乡，同龄，但没有同过学。16岁

初中毕业，他读达县高中的时候，我去了宣汉县师范学校读中师。两年以后，他考进了四川大学物理系，我则中师毕业去了达县农村的小学教书。4年以后，他大学毕业作为急需人才引进到四川人民出版社当编辑，我则从农村小学、中学，一步步调进了县城，在文教局办公室跑腿打杂，后来考上四川教育学院，脱产读2年制大专班，终于辗转到了成都。

那个时候，成都离达州有好远？坐火车要绕道重庆，一个下午加整个通宵17个小时。所以，当时在成都碰到同龄老乡还是很稀奇的。我和学锋很快就成了好朋友，在教育学院读书的日子尤其是毕业后没着落的那段时间，我几乎天天泡在学锋这里，把他宿舍和办公室的同事几乎都混熟了。

我虽然就读四川教育学院，却不算真正意义上的大学生，而只不过是年龄上的“大”学生。没有经过统考统招，户口在原地，工资关系也在原单位，到省教院仅仅是在职培训，结束后就得原路返回，根本不存在毕业分配。但我却害了妄想症，完全不顾自己只是来成都培训，只能混个大专文凭。从接到入学通知那一刻起，就下决心留在成都——必须留在成都，唯一“正规”的方式只有趁培训期间，在成都找到工作单位把自己调过来。

同样也想调到成都的还有建华兄。他大我5岁，本人是老三届统招大学生，却因为父亲当时还没有平反只被达县师专录取。他的学历比我高一格，是专科毕业；水平也比我高很多，是当时正当红的巴山作家群中有名气的诗人，所以毕业后直接分配到了《巴山文艺》当编辑。我向这份本地刊物投稿，他没有嫌弃我这个乡村小学老师，给了我很多关照，是我文学创作上的辅导老师，也成了我最好的朋友。

在我一边读书一边找工作的过程中，建华兄也时常来成都跑调动。当时在成都没有更多的熟人，建华兄通过我也认识了庞学锋，也和我一样逐渐把学锋的室友和同事们都混得很熟。对于来自偏远山区，没有任何家庭背景的我和建华兄来说，那时候要在大城市成都找一个单位把自己调过来，如同大海捞针一样艰难。我们俩理想很丰满，现实很渺茫，唯一能做到的就是固执地坚持和漫长地等待。无形之中成了改革开放后第一批蓉漂的人，面对大成都这片未知的蓝海，庞学锋的这间9平方米小屋，这个老式红砖房子的集体宿舍，成了我和建华兄漂泊游荡生涯可以暂时憩息的孤岛。

二

20世纪80年代末90年代初期，成都盐道街3号院是四川出版人心中的圣地。

位于人民南路岷山饭店旁边的盐道街3号院，几乎集中了四川所有的省级出版社。院子不大，临街是一排门市，东为后勤楼，南面有一栋6层砖混结构的老式红房子宿舍，中间的小坝子完全用作自行车棚。进大门西面一栋新修的十多层大楼，汇集了四川人民、教育、少儿、科技、文艺、辞书、巴蜀书社等出版机构，尤以四川人民出版社规模最大、级别最高（其他几家都是从川人社分出来的）。

庞学锋分配进了川人社，而且分在“走向未来”丛书编辑室，那可是在全国闻名遐迩的一个编辑部。在改革开放、思想解放的历史洪流中，“走向未来”丛书影响了整整一代中国人。丛书编委会的核心人员，一个个闪闪发光的名字，几乎让这套连续数年出版的丛书，变成了中国人冲破迷雾认识世界的启蒙读物。

一本本为中国人打开天窗看世界的热门图书，都要从学锋所在的编辑室编审出版。经常混迹在他办公室和寝室的我，难免也会随手翻翻那些即将成书的校稿、清样。没有受过正规高等教育的我，也无意中知道了凯恩斯、马克斯·韦伯、弗洛伊德这些名字，知道了《人的发现》《人的现代化》《西方社会的结构演变》《新教伦理与资本主义精神》《以权力制约权力》等新书中介绍的现代社会知识。

我非常羡慕庞学锋从事的工作，经常听到他讲述编辑室几位大咖的故事。他的直接上司A和好友W都是出版界公认的牛人，两位牛人又能经常接触到全国文史哲以及经济学界更加大名鼎鼎的顶级专家学者。前卫的思想、前卫的人物、前卫的气场，让我激动不已。

隐约感到这个社会要变，世道要变。

三

记不清有多少个清晨，当我随着拥挤的人流，从火车北站的地下通道冒出地面，成都这座城市还没有醒来。满眼的迷雾中，这座城市并没有我的窝，唯一的落脚点只有跳上16路公共汽车，走向岷山饭店，走到盐道街3号，去投奔庞学锋的集体宿舍。

这个时候，教育学院的培训已经结束，当所有的外地同学都打好行李，买上土特产，回到遥远的家乡后，我仍然不死心，拒绝撤离成都，只好把主要行李寄存在下一个年级的老乡寝室，随身只带一个提包，一辆破旧的自行车，来到学锋的宿舍。因为有了这个孤岛可以暂时憩息，我每天都骑上自行车，漂出去四处寻找我可以靠岸的地方。

转眼间，毕业那个暑假就结束了，我的调动却毫无眉目。我不得不回到达州，被安排在一所职业高中教书。我初中曾就读这所学校，现在任课班的班主任正是我以前的老师，我和他商量，把我每周的课时集中在三天上完，然后又坐火车来成都找工作；几天后又回达州上课；然后又来成都……一年当中反复往返，无数次在迷雾中的清晨，敲响盐道街3号老式红砖楼集体宿舍的门。

与庞学锋同一间寝室的同事，也是同一地区的老乡，他很少住在集体宿舍，这便为我到这间9平方米小屋借住提供了可能。很多时候还加上建华兄，三个人在小屋子里，每天晚上两个人轮流挤在其中一张单人床，谁也没抱怨过条件艰苦，反倒是感情上非常投缘，一见面总有聊不完的话题，经常一聊就到深夜，而且聊的题目基本上都是些踌躇满志的话题。

我不是出版社的职工，但每天却和庞学锋一样端着碗到出版社食堂打饭。那个年代的人还很厚道，我从没有在庞学锋同事的眼中感受到任何的高傲或歧视，与庞同宿舍的另外几个兄弟，也没有因为我给他们添了麻烦而有丝毫抱怨，大家都与我融洽相处，好像我本来就是他们之中的一员。

这期间，也有闹饥荒的时候，不到月底就弹尽粮绝。庞学锋就出去找他的同事借饭菜票帮我度日，然后等着老家那边发了工资寄钱来救援。手头宽松的时候，我们相约去附近的青石桥农贸市场打牙祭。在喧闹杂乱的菜摊后面，我们经常光顾的一家苍蝇馆子，有一个叫“大师傅”的厨师，很对我们的胃口，每次只需十来块钱，就能让我们吃到丰盛可口的美味。

有点始料不及的是，恋爱的季节说来就来，青春的荷尔蒙开始在年轻人身上涌动。

很快，集体宿舍另外一间屋子的哥们开始恋爱了。一天深夜，哥们正和女朋友在隔壁的寝室里，偏偏突然从老家来了几个亲戚在外面敲门，哥们在房间里不敢吭声，亲戚就砰砰砰地不停敲打这套宿舍的房门，弄出很大的动静。我和学锋还有建华兄三个人当时也正在屋子里，只得屏息凝神，为这哥们捏一把汗，期盼外面的亲戚赶紧离开。本来是光明正大的恋爱，那个时候，哥们不敢开门，我们也不敢去开。

紧接着庞学锋也开始恋爱了，并着手把这间9平方米的房间布置成新房。学锋的女朋友每次从北京过来，我就开始打游击另寻落脚点。记得是个夏天的晚上，我和建华兄骑着自行车四处飘荡，实在找不到地方干脆把车骑进了人民公园，寻找到树荫下的一个角落、两把长椅。我先用一根绳子绑住自行车，然后将绳子在自己腰上缠绕一圈，然后再将绳子穿过手中的提包用来当枕头，躺在公园的长椅上入睡，竟然没有唉声叹气，还是继续聊着我们的“宏图大计”。

四

因为我和建华兄经常在庞学锋那间9平方米的集体宿舍落脚，现在已分不清是庞学锋和他同事在我眼里近乎神圣的工作影响了我，还是已有江湖气息在身的我，影响了从学校到单位履历单纯的庞学锋和他同事。

或许二者皆有。

作为文人，能够在省级出版社当上一名编辑，对我来说望尘莫及，当时是一点也不敢奢望。

进不了出版社工作，并不妨碍我们在出版社圈子里厮混。我和建华兄还有庞学锋三个人最初商量，“走向未来”丛书是思想启蒙的读物，打开了人的眼界和思维，但我们正身处社会大变革之中，最重要的应该是看每个人的具体行动，对，就编一套“行动时代启示录”丛书。这个选题一出来，大家都很兴奋，但记不清后来为什么又不了了之。接下来我们选了一本《最初的玫瑰——现代少女抒情诗选》，获得了中国图书“金钥匙”奖；又编了一本《春天的秘密——现代少女抒情散文选》，订单也不错。大家一合计，又策划了《爱的世界》丛书选题，由建华兄到北京请冰心老人题字，大诗人艾青做名誉主编，出了三辑约20本，其中一本是建华兄写的《创造你的太阳》。我自己的个人诗集《冷漠与温暖的手》《雨季情诗》和随笔集《一生中的关键时刻》也陆续在省内外三家出版社出版。这些书虽然算不上大热门畅销书，但大都有过再版，出版社和个人都不赔钱。

我们亢奋异常，脑子里整天都在思考、创新选题——社会和经济“双效益”的大策划选题。庞学锋同屋的老乡在川人社旅游编室，我和他一策划，弄了个“中国民俗文化系列”丛书，后来出了二十来本。我们又邀约了在海南出版社当编辑的女诗人林珂、剧作家宋晓武还有省人事厅搞理论的洪方明，炮制了一个“大人物系列”丛书。大政治家、大阴谋家、大哲学家……讨论得热血沸腾，断定将是一套热门畅销书，可惜后来因为建华兄和我都意外到了北京工作，使这套丛书半途夭折，对不起已经写完书稿的宋晓武和洪方明。

随着出版业的繁荣，出版社也开始注重经济效益，而出版发行本身也是当时最赚钱的领域，书商这个“二渠道”应运而生。这时候，已经有底层打拼经历的我，反过来又开始影响出版社书生气十足的编辑们。当庞学锋给我讲“走向未来”那些高大上的故事时，我也告诉他从农村到县城到省城一路打滚的底层经历。

我还在农村小学当老师的时候，就在母亲的油盐酱醋摊子上顺带贩卖刚刚时兴的各种走市场的报刊，这使我在20岁以后就学会了挣外快，为后来读书、结婚挣了点家底。而建华兄所在的《巴山文艺》也曾赶时髦，出版过一份专门刊发稀奇古怪故事的畅销小报。我俩都有点这方面的经验，机会来了，我们抓住成都、重庆、广东的几个书商合作稿。因此，庞学锋这间9

平方米的宿舍，既成了我们三个人的栖身之地，也成了我们对外交往应酬的沙龙，许多朋友尤其是文人加书商的朋友都是在这里认识交往的，就连如今大名鼎鼎的力帆集团老总尹明善，也在这间屋子找庞学锋谈过二渠道出版。

就像现在的版权经纪人，我们先是为自己写书策划选题，然后又策划选题约别人撰写书稿；先是只提供书稿，然后连书稿带出版发行一块搞定交书商经营。当时就用一个作业本记流水账，记录每一笔收支，稿费大家均分。

我们策划出版的书稿有历史、社会学、文化学书籍，还有巴山作家群成员创造的畅销小说。用我们书稿的书商当时都赚了不少钱，而我们却满足于生产加工种子的一点点中间差价，对工资以外的小收益喜不自禁。本来有机会成为第一批真正下海经商的人，但头脑里又固执地只操正步，认为只有正式工作调动到成都，上了成都户口，才是改变命运唯一“正规”的途径。

一边固守成规，跑调动；一边游离体制，当串串。一边豪情满怀，做大选题；一边急功近利，搞“二渠道”。厮混在盐道街3号，我只是个流浪的边缘人。

五

庞学锋个头不高，人极聪明。他在四川大学读的物理系，却又文理兼修，毕业时已收到厦门大学自然哲学研究生录取通知。此时，“走向未来”丛书正走红，恰恰急需学自然科学又有文史哲基础的人才，川人社的总编辑和丛书编室负责人亲自到川大做工作，才把他留下来。

庞学锋说，关于图书出版走向市场的意识，我和建华兄对他影响极大，甚至通过他又影响到后来的一些领导，从而间接影响到出版社经营观念的改变。

庞学锋的工作岗位，本令我好生羡慕，但出乎意料，已经升为出版处主任的他，竟然又成为出版社第一个有勇气下海经商的人，停薪留职办起了自己的私人印刷厂。我和建华兄一边跑调动，一边也做书生意挣点小钱。

如今，盐道街3号那座老式的红砖楼已不复存在，当年的集体宿舍也早已物是人非。而庞学锋和他带来蹭住宿的我和建华兄，三个曾经把公职看得很重，又放弃公职干个体户的兄弟，或许因为血脉里流动着又漂泊又求安稳的基因，既不愿在体制内安分守己受约束，又不敢在体制外冒险闯荡出人头地，最终都选择了做一个小富即安的自由人。

30年后，曾经蓉漂的我，已经被这个叫作蓉城的城市彻底融化。

文艺青年的 文学时光

《盐道街3号那间9平方米小屋》在微信公众号发出来后，有人在后台留言，说她是文章中提到的《最初的玫瑰》这本诗选集的作者，一直关注着“烦人白话”这个公众号，突然看见我在文章说到了这本诗集，很惊喜。我回复，不到一分钟，啪啪啪传过来几张手机拍的照片：有书的封面、有她诗稿和个人简介的那几页。

我自己都早已经找不到这本书了。而在千里之外，在广东珠海，有一个曾经的女大学生，和我一样做过文学梦。我不知道她是谁，问她是否认识我们三位编者，她说一个都不认识；又问她当时咋个投稿的，她说学生宿舍的电线杆上贴有征稿启事。我有点感慨地说，那个年代的人真纯，认稿不认人。

或许真的是因为纯真，20多年来，这本诗选集一直伴随在她身边。我看了一下她发过来的照片，刊发她写的诗那一页标题下面的作者简介印有：19岁，就读于四川大学大一……

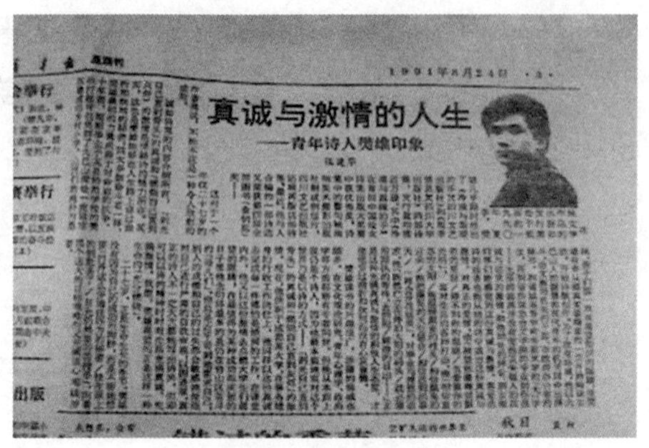

1991年8月24日

真诚与激情的人生

那是一个令人怀念的文学时代。

一

成都空军医院，内四科，23号病床。

徐康老师躺在病床上。出现在我面前的是一个一脸福相、肤色白皙、面容和善的中年人，一点也看不出四川作家协会秘书长和文学院负责人的架子。坐在床头一侧还有他的妻子邓姐，一个慈祥和蔼的女人。

日记本上记录的时间是1985年9月12日，在我刚到四川省教育学院报到的几天以后，从达州初到成都，第一次拜见省作家协会的领导。

带我去见徐康的是儿童诗人喻德荣。他当时的职务是达县文化馆馆长，在儿童诗领域已颇有些名气。德荣兄与我同时来成都挣文凭，他就读成都市教育学院，在营门口花照壁街；我读的四川省教育学院，在人民南路。虽然相隔并不近，但报到以后我们就频繁联系，由他带着我往省里的文学圈子走动。

第一次见到徐康老师，谈及省作协最近发展的几位达县地区的会员，喻德荣提到了我。徐康老师竟毫不犹豫地回答“可以申请嘛，你给他介绍”。一个在我看来高不可攀的门槛，就这样为我打开了一道缝隙。

我是在省教育学院入校不久加入省作家协会的，当时还叫中国作家协会四川分会。这件事在我们学校，在中文系还算一个新闻，学院的校报还为此发了一条消息。

那个时候，文艺复兴如火如荼，但凡是年轻人，尤其是知识青年，心中大多有文学艺术家的梦想。而作为文学青年，作家协会无疑是一座圣殿。原始的想法就是，进了作协，意味着被官方承认，意味着可以正式成为“作家”了。我很幸运，从大巴山到省会成都才几天时间，就受到了省作家协会重要人物的亲自肯定和鼓励。

这对我闯成都，闯文学圈，打了一剂强心针。

二

徐康老师的表态，燃起了我心中的烈火。1985年到1987年两年在校生活，我进入了最勤奋的写作状态。

我的目标是向各类报刊投稿，当看见手写的文字出现在铅印的纸张上那一瞬间，是我最快乐的时刻。所以，几乎每天晚上，我都坐在教室里，从晚饭后到深夜，从深夜到第二天清晨，那时候人年轻，不知熬了多少个通宵，也未曾感到过疲倦。

写诗，其实是最磨人的活。写出来的文字很少，却需要花大量的时间；写成的诗句看似奔放流畅，很多时候却完全是熬出来的。我没有七步诗的才华，也不能出口成章，每天晚上枯坐在教室里疑神沉思或心潮起伏，身体却一动不动像一尊雕塑，仅仅为了一句诗甚至一个字词，很有可能就耗费掉一整晚。

白天最关心的则是信件。每天送信的来了，我总是第一时间冲上前去查看。收到退稿信也会很高兴，因为稿件一般是不退的，能够退回来也表明引起了编辑的重视，也是一种信号。当然，如果当天的信件中有用稿通知，或者有寄来的样报样刊，或者还有寄来的稿费汇款单，那就要高兴一整天了。

每次，我的作品发表，我都会再买几份当期的报刊送给亲人朋友。记得《星星》诗刊发了我一组诗，我把当期杂志寄给远在老家的新婚妻子，她比我更激动，给我回信的原话这样写道："今天收到你送我的《星星》，你不知道我有多高兴，尽管这是意料之中的事情，但我还是抑制不住内心的激动。看着那一行行铅印的熟悉的诗行，我想起了你的艰辛、你的痛苦、你的徘徊、你的努力，想起了一个个漫长而又难熬的夜晚……我的心顿时一阵痛楚，几丝爱怜，最后，又是一阵喜悦。我真想大声地告诉每一个人：我是世界上最幸福的妻子，最骄傲的女人。”

文学在那个年代人们心中的分量，今天的人已难以想象。我不仅自己痴迷于文学，还感染着身边的人。至今在我的抽屉里还珍藏着一个特殊的本子，那是用16开纸张加硬壳封面特制的剪贴本，每发表一首诗，一篇文章，我都会剪贴在上面，厚厚的一本，每一页都记录着当年的故事。这样的剪贴本，在我当年熟悉的文学朋友中，貌似人手一册。

我在中文系的迎新晚会上朗诵了自己写的一首诗，从此烙上“诗人”的印记，这个标签一直伴随着我。毕业前，我在老家请人把在校期间写的诗打印出来，做成一本油印的32开小册子，白纸封面标题为《相思鸟》，作为毕业礼物，送给好同学。

三

回想起来，我的文学之路走得有点循规蹈矩，应该属于比较保守的传统派吧。

当年我有幸认识、比较熟悉的诗界前辈都有一个共同的特点：来自基层。比如诗人张建华兄最早带我认识的《星星》诗刊编辑鄢家发老师，曾经在长江边当过纤夫；四川文艺出版社的诗歌编辑张新泉老师，曾经在富顺县打铁谋生；而省作家协会的徐康老师，也曾在眉山当过小学老师。

只有在那个拨乱反正的时代，才能让这批有才华、无背景、无科班文凭的优秀人才，从基层脱颖而出，走上省城文学出版界重要岗位。面对同样来自基层，同样无背景也无科班文凭的我等无名小辈，他们流露出更多的是关爱和呵护，这或许是我无意之中与他们走得更近的本能驱动。

鄢家发老师第一个在《星星》诗刊发表我的作品，张新泉老师是我第一本诗集的责任编辑，徐康老师不仅介绍我加入了省作协，而且在1989—1990年就让我成为省作协文学院（现巴金文学院）的专职创作员（现在叫签约作家），在那个年代由国家发工资，专职个人创作。

网络和自媒体时代，编辑竟然被统一称呼成了“小编”，这让我心里很失落。在文学热的纸媒时代，任何一个编辑在我眼里都是尊敬的老师，也的确因为有了那些兢兢业业的编辑老师，很多人才圆了自己的文学梦，甚至因此改变了人生。印象很深的是《绿风》诗刊的李春华老师，在我还是山村小学教师的时候就向《绿风》投稿，她总是有稿必回。几年中，给我发了很多诗稿，可我与她至今素未谋面，这在今天一定令人难以置信。

当然，也有不走寻常路的另一个群体，那就是当年的“先锋文学”。在那个风起云涌的时代，各种文学主义、流派群雄并举，山头林立，大多自创自编自印报刊，免费赠送。一时间声势浩大，绝不亚于当今的自媒体网红，而且与自媒体时代的网红不同，“先锋文学”大多是一个个群体的集体行为，每个群体都有几个出名的带头大哥，尤以诗歌圈子闹得最响，大有江湖论剑，我自为王的架势。

或许因为自身的经历不同，我发现“先锋文学”组织策划者要么出自于高等院校中的天之骄子，要么本身就出生在大城市的知识分子家庭，我没有这样的本钱，只是大巴山来的一名蓉漂者，当务之急要解决留下来的户口问题，首先得把饭碗端稳。所以在那一波热潮中，我没加入任何主义、流派，也不曾混迹于其中任何一个圈子。

四

1986年12月，寒风中的成都吹来一股暖流。省艺术学校的两个小姑娘早早就来到位于红星路省作协背后的花园宾馆，那是一个古色古香的中式小庭院。两个小姑娘赶到这里的时候，小院的大门已被一群追星族围得水泄不通。

为纪念《星星》诗刊创刊30周年，由读者投票评选“我最喜爱的中青年诗人”，舒婷、北岛、傅天琳、杨牧、顾城、李钢、杨炼、叶延滨、江河、叶文福10位诗人获奖。全国最有名的大牌诗人齐聚，在成都引发前所未有的轰动，完全不逊于今日任何一位明星出场的光环效应。

这是盛况空前的一次诗歌大聚会。尽管每位获奖诗人的奖金只有100元，相当于当时一个普通上班族两个月的工资，见过大场面的当红诗人，也被成都市民罕有的文学热情所震撼。从诗歌节第一天起，获奖诗人走到哪里都会被一路追捧，让文艺气息浓烈的成都达到了沸点。

那时候，徐康老师关照我，但凡作协有什么重要活动，他都会安排我去帮忙，为我创造融入文学界的机会。因此，我成了《星星》诗歌节的工作人员，可以近距离观察几位诗坛大咖。最引人注目的北岛，穿着一身很随意的灰色羽绒服，脸上的表情总是很深沉的样子。而舒婷穿一件枣红色的长大衣，整个气质显得很文艺范。顾城则头戴毛线编织的圆帽，身穿四个兜的军官式衣服，依然是一脸孩子气——那种从小出身优越，天真和忧郁同时写在脸上的气质。他带着老婆谢烨，虽然只穿了一件很普通的红色羽绒服，但外表贤淑、漂亮。

那天晚上，我和北岛同住在小院一层最里面的那个标间。他似乎喜欢泡澡，放了一浴缸水，美美地泡了很久。已记不清当时都聊了些什么，好像也没怎么多聊，可以肯定没有谈及诗歌。他给我留了一个北京团结湖的地址，此后也从未联系。

诗歌节上，表现最抢眼的当数叶文福，他的每次兴风作浪，都会引来粉丝的尖叫。尤其是在新声剧场的颁奖典礼上的演讲，他一上台就大喊一声“我的人民呀”，然后又做晕倒状，每一个夸张的动作和大声的喊叫，都会在全场掀起高潮。以至于到最后狂热的诗歌粉丝几近失控，把获奖的诗人围追堵截在化妆间里不能出来。这天晚上回到花园宾馆小院，仍然有七八个粉丝通过各种渠道涌进叶文福的房间，尤其是几个女粉丝已完全疯狂，让叶文福左拥右抱，在叶的脸上贴满了吻印。

第二天陪叶文福逛望江公园，有东北诗人曲有源和《星星》诗刊的鄢家发老师，还有一个铁杆女粉丝。曲有源希望我帮他约见一下成都的女诗人翟永明，改天我又骑上自行车，来到跳伞塔的科分院，在一间长长的走道上满是灶台的集体宿舍里找到翟永明，并和她约好时间，一起陪曲有源逛杜甫草堂。那个年代就是这样，不管是否认识，只要报上姓名说诗歌，基本都可以相约。

而诗歌节门外，两个都出生于成都本地在省艺校就读的小姑娘，她们追捧唱歌的费翔也同样追捧写诗的北岛、舒婷。我帮她们要到了签名，后来也成了生活中熟悉的朋友。如今，两位都早已经移民美国，不知道在大洋彼岸清淡宁静的日子里，是否还记得当年的那份热情。

五

“只要站在风口，猪也能飞起来。”

眼下最时髦这句话，用在20多年前也同样适合。1980年代末期的文学艺术热，最大的特点就在于突破了文学艺术圈子本身，而成为全民全社会的情怀，有时甚至是狂欢。

我恰好站在了这样的风口，1990年5月，我的第一本个人诗集《冷漠与温暖的手》，作为“中国首届处女诗集出版大奖赛获奖诗丛”，由四川文艺出版社出版，并获得成都市政府金芙蓉文学奖。首印居然在3个月内售完，到8月又加印1万册。同年7月，另一本个人诗集《雨季情诗》由四川大学出版社出版，也受到新华书店的青睐。两本诗集虽然都算不上特别畅销，但作为27岁的年轻人，同时推出两本个人诗集，既不需要自费出版，也没让出版社赔钱，纯粹的个人诗集也能在图书市场找到销路，说明风真的吹得很大。

在诗歌圈，我只是初出茅庐，但全民文学培育的土壤，同样能让我感受到来自社会的热情。那时候，每天都会收到读者来信，有谈诗说文的，也有交流人生感受的，还有请求帮助寻亲访友的。总的说，绝大多数来信，除了帮忙看看诗稿，几乎不带任何目的，就是抒发感情、说说心里话。写信的大部分是年轻人，最小的还有初中生。当时《中国青年报》刊发了一篇介绍我的小文章，收到的来信比如今公众号打赏、点赞还踊跃。

印象很深的是有一个武汉的小姑娘，还是高中学生，她为了给我写信，外面用了一个大信封，同时写给四川作家协会和四川文艺出版社，请求拆信的人转交里面的小信封给我。两封信我都收到了，没回。大年三十的晚上突然在家接到长途电话，竟是武汉小姑娘打来的，吓得手足无措。此时我刚调到成都工作，在隔壁单位安装了一部分机电话接通到家，小姑娘竟然能够通过各种渠道打探到这个号码。于是赶紧承诺给她回信，而回信的内容无非也是鼓励她好好学习、天天向上之类的话。

有了第一封回信，接下来的几年时间里，小姑娘几乎天天写信，流水账一样向我诉说她每天的即时心情。她给我寄了两张照片，说高考第一志愿填报四川大学，而且考完后这个暑假就来成都和我见面。我以最决绝的方式阻止了她来见我，但这并未妨碍她一直坚持写信，无论我是否回复，她都一直写，有时候是将几天的信装在一个信封里寄来。从高中到大学，每天她读了什么书，说了什么话，买了新衣服，剪了短头发，以及参加了聚会、有了恋爱对象，有了初吻……完全敞开心扉，把每天所见所思所感，都向我这个素未谋面的陌生人娓娓道来——就因为她偶然看到了一篇报道，读了一本诗集，甚至几句打动人心的诗句。

那是一个把精神需求和心灵交流放在首位的年代。在今天那些“宁愿坐在宝马车里哭”的女孩看来一定不可思议，如此“文艺”的生活，在当年却曾经相当时尚。直到1990年代中期下海潮来了，另一个时代的时间窗口已经开启，我已远离了文学和写作，收到她的最后一封信，信中第一句话说：“从今天开始，我要把你彻底埋葬。”她说这么多年给我写信，就像一个影子缠绕在她的生活之中。她要斩断这个影子，开始新的生活。

时隔二十多年后，我第一次到台湾旅游，当时还没开放自由行，随团的另一群中年人来自武汉，一交流发现他们的地址依稀就是当年写信那个女孩同一条街道，很想很想向他们询问打探，犹豫再三，终究没有问得出口。

我不知道随行的这群人中，如果真有一位大姐就是当年写信的女孩，我该如何面对。

从小县城到大成都的个人“移民”史

当成都的房价突破万元以后，成都之南，高歌猛进，向着110多公里外的仁寿县扩张，以前离市区很远的新会展、华阳一带，很快将成为未来大成都的市中心区域了。

无数的高楼大厦拔地而起，为成都这座西部中心城市带来新增人口，这正是政府喜闻乐见的。外地人在成都买房达到90平方米，可以上成都户口；大学毕业生，无论在成都是否有工作，只要愿意把档案放在成都人才交流中心，同样可以在成都落户。如今的地方政府，多么希望来自五湖四海的人群源源不断融入成都。

而在30年前，成都城区还在一环路范围之内的时候，外地人想在成都安家落户，必须符合两个条件：一是正式工作单位调动，接受调入的单位要有进人编制；另一个更重要的条件是，调入单位有编制的同时，还得有进城指标才能调人。

进城指标，一个早已被历史遗忘的词汇，当年却不知卡住了多少人，多少个家庭。

那时的理由是，城市人口容量有限，每增加一个人就得多花一笔城市增容费用，所以每年都有一个总的进城指标，分配

给正规的国家单位，一个大的厅局系统不过就十来个名额，竞争之激烈令人已难想象。

一

20世纪80年代中期，成都的府南河还很破烂，但河道两边却异常热闹，有各种杂耍游戏摊、糖人风车摊，还有贩卖小商品、旧书报的地摊。

从1985年夏天来到四川教育学院在职培训，几乎每一个周末，我都会骑着从老家带来的永久牌自行车四处晃荡。“进城”开始就养成了一个习惯：无论到成都市区什么地方，我都故意不先看地图查找最近的路线，而是骑上自行车沿着一个大方向走出去，走错了或者走绕路了，正好可以多认识几条新的街道，多知道几个单位的所在地——我就以这样的土方法，探寻我刚刚置身其中的大城市。

尽管成都城区的范围还在一环路之内，但当年的成都市在我眼里真的好大啊。16岁初中毕业从地级城市达县，到更小的县级城市宣汉县师范学校读中师，绝大多数同学都来自大巴山区的崇山峻岭，学校组织集体活动到达县火车站看火车，都会令很多人兴奋不已。18岁中师毕业分配到比县城更小的乡村学校，连火车也看不成了，下了客车还要走一段长长的山路。所以，在我20岁之前，大城市只在电影里面见过。那些有机会随父母到过大城市的小伙伴，回来说到坐公交车，我百思不得其解，心想好难得去一趟遥远的大城市，为什么不挨个挨个把所有的街道都看完呢？坐车一晃而过不是白白浪费了机会吗？

完全没想过有机会到成都。当时只想读个电大，考上了没读成，反而悄悄盖了文教局的公章报考省教院，竟然能从电影里走进真实的大城市了。第一次从火车北站的通道冒出地面，我就被眼前巨大的城市场景震到了。从来没有看见过这么大的广场这么多的人，在各种方言、各种面孔和各种气味交汇的火车北站，茫然四顾，除了身上的铺盖卷和行李箱，再也没有谁认识我。

那天早上，我果然没有乘坐公交车，而是喊了一辆边三轮自行车，把行李箱放在脚边，铺盖卷抱在怀里，随着边三轮缓缓而行，我惊奇地打量着从蒙眬中睁开眼睛的这座大城市。从火车北站到一环路跳伞塔路程有多远，骑车要多长时间，我完全没有概念。我也不知道边三轮骑行的这条人民南路，正是成都市的主干道。我惊奇于这条道路的笔直、宽广和大气，惊奇于道路两边巨大的林荫和高楼大厦。我的目光一路贪婪，就像饿汉在饱吃一顿大餐。

二

那是一个阳光明媚的周末，我骑车从光华村路过青羊宫，眼前的热闹与我低落的心情形成强烈的反差。从达县到成都培训学习已满一年，我强烈地想留在这座城市，可是毕业后我能调到什么单位？却连一个方向、一点眉目都没有。

鬼使神差，我在算命的地摊上停留下来。

平生第一次，我摇了摇抽签筒，抽出第一张签，上面写着“穆桂英挂帅”。我的心一震，又摇了摇，抽出第二张签，上面写着“枯木逢春”。

我突然有了豁然开朗的感觉，还没等大师指点迷津，扔下一块钱，骑上自行车飞快地奔驰。夏日的热风在我耳边唰唰地拂过，我的头脑却渐渐清晰起来。从第一次坐上离开达县的火车那一刻起，我就发誓要留在即将远赴的成都，但所有的有利条件我一样没有，而所有不利的因素我却几乎占齐了。

我是在入校第一学期寒假回老家结婚的。妻是初中同班同学，又与我同一条街道长大，从小青梅竹马。她知道我这一走对故乡来说已覆水难收，因此我在第一时间回老家与她完婚，当时虚龄22岁，为保证办到结婚证，我自己在介绍信上填写成25岁。

所以，接下来我要面临的调动，已不再是一个单身汉。对成都我想调入的单位来说，还要解决夫妻分居的问题；而对达县要放我的单位来说，夫妻工作单位都在本地，根本就没有放我的理由。事情还没开始，局面就已经困在死角。

“穆桂英挂帅”让我想到先动妻子。妻也是中专生，达县地区财贸校毕业分在工商银行工作，22岁已当了科长。我能说服她放弃优越的工作吗？我连自己在成都都还没有着落，又能把她调到什么单位呢？

三

做梦也不会想到，我会在计划生育指导站的手术室里度过流浪的夜晚，专门给育龄妇女做手术的手术台，会成为我青春的睡床。

1987年12月底，妻子被调入成都市所属的双流县。从达县市工商银行的科长，到双流县计生委所属的计划生育指导站当会计，工作落差之大，让她相当郁闷。

教育学院与我同寝室的光诚兄，入校之前是华阳师范的老师，书法水准一流，又是很热心肠的社会活动家。他向当时的县领导推荐了我，拟把我引进到该县工作，我顺理成章提出了先调妻子，结果县里马上发函，竟然没花多少时间就调过来了。

双流是郊县，不需要进城指标。但那时的双流不是野岭起码也是荒郊，当地的老谚语云：“金温江、银郫县，叫花子出在双流县。”妻子稀里糊涂就过来了，一看县城比作为地级市的达县城还小，尤其是每周都有几天，县城里面还要赶集，这一天县城的几条街道都会变成一个大农贸市场，突然觉得，没有从小地方到大城市，反而从城里到乡场了。

计生委给妻子分配了宿舍，两室一厅的房子里，两间卧室已各住有一位女员工，妻只能住在客厅，用布帘子拉起来。这时候妻已有身孕，她在双流举目无亲，光诚兄一家人当时也还在华阳，她在这里孑然一身，连个可以走动说话的人也没有。

妻调到了双流，而我已经从教院毕业，为了保住工作只能先回到达县上班。结婚一年多，我在成都读书，她在达县工作；现在她到双流上班，我又回达县工作。真是够折腾的，家里的老人都不理解我到底想要干什么。

我只能趁假期或周末又跑到成都来联系单位。之前还能在出版社大院庞学锋的宿舍蹭住，后来他也结婚了。我白天骑着自行车在成都市区四处晃荡找单位，下午6点左右“收工”，骑车赶往20多公里外的双流县城。我的美好的青春之夜，归宿竟然是计生委刮宫引产的手术室。

四

成都平原的黄昏特别空旷，天上乌云翻滚，半个月亮穿行在乌云之间。

四周还是大片大片的田野，只有一条简陋的乡村公路通往双流县城。七弯八拐的公路双向车道，路面凹凸不平，尘土飞扬。没有路灯，道路也融入了空旷的夜色，来往的车灯之中，偶尔才能看见路边几棵高矮不一的树。

我和我的自行车一起躺在手扶拖拉机上，准确地说，躺在拖拉机编织的绳网上，那是拉肥猪进城回来的拖拉机，我四仰八叉躺在绳网上，伸开的两手抓住拦肥猪的绳子，至今还能感觉到油腻。

这天黄昏，骑车刚出城走到红牌楼，砰的一声车胎爆了，我只好将自行车推到路边的修车铺补胎，用掉了身上仅有的2元钱。继续骑行到簇桥，车胎又爆了。天已漆黑，簇桥一带已完全是郊野，幸亏碰到这辆卖肥猪回县城的手扶拖拉机，不然我只有推起瘪了轮胎的自行车步行十几公里。

躺在油腻腻的绳网上，拖拉机慢悠悠地颠簸，我望着天上的月亮在乌云中穿行，所有的酸甜苦辣一起涌上心头，神奇的是居然找不出一丝哀愁，绝对不像衣食无忧之后，反而心生焦虑甚至抑郁。那时候铆足一股劲，根本顾不上叹息，拖拉机的摇晃中，我心里还踌躇满志地默诵着：“天将降大任于是人也，必先苦其心志，劳其筋骨，饿其体肤……”

实际上，我的成都梦此时已走入绝境。

毕业的时候，校党委宣传部本想留下我，几位老师使了很大的劲，但不知最后卡在哪个环节。人事厅有位朋友给我介绍了一家外贸公司，本来有意向，一听到我已婚马上拒绝。老家的刘姨专门到成都，带我约见在出版社当社长的老乡，谈得很好却没了下文。连平生从不求人的谢叔叔，也破例为我给达县调到成都的一位领导写信，当我找到这位领导的宿舍，在院子里问领导住家，回答我的人说看见领导刚出门了，后来在门房一打听，我问的此人就是那位领导……

我已经习惯了被拒绝，尽管每听到一次都会多一份绝望，但在看不到希望的时候，哪怕听到一句鼓励的话对我也是一剂强心针。妻子三嫂的爸爸马伯伯时任达县地区文化局创作办公室主任，在路上碰到我说，大胆去闯，实在调不到成都，大不了到创办来。这句话让我记得他老人家一辈子。

五

而妻子却真的渐渐绝望了。

星期天，她挺着已隆起的大肚子，到教育学院下年级老乡的寝室，领取我留存在那里的行李，然后扛起我的铺盖卷上了16路公交车。估计是这副模样太像外来盲流人员，售票员非要她多买一张铺盖卷的“行李票”，一向精打细算的她被迫超支了一毛多，在红照壁航天宾馆门口转乘双流班车时，买票的钱不够了，搜遍了全身，竟然只找到几张邮票。当她鼓起勇气，拿着邮票去和车上的乘客置换几毛钱的那一刻，她崩溃了！

从这天起，她开始背着我给老家原单位银行的领导写信，恳请行长同意把她再调回去。我知道妻子一旦回到达州，我的成都梦将彻底化为泡影，但直到此时此刻，我从入读教院两年到毕业回达县工作已近一年，在成都连个意向接收单位都没有。

我已经没有任何理由可以说服她。

这时候，海南即将建省的消息传出。我破釜沉舟，准备把闯荡天涯海角当成最后的退路。开始与妻商量，不如干脆辞职，彻底放弃走正规的调动途径，听天由命去闯荡。

我用尽了所有可以挖掘的资源。在最后的一点时间里，骑着那辆除了铃铛不响浑身都嘎嘎响的自行车在成都乱窜，任何一个念头都会促使我闯进一家单位去碰运气，发誓看见一条缝就要钻进去，没有缝挖一条缝也要钻进去。

苍天有眼，那天早上，我在第一时间就看到了刚出的《四川日报》上的招聘广告。

成都市职工大学作为教育部批准的成人高校，面向全省招聘教师，条件是全日制大学本科以上毕业，讲师以上职称，最重要的是，只要考核通过，可以从全省任何一个地方正式调入。

广告上所有的条件我都毫不沾边，但我放下报纸就骑车飞奔而去。我知道这所学校恰恰就在我熟悉的盐道街，就在我经常厮混的出版大院斜对面。时间才上午9点多，刊登招聘广告的报纸出来不过一个小时，人事处的办公室已坐满了前来应聘的人员。我不敢说话，直到最后只剩下我，怯懦地说我是前来帮人询问，个人条件都不符合，但有特殊才能，比如发表作品、作协会员、做过秘书，文史系秘书专业毕业之类。

人事处的刘老师一眼看穿，你说的自己吧，请留下资料。我当时在资料上写了出版社庞学锋办公室电话号码。

隔了一天，庞学锋对我说，你是不是联系了职大，通知你去一趟。我立即走到对面的职大，人事处刘老师直接把我带到一位姓司的人事处长面前，只说了几句话，司处长就带我来到学校一把手袁校长的办公室。

袁校长中年人，身材魁梧，老家川东万县地区巫溪县，大山里出来的理工科大学毕业生。他和我聊了20多分钟，我连烟都没有给他递一支，他就带我回到人事处说："老刘，把商调函开给他……"

天啊，我日思夜想的调动函，竟然就这样拿到了！

六

和以往任何时候回故乡一样，那趟列车总是在凌晨2点开进老家这个小站。困乏、疲倦、昏然欲睡，随着人流挤下车来，小站的灯光像贫血病人苍白的脸。以前的心情都一样：刚挤下火车，我就想往回走。

只有这一次不同。

这一次我终于拿到了成都的调函，心急如焚，第一次真正体验到插翅难飞的急迫。摇晃了十几个小时，我的全部心情只有两个字：急迫。摇来摇去，我浑身的每个细胞都在躁动，我的身体像一口煮沸的锅那样焦躁和不安。坐在火车上，我总是听到一个声音在呻吟，这声音好陌生又好熟悉。车厢里乱哄哄的人群早不见了，我的眼前一片茫然的空白，只有一个声音在呻吟，喊了好久好久……

那痛苦呻吟的声音一直在我的面前喊叫着，我几乎是一路小跑冲进家门。家里的灯亮着，像往常任何一次归来那样，走进巷口我就能看见我熟悉的红窗帘。然而此刻却没有人，没有了那阵急匆匆奔向楼梯口的脚步声。我刚放下肩上的包袱，岳父在另一间屋里说：她下午就进医院了。

仿佛天人感应，在我拿到调函的同一时间，已回老家待产的妻子，肚子里的孩子蠢蠢欲动，立即就闹着要破茧而出了。

跑。我脑子里比闪电还快地只想出这一个字。飞身出门，大街上出奇的静，我的脚步出奇的快，我挥手喊来那辆三轮摩托车发动机突突的声音出奇的响……

跑进医院的走廊，我就听到她的声音了。那声音与我在火车上“听”到的声音完全一样。妻躺在床上，浑身大汗淋漓，摇动着、翻动着，牙齿咬住嘴唇，发出痛苦的呻吟……

我紧紧抓住她那发冷的手。

只有在这一刻，我才头一次感受到夫妻二字的分量，头一次发现我已经是一个地地道道的男人了。那个时候，我的头发蓬乱，满脸风尘，衣着凌乱，神情却异常沉稳和坚定。

妻不再叫喊，喊叫的变成了我：忍住！坚持！！千万要挺住……很久以后，我才惊奇地发现为什么我突然在这一刻“懂事”了。望着妻那张满是汗珠苍白的脸，我恨不得世界上最温柔最体贴最动听的字眼都从我的口中涌出来。

……那条走廊。我永远也忘不了的那条走廊。当我紧拥着妻朝产房走去，当我转过身来的一刹那，我看见妻苍白的脸上突然闪出一道圣洁的光彩，顿时使她变得惊人的美丽。天啊，就是这个几分钟前还拼命嘶叫的女人，挺着沉重的肚子站起来，搀扶在我的怀中，立即变得神情凝重：惨白的脸上，眼睛里荡漾着明亮的波光，嘴唇鲜红湿润。这也许是我瞬间的错觉，但就是这神奇的瞬间，完成了一个女人一生中最绚丽无比的开放。

一个如花的生命诞生了。

我的女儿，是你想在曙光初现的时刻来到这个世界，还是你的出生，从此给我带来柳暗花明的好运呢？

七

没有跑过调动的人，绝对不能理解那个时代对人的禁锢。

如今的人们都知道流动性缺乏这个词。资金不能流动，经济发展就会停滞。而人不能流动呢，社会则是一潭死水。

我可能恰恰碰上了这个社会尘封十年后的破冰时刻。尽管如此，我拿到了调函还得按当时的规矩办，接下来要走的流程是：我任职的职业中学—达县市（县级）文教局—达县市人事局—达县地区教育局—达县地区人事局—四川省人事厅—成都市人事局—成都市总工会—成都市职工大学。

总共九道关口，还不算派出所、公安局、粮食局之类。每一个签字，每一个大红印章，对我都是一道坎，甚至是一座需要翻越的险山。我只能用死去活来这个词，才能最准确表达。签字和盖章卡在任何一个环节，都会向我宣布突然死亡，直到我又慢慢从休克中醒来。那时候，我身上的全部功夫，只有“忍”和“磨”：拼命忍，厚脸磨。顺带学会了追踪每一个环节每一个步骤进展中的各种细节。这也足以让我在今后的岁月受用终身。

省教院教我写作课的周老师，成都本地书香门第出身，西师中文系高才生，80高龄仍然优雅从容吟诗作文，气质涵养不同寻常。当她得知我在成都有了正式工作单位，符合夫妻分居调动的条件了，马上关心我解决妻子的入城问题。周老师的丈夫任伯伯在省里一厅局，从来不摆架子，更不会居高临下、盛气凌人，我至今还清晰地记得任伯伯憨厚的笑容，那种出自内心深处诚恳和善的笑容，给了我一生的温暖。我很感谢那个学校还是学校、老师还是老师、领导还是领导的时代，办事虽然也不容易但大都走正道进出，让我仅凭自己的梦想也能收获运气。

就在我调入成都市职工大学不久，妻也调入了以前完全不敢奢望的省级单位，而且安排在对外经济处室，在时光刚刚跨入1990年代，她已经走出国门，经常到世界各地出差了。

八

我来到成都，除了惊奇于城市之大，还惊奇于自行车之多。入学伊始，我就从老家托运来了一辆二手永久牌自行车，整整骑了三年。即使在蓉漂的日子里，我也宁愿把毛巾衣物与求职资料混杂的手提包挂在自行车龙头上，一直没有在自行车前面去安装一个铁丝框。

在我眼里，自行车前面的铁丝框，就是成都本地人的标记。

所以，当我从派出所上完户口出来，做的第一件事就是飞快地推起我那辆已快要散架的自行车，在龙头前面装了一个崭新的铁丝框。白色的铁丝框，闪闪发亮的铁丝框，挂在老旧自行车的身上，简直美到爆眼。我觉得自己完成了一件伟大的人生创举：15岁到25岁，从乡村到县城、到市州、到省城。10年青春，终于换来了一纸成都户口。那个年代，即使地委书记调到省里工作，也最多只能带一个子女跟随上成都户口。

我的伟大的人生创举，对于上千万成都本地人来说，一出生就已拥有。对于家庭有能力供养上高中考大学的人来说，一毕业就拥有。但我却要用10年青春来换取，这就是我的命。

我的伟大的人生创举，如果换一种方式，不那么认死理跑正规调动，比如那时候就到青年路练地摊，找银行搞贷款，或许早已发了大财，还稀罕什么单位和户口。但我已无法回头假设。

30年后的成都大街上，随便抓住一个人都可能来自达州，连成都的房交会都要到400多公里外的达州开专场。当达州人坐动车两个多小时到成都，就像乘公交一样来去自如，有谁还在意什么成都户口，更有谁会记得当年的进城指标？

我想起了儿时就记得的一句话：一个人不能选择自己出生在什么时间、什么地方、什么家庭，但能选择在这个时间、地点和家庭背景下让自己过得更好的方式。在自己的认知范围内让自己变得更好，这便构成了个人的历史。很多时候，惊天巨变的个人史，放到整个社会却普普通通。所以社会历史大都只记录英雄们的创举，个人的记忆或许永远都只能属于个人，连我自己的儿女以及儿女的儿女，也将越来越不明白，生下来就拥有的东西，为什么会花费10年青春去苦苦追寻。

在磨子桥，天歌大厦初试水

20世纪80年代，无疑是文学艺术的时代。改革开放，思想大解放，引进国外资金技术的同时，也引进了现代西方的思想观念，人们能够比以往任何一个时期，读到更多以前读不到的书，听到以前听不到的音乐，看到以前看不到的场景，表达以前不能表达的观点。精神追求，成为当时人们的主流意识，但也在一定程度上造成人的思想混乱，各种流派纷呈，个性自由张扬。在满大街随便抓出一个人都有可能是文艺青年的年代，知名作家、诗人受到的追捧，绝不亚于今日的演艺明星，那时的我也和大多数文艺青年做着同一个梦。

时间进入90年代，新的十年开启，生活如常，但一些人的注意力却慢慢转向，从思想到现实，从精神到物质，一切开始向钱看。在此背景下，对社会变革天然敏感的文人自然也不例外，我能感受到我的身边，无论崭露头角的文坛新秀，还是固守体制内的传统文人，已经有一批人转换频道，陆续从原来的领域消失，进入经商挣钱的队伍中。

一

成都南门。磨子桥。

整个90年代，这里曾是成都最著名的科技一条街，具体来说，是电脑和其他电子产品的交易集散地，曾经排名全国第二，当时流行的说法是：北有中关村，南有磨子桥。

在磨子桥一环路与红星路交叉的十字路口西北侧，耸立一座圆弧形的建筑，全玻璃幕墙，凸起于一片低矮的建筑中，阳光下熠熠生辉，这便是著名的天歌大厦，也是当年成都南门少有的几座现代化写字楼之一。

天歌集团起步于南充，以生产天歌牌羽绒服闻名遐迩，后来成为四川最早的上市公司之一，总部搬迁至成都，天歌大厦即是其集团决策机构所在地。1993年，我在这座当时还很高大上的建筑里，有了自己在成都经营的第一间办公室。

一个偶然的机会，我从成都调到了北京，入职一家杂志社，然后又回到成都，组建了这家杂志社的四川工作站。由于完全靠自收自支，北京的杂志社不出一分钱养活工作站的人员，我便又成立了一家广告公司，依靠广告公司的经营，维持工作站的开支。

天歌集团是最早与我产生工作关系的企业。那个时候，天歌集团的创始人突然意外身故，新上任的董事长非常重视宣传，有了几次交道后，董事长力劝我将成都的办公室设在天歌大厦。

我在天歌大厦的4楼有了一间完全靠自身经营而存活的办公室，面积不到100平方米，里面分隔了一个老板办公间，外面安排了几个工位。当时还不时兴下海，大多数人还习惯依存于体制内有编制的正规单位。我突然支撑起这样一个摊子，完全没有固定的收入来源，经营思路也并不清晰，更没有长远发展的目标，但内心却没有丝毫恐慌感。

这或许正是我的性格使然。天生就适合自己干，哪怕并没有考虑成熟也会毫不犹豫跨出第一步。我无法忍受年复一年、按部就班在一个单位点卯画押的生活，单调重复的日子早晚会让我崩溃。社会变革的浪涛始终撞击着我心里的堤岸，冥冥之中我意识到，这个时代，只有果断行动才会抓住机会。

打广告招人。第一个来敲门的是一个年轻的女孩，她本来要找一个熟人，却敲错了房门。出来一看，面熟，原来竟是以前职大的学生。于是坐下来交谈，鬼使神差她竟愿意留下来，成了公司最早的一批员工，以后一直跟我干了十几年。

接着又陆续招了几个人，有做过媒体或广告的，有正在蓉漂的，也有我自己的亲属和朋友的兄弟等。我们的主要业务是为企业开业、上市、节庆等重要时点做集中宣传广告、品牌策划及活动承办，也为企业编印画册、书刊，当然还有北京杂志的发行推广。

在市场经济方兴未艾，各路人马野蛮生长的初期，我有胆量迈出经商试水的第一步，却没有胆量迈出自己的认知范围，只是在自己熟悉的业务领域内刨食，既未能勇敢介入更多日后有希望赚大钱的行业，也没有感到过现实的生存之忧，一切都中规中矩。

二

其实，我能在成都独自撑起一个摊子，“第一桶金”完全来自偶然。

那是1992年夏天，我受杂志社委派，单独采访了重庆建设集团一位副书记，都是四川人，同说四川话，气氛格外融洽。采访快结束时，我想起笔记本里夹了一张单子，是杂志社邀请大型企业参加理事会的函件，参加企业须赞助杂志社20万元，杂志给予一定的广告回报。我顺手把这份邀请函递给书记，说方便的话考虑一下。

大约过了二十多天，我接到这位书记打来的电话，问我收到款为什么不给他们公司寄发票，我才想起有这回事。原来建设集团参加理事会的款已汇到杂志社账户。按照杂志社的规定，拉来广告赞助都有一定比例的个人提成，一些业务人员正在抢功说是他们拉来的。我又请书记写一封信给我，告诉我托他给杂志社办的事已经办好了，以此回信证明这笔业务是我拉来的。

就这样一个不经意的举动，让当时只有两三百元工资的我，突然之间得到一笔提成，竟然是工资的N倍，我才明白杂志社不起眼的广告人员，收入空间比高大上的编辑记者要高得多。

这不得不让我思考，如果我继续忙碌于采编，只靠工资吃饭，开支一定捉襟见肘。而且，但凡大报大刊，名牌大学新闻系的毕业生多如牛毛，优秀的记者编辑也俯拾皆是。随着现代媒体业发展，尤其是市场化办刊刚刚起步，曾被人看不上眼的经营部门反而更缺乏人才。有本事拉来广告赞助，在任何媒体都能立足。

我开始有点动心，自己是不是该去做一名纯粹的经营人员？

三

1993年初春，我自费飞到广州，开始我独自的经营之旅。

我此行的目的是，为杂志社举办的一次大型活动寻找赞助单位。

时值南方谈话发表以后，《春天的故事》唱响全国，广东作为中国经济的前沿阵地，正成为举世瞩目的热点。

我第一次来到中国南方，第一次来到广州，举目无亲，只认识一位叫欧阳欢的书商，他曾经买过我写的一本书的版权。我就下榻在欧阳欢办公室附近的酒店，也不知道该从哪里下手去联系赞助。白天在他办公室吃盒饭，晚上他带我去见一个人，住在新华社广东分社的家属院，此人正是王志刚，新华社大名鼎鼎的王牌记者，他写的几本书发行人正好也是欧阳欢。在志刚兄家里畅聊数小时，方知他对广东沿海地区的知名大企业都很熟悉。我说明了来广州的目的，志刚兄爽快地说：我给你打个电话试试。

第二天一早，我拦了一辆出租车直奔顺德，来到神州热水器公司。当时的神州热水器，每天在全国各大媒体打广告，正是家喻户晓的热门企业。我赶到公司的时候已临近中午，因为有志刚兄的介绍，顺利见到了公司的宣传部长。这位部长正在与人说事，让我稍等片刻。我顺手翻阅了办公室的几张公司内部报纸，然后与部长说明来意，部长略加思索就回答我：公司不参加。

他回答得干脆利落，让我无法多说。出于礼貌，部长带我一起到公司食堂午餐，一个身材高大魁梧的男人出现在部长面前，我见此人皮肤黝黑，说话的语气像下达指示，猛然想起刚才翻阅内部报纸头版看到的照片，猜想此人肯定就是这家公司的掌门人，人称将军的张总。我猛地站起来，对高个子男人说："张总，耽误您两分钟……"听完陈述，张总马上说："好啊，很好的活动呀！"又对部长说："赞助协议，签吧！"

哇塞，我竟然又成功一单，又可以得到一笔提成了。我记得这次活动协办单位的赞助费是30万元，这对于一直靠领工资吃饭的我，无疑是巨大的刺激。坐在回程的飞机上，我暗自下定决心，回去就对领导说，我愿意主动划归经营部门，不要一分钱固定工资，收入多少都靠自己挣。

四

W总驾驶他的豪华旗舰版雷克萨斯轿车，带着我驶离海口市区，一路向西，驶向临高县。

1993—1995年这几年，我每年都要跑N次海南。W总是我在海口结识的朋友，重庆人，当时三十四五岁。他个头不高，身体微胖，留有胡子，说一口重庆普通话。他是海南建省后第一批闯海人，博士毕业，在海口市著名的金贸区国贸大道汇通大厦办公，是海台地产等几家公司的老总。每次到海口，我都会住在当时最高档的汇通大酒店，由他公司的人交给我一张房卡，住宿、餐饮、消费随便刷卡。

汽车沿海南北部的海岸线向西行驶。车窗的右边，是琼州海峡，1950年解放军登陆海南，横渡琼州海峡，正是从临高县的临高角上岸。车窗的左侧，是我第一次看见海口以外海南省的山川大地，由南向北缓慢倾斜的琼北台地，大部分地方还是一片连一片未开垦的荒凉之地，汽车开了很远很远，满眼所见都只有原始生长的茅草丛。

一路上，W总兴致勃勃地给我介绍他的宏图大计。他要在临高县的东北部海岸，建一个面积约13平方公里的港口，名叫金牌港，是海南省五大经济开发区之一。他说，金牌港是天然深水港，海域水深、湾阔无淤、岸滩稳定、深水岸线长，适于建造超级泊位和深水泊位群，可建35万吨级油轮的水深距离海岸仅2公里，建港条件非常好。金牌港开发区与湛江的流沙港隔海相望，靠近琼州海峡中水道，是过往船只必经之路，海上运畅，又处于中东向亚太地区原油运输的重要水道，对原油进口、转运都能提供更多便捷。

汽车驶进临高县城，与W总描绘的美好远景截然相反，眼前的临高县城，房子低矮陈旧，到处破破烂烂，如同内地一个乡场，又好像穿越回到了70年代。这让我突然明白海南为什么要建成特区，也暗自佩服W总这一批人在如此荒凉的土地上惊人的想象力。

在海南，我遇到的每一个老板都有一个共同的特点：敢想敢做。经过建省初期十万人才下海南的洗礼，到1993年海南岛房地产的热度已达到顶峰，老板们个个摩拳擦掌，也真想干点大项目出来。

我帮W总策划了金牌港股份有限公司招募股份的新闻发布会。按他公司和临高县的要求，在人民大会堂举办活动，请来了国家级和省部级领导、知名专家学者和大型企业参会，还在各大中央媒体集中发出了一批新闻报道。活动由央视著名主持人主持，场面非常大气端庄。

这样的活动，花钱少、档次高、效果好、影响大，客户单位都非常满意。因而我所在杂志社创刊初期的很大一部分办刊经费，几乎都是我跑回来的。

五

1993—1995年，名牌热在全国兴起，势头强劲，大有高歌猛进的意味。

我在北京挂职的协会先后三次在福州、成都、合肥组织召开了全国名牌大会，上千家名牌企业踊跃参加。各省市都相继成立了名牌战略领导小组办公室，都是由副省长以上的领导挂帅，指导本省市名牌战略开展，推举评选省市名牌。

前两次全国名牌大会，我和到会的人一样得到了一口袋会议资料，大多数人只将资料精选带回，而我却巨细无遗，收集的资料比会务组还齐全。我将这些资料开发利用，又补充完善了一部分内容，然后提炼、归纳、整理为：名牌战略总论、名牌企业战略、名牌社会战略、名牌国际战略。眼前为之一亮，杂乱的资料竟然变成了从理论到实践，从专家学者到企业、政府和社会，完善而成体系的名牌战略研究实用全书，命名为“名牌战略研究”系列。

“名牌战略研究”系列第一本《名牌事业的崛起》顺利出版，受到许多专家的关注和企业家的欢迎。后来我还在《厂长经理日报》开设了“名牌战略研究”专刊，每周一期，每期四个整版，估计是当时全国唯一的一张专门的名牌战略研究报纸，及时发布全国各地推动名牌战略的动态情报，也刊登专家学者的最新研究成果，交流名牌企业的经验，在全国的名牌战略研究领域产生了一定的影响。

六

1995年某个晚上，我刚刚结束和朋友的聚餐，独自开车行驶在一环路上，途中接到一个陌生的电话。

打来电话的人说她姓F，就在刚刚聚餐的饭桌上。她说聚餐的时候，虽然我和她还不认识，但很注意倾听我在饭桌上说的话，很认可，想到我办公室来，专门面谈一次。她的语气坚决，几乎让人无法拒绝。

第二天，小F如约而来，介绍了她的情况。原来她毕业于西师音乐系，在成都一家中专学校任职团委书记，自己想做一些事情，就以她妈妈的名义承包了学校的小卖部。接下来，小F说的话，让我惊讶得合不拢嘴。

她说，她已决定来跟我干，把小卖部盘出去。又说，她来我这里干，不要一分钱的基本工资，干多干少完全按规定提成。

一个素未谋面的陌生人，仅仅听了饭桌上几句话，就自行决定放弃已有的工作和生意，来我这里做一份只拿提成的工作。无论我多么惊讶，小F的语气同样坚决，同样让人无法拒绝。

说干就干，小F只问了公司有哪些项目可跑。第二天她就跑了几十公里，在郊区的西南日月城工地现场，找到老总，死磨硬缠把日月城开业活动项目签了下来。

小F说到做到，只拿提成，不要工资。我已记不清她在我这里干了多长时间，印象最深的是一次活动，邀请了百余家知名企业参加，几名相关领导出席。活动当天公司全员出动，她本来被安排在大门口做来宾引导，根本没有接触领导的机会。活动结束后，她来找我说，几位领导这么支持我们工作，是不是该回访感谢一下？我说，正常工作，不需要呀。她说，如果公司没安排，她愿意自己代表公司去回访感谢。我想这也没什么坏处，就说可以。

几个月后，我发现小F与几位领导已经相当熟悉，甚至成了生活中的好朋友。到后来有些办起来为难的事情，也得让她去才更加顺利。我做了房地产开发后，小F也在光华大道买了两块地，对房地产一窍不通的她，一如既往地发挥她敢闯敢拼的精神，硬是和她妈妈一起追到我在达州的工地，打破砂锅问到底，恨不得把我已有的认知和经验全部掏空。她在光华路上的项目做得很顺利，如今每次路过这里，眺望那两栋巍然耸立的大厦，我都会想起她第一次来找我的情形。

像小F这样精明能干的业务人员还有好几位。每次招来一批业务人员，我都会首先对他们说一句话：跑业务要有“三狗精神”，即：发现机会要像猎狗，嗅觉灵敏；追踪机会要像疯狗，穷追不舍；搞定机会要像癞皮狗，死磨硬缠。同时还会对他们说，公司只是提供了一个平台，如何发挥全凭自己。如果你能把公司资源变成自己的资源，甚至把老板的关系变成自己的关系，那才叫真本事。我不仅不会嫉恨，反而表示钦佩。小F正是听了这样的话，才果断决定放手一搏。

创业之初，我们基本没感受到生存之忧，与聘用了几位敢于赤手空拳跑业务，全凭经营数据说话的业务人员不无关系。但凡有能力专职做经营跑业务的人，哪怕一开始讨价还价、斤斤计较，但说定以后往往都是该拿多少拿多少，不能少拿，也绝不多要。这正是讲生意规则的结果。

多年以后我发现，二十几年过去，至今对我还有一份感恩之心、感情融洽亲近的恰恰是这批人——从不要求特权照顾，严格按照生意规则奖惩兑现的人。而与我感情慢慢疏远，或者心生不满的人，则恰恰是我当初有所偏袒，甚至特殊关照过的人。这或许正是不讲生意规则的结果。

七

到1997年，我的办公室已从天歌大厦4楼搬到2楼，面积约200平方米，人员发展到二十余人。在此期间，我们为企业承办各种专题活动；承接广告策划、设计、发布；承包报纸版面；投资户外媒体；投资拍摄电视纪录片；投资办期刊……

我的内心一直希望朝向更接近于实体和实业的方向发展，也试验了化妆品、医疗器材之类的业务，但在长期形成的巨大惯性作用推动下，我的主要精力依然习惯于最容易上手的媒体、文化与广告事务，也就是一个文人能做会做的那些事，所有的实体项目无不浅尝辄止，无疾而终。

我无法预料，当时与我做着同类事务的另一个人，可能编辑电话黄页之类的业务经营收益还没我高，但他及时摆脱了传统媒体广告经营的种种局限，彻底走向新兴的互联网产业，走向现代企业的经营发展方向，短短20年后，会成为中国的首富。

真正彻底放弃文人习惯和所谓媒体人的优越感，沉下心来完全去操作陌生的实业项目，已经是5年以后的事了。在此之前，我又一头扎进接踵而至的成都报刊热，在前所未有的纸媒黄金期，关掉了天歌大厦的所有业务，一心一意去创办一份畅销的科技周刊，浪费了5年光阴，直到再次自我清零，主动放弃已有的一切。

这一次才是真正意义上的下海。虽然只剩孤身一人，也不再带有任何身份的符号，但我看见经济发展的浪涛正汹涌澎湃，一浪高过一浪，我再不扑下身去，就会被无情地甩到礁石滩上了。

风烟五津：最美的相遇

一

莺飞草长的4月，泥土也发痒的初春，几只野鸭在平静的水面上泛起一排拉长的波纹，提醒人们南河水已经变暖。河边的堤岸上，成排的杨柳吐出了新芽，在微风中舞动绿色的枝条。远处的油菜花已大片大片地开放，把整个州河心半岛染成一片耀眼的金黄。

在半岛靠近城区的端头，正对堤岸，一排排红瓦黄墙的西班牙风情建筑拔地而起。独栋、联排、叠拼、多层、小高层到高层楼房，由南向北依次排列，预示着小城这个刚开发的首席生态社区已迎来第四个春天。

在社区北端最后一排，几栋在建的高层电梯楼房，以每周一层的速度节节抬升。每做好一层模板，捆扎好钢筋，监理验收无误，混凝土泵管就会架设起来，第二天一早便开始浇筑，

几十辆专用的混凝土运输罐车负责连续运送。搞建筑的人都知道，浇筑一旦开始就不能停下，但偏偏在这个时候，混凝土罐车被堵在社区门外的道路上，进不来了。

堵路的是附近村庄里的几个年轻人，他们想以高价强行承揽项目的分项工程，没有达到目的就霸王硬上弓，居然把小区入口的道路给堵了。

接到这个消息是2010年4月10日，星期六上午10点左右，我当时人还在成都市内，得知工地上的人无论如何也无法劝离这几个蛮横无理还凶神恶煞的年轻人，再多耽误一小时，已经浇筑的钢筋混凝土就可能成为废品。情急之下，我一边安排公司的人报警，一边给县委一把手S书记发了一条短信，汇报了正发生的情况。不一会儿，我就接到县委办打来的电话，告诉我说，S书记已安排县政法委书记和副县长兼公安局长带人去了现场，同时通知我下午2点到县委办参加专题会。

下午2点准时赶到县委办，一进会议室我就被震住了。满满一屋子的人，有县政法委书记、副县长兼公安局长，分管城建的副县长，还有县委办、政府办、规划局、建设局、国土局、房管局的主任和局长，还有项目所在地的镇党委书记、派出所所长等，几乎把一个开发项目所涉及的各个部门的头头都召集齐了，时间还是星期六休假日，而专题会的唯一主题，竟然就是专门为我的项目解决问题。

我本来只是想寻求政府主持公道，最多安排个派出所民警，把堵路的人遣散就行了。完全没料到县里会如此重视、如此迅速、如此规模地为一个开发项目专题解决问题。进会议室后才得知，收到我发的短信时，S书记正在县里开会，马上就做了安排部署。县政法委书记和公安局长当即就带人去了现场，堵路的年轻人已作鸟兽散。下午再专门召开一个会议，主要想了解项目在实施过程中，还有什么具体困难和障碍，各个部门的头头都在，企业提出什么问题，马上就在会上答复解决。

第二天，当地派出所及时开展了调查取证工作，陆续通知现场的当事人做笔录。带头堵路的年轻人害怕了，委托村支书来说情，但事情的发展已经走上了法律程序的轨道，说情也没用了。最后，依照相关法规，堵路的年轻人被行政拘留处罚。从此，再没有人敢违法堵路，也没有人敢到项目上来强买强卖了。

二

三年前的一天，我和黎总在城南的瑞升茶楼喝茶，偶然间他提到在新津有一块180亩的土地，正在寻求合作开发。

我没有犹豫，马上和黎总开车去了新津。从成雅高速出新津收费站，途经邓双来到县城对岸，跨过黄鹤楼大桥进入县城，在金三角广场的西侧，我看到了这块地。这是位于新津县城西端，由大南河和石头河合围起来的一个半岛，当时还全是农田，除了零星的农舍，半岛上还没有一个房地产开发项目。180亩的开发用地在半岛的端头，小地名叫州河心，传说是龙抬头的地方。只不过这条龙还是在渊的潜龙，默默无闻，黎总在买地后还专门修了一座小桥才能到达。

这块长方形的建设用地，南临大南河，河面宽阔，堤岸上翠柳成行，规划打造成景观健康步道，河的对岸即“稠粳出云”的老君山老子庙，风景迤逦。土地北临石头河，堤岸上巨树参天，如同撑起一排大遮阳伞，旁边有黄鹤楼和“天下第一忠孝儒林”的纯阳观景区。只看第一眼，这块地就让我心旌摇动。真正的风水宝地，必定天赋珍稀，上风上水。这里幽雅的河岸，柳树成荫，古木成林，白鹤纷飞，自然精华和人文历史荟萃，必然人气凝聚。

我当即拍板，接手项目。

此前，黎总的团队已给项目取名江山多娇，我认为非常贴切。对，就叫江山多娇。

那时候，新津城的房地产才刚刚启动，离项目最近，与城区相连的金三角广场商品房价格才将近1000元/平方米。与成都周边区县相比，新津的城市发展相对迟缓，也正因为如此，为新津的房地产业积蓄了足够的能量蓄势待发。新津成为成都周边地区少有的商品房供应量“短缺”的区域。从2004年下半年开始，随着旧城改造启动，全长2公里的南河滨水区建设，因水取势，逶迤婀娜，拉开了新津房地产开发的序幕。打造“绿色生态旅游城市”“成都最适合居住的假日城和休闲副中心”成为新津规划的亮点。

新津，五河汇聚，山川秀美，距成都仅28公里，距双流机场18公里，是大成都规划圈第三圈重要城市，是名副其实的成都南大门。那一年，新津全县人口28万，城市常住人口仅区区3万余人。县城里的开发项目，之前大多以单栋为主，最大的项目也才一二十亩地。一个看上去很不起眼的小县城，却一直是四川百强县第一梯队和全国百强县之一，经济总量已超过很多百万人口大县，这恰恰是除了山水风景以外，我接手项目的另一信心保障。

面对180亩开发土地，这个陡然之间将要横空出世的项目，全新津县城的第一大盘，我们分析购房群体，将主要来自三个方面：

一是本地。新津有“西部温州”之称，著名的川浙工业园区已聚集了200余家企业，其中希望集团、纳爱斯集团、东南网架、新筑路桥、美好食品、琪乐塑编、恒力磁材等11个企业产品居全国或西部第一。同时新津还是四川省非公有制经济示范区，全县90%以上的企业是民营企业，二者都集聚了大批高收入人群，成为购房的主力。此外，本地还有大批希望改善居住环境，二次置业的机关事业单位干部职工。而根据规划，到2010年，新津县城将扩大为16平方公里，人口达到16.6万。本地住房需求将不断扩大。

二是来自成都的投资置业者。新津有成昆铁路、川藏公路、成乐（成雅）高速公路、蓉津大件路4条快速通道与成都相连，7条国、省级公路纵横交错，形成了县城到成都、县城到各乡镇、乡镇到村的"一刻钟经济圈"。而改扩建后的老大件路8车道免费快速通道，使新津与成都缩短为20分钟车程；成绵乐城际快车，更将该距离缩短为8分钟车程。当时唯一没有预料到的是，短短的10年后，成都的地铁会一直修到项目的门口，新津撤县设区，与成都完全融为一体。

三是外地购房者。当时在四川的三州、攀枝花以及西藏、西北石油行业等外地置业者中，已有相当一部分人开始选择新津。

三

2005年，成都市政府审批通过《新津县城总体规划》，已将大南河上游蜿蜒2公里河湾1000多亩土地，规划为新津高端住宅区：南河新城。作为开篇之作，占地180亩的江山多娇社区，正处于两河环绕、天然半岛“龙抬头”的位置。长达1000多米的河岸线环绕整个项目，实现了开发高端住宅对极度稀缺的城市景观资源的垄断占有。同时，整个小区与繁华的老城街道一桥相连，交通便利，生活舒适；与黄鹤楼、纯阳观、老君山名胜古迹遥相呼应，一脉相承。自然的、生活的、人文的，和谐共生，让江山多娇找到了灵魂。

接手项目之初，我就飞到深圳，以高出常规的价格，邀请清华大学建筑设计研究院深圳分院的专家设计全案，大手笔打造沿河风景别墅式优HOUSE产品。项目以“河居、生态、运动、健康”为理念，遵循人与自然共生、天人合一，以人为本，养生、养心、养性的人本原则，在规划目标上，力求创造出山水花园美景的生态式社区、院落空间布局的人性化社区、公共空间丰富的人际交流社区和多姿多彩的运动健康社区。

在总平面布局上，小区以带形的核心绿地贯穿全区，绿化系统分自然绿地、小区公共绿地、组团绿地和私家院落绿化，其中自然绿地保留了大量原生态的沿江森林绿化带，使自然景观与人文景观设计浑然一体。小区交通采用人车分流，以环形干道为主线，将各组团有机串联。东西贯穿的步行系统，使住户可以最便捷的方式，通过步行景观带到达住区和公共活动场所，具有较好的可达性。小区内地下车库、花园洋房楼前停车位、别墅自带车库，以及公共建筑集中停车场车位充足，主次分明的车道布置，可以方便地到达每一住户以及对应的停车位置。整个小区公共空间、半公共空间、私密空间分级明确，能同时满足人的公开与私密需求。错落有致的建筑群体，使建筑空间与公共空间、景观空间形成和谐共融的氛围。

在建筑物设计上，采用新古典主义建筑风格，融入西班牙式建筑风情元素，结合成都宅居文化，建筑物外观高雅、大方、别致，导入休闲度假风味，又注入时尚潮流符号，外立面色彩及造型体现出轻松、清新、清雅的主题格调。所有居住建筑在设计上突出“无中心、多层次、混合就是活力”，实现了各种房型的均好性，每一户型都能做到宽大、方正、通风、采光、视野开阔、户户可见风景。

在公建配套上，一开始就在规划上考虑到文化、运动、休闲、居住等综合功能，市政设施更加完善。小区设有1300多平方米的会所，有大型室外景观游泳池、网球场、羽毛球场和全民健身运动场、儿童游乐场。开阔、大气的小区入口广场，有2000多平方米的临河商铺和1000多平方米的配套商业超市，满足业主生活休闲需求。小区还设有电子巡更系统、门禁对讲系统，由专业物管公司实行24小时封闭式管理。

在大南河和石头河1000多米河岸线的护卫下，江山多娇小区外围分别打造出宽达30米和20米的斜坡绿地及景观道路，通过高大乔木、灌木和景观小品的有机配置，形成一道自然绿色屏障，屏蔽城市喧嚣，营造出深宅大院的庄园情景和府邸氛围。小区建筑呈南北朝向，南低北高阶梯状布局，风水动静相承。沿南河由南到北排列66栋亲水别墅，每户都能借景观景，保证私密性。中心景观游泳池北侧呈组团布置4栋花园洋房、3栋联排别墅和2栋叠拼别墅，独特的退台式建筑，使每户都能享受到超大私家花园或空中平台的快乐，形成层层有天地，户户精彩不同的效果。圆弧形的临河小高层电梯和北端石头河一字排列的高层电梯洋房，户户观景，纵横捭阖，无可睥睨。

整个小区以1.3容积率低密度营造的城市尺度感、空间自由感、自然归属感、功能优越感，以及聚居人群的高层次，使之骤然成为新津本地首屈一指的高尚物业形态，赢得高收入阶层的认同和追捧，其各种房型布局搭配，既可满足建筑体量要求，又可实现客户目标需求，同时每种房型的总户数有限，还处于“饥饿”销售状态中，这正是高端产品的奥秘。高端产品应该有收藏稀缺性的美学价值，而且是限量版，是难以复制的、身份的名片。

四

2006年11月18日，江山多娇首期花园洋房、叠拼别墅开盘。

从凌晨3点开始出现排队的人群，人们手拿小板凳，穿起厚外套，有的怀里还抱一床毛巾被或羊绒毯子，沿售楼部门外的大街上席地而坐。不用保安指挥，排队的人群自己就人盯人，严防死守，前后左右看得清清楚楚。从最前面的1、2、3、4、5……每个人都明确知道自己的排位是多少号，以至于头一天给关系户预留前面的号码，只能全部作废。

寒风中，排队的人数不断增加，到上午8点多已达到100多组。9点开始发号，售楼部门前已聚集一片黑压压的人群。依次喊号进场，只一会儿就把小小的售楼部挤得水泄不通。喊到第6号时，这位业主未能选到看好的别墅，在售楼部大闹，致使喊号选房一度中断。整个上午，选房以飞快的速度进行，几分钟的犹豫，看好的房子就可能被别人选定。

当时，拟用于售楼部的小区会所尚未完工，我们在城区工商银行的楼下租了一间200平方米左右的铺面作为城区展示中心和临时售楼部。从接手项目到首期开盘，时间只有短短的6个月。

江山多娇一亮相就气势不凡。高速路、大件路出入口，城区的主要十字路口都立起了广告牌，城区主要道路的灯杆道旗也几乎全是江山多娇。在那几年，可以说没有一个新津人不知道江山多娇。在铺天盖地的广告以后，我们把重心放在了项目价值内涵的宣传上，不仅让人知道江山多娇，更让人了解江山多娇的内涵，一举奠定首席生态社区的地位。

我还专门写了一首楼盘主题歌《江山多娇我的家》，请川音的老师周瓅谱曲，请同样是川音老师当时尚未出名的歌手王铮亮演唱。这首旋律优美的歌曲，一时间出现在新津的电视广播、各大电器商店、各大歌舞厅，还制作成光盘送给相关单位和私家车主，到处都能听到这首歌曲的旋律。可以说，接下来几年里，我们几乎是在歌声里完成了这个项目的销售，连很多业主都会情不自禁地哼唱几句：

江山多娇我的家

你给我一个梦想
在梨花盛开的地方
你给我一个愿望
在山水相连的好地方
挥别浮华的世界
放下匆匆的行囊
从此留在你的身旁

江山多娇，我的家
我的家，江山多娇

让我穿过风雨拥抱阳光
让我敞开胸怀天高地广
让我忘记疲惫宁静安详
闭上眼睛，微风荡漾
抚摸你热情的心跳

江山多娇，我的骄傲
有你的地方，就是我的家

你给我一个向往
在两河环绕的半岛
你给我一个祈祷
在仙鹤飞来的小路上
远离拥挤的人流
回到温暖的爱巢
幸福甜蜜与你分享

江山多娇，我的家
我的家，江山多娇

让我穿过风雨拥抱阳光
让我敞开胸怀天高地广
让我忘记疲惫宁静安详
梦中醒来，流水花香
呼吸你迷人的芬芳

江山多娇，我的天堂
有你的地方，我一生的家

五

那是一个迷人的仲夏之夜。

入口引桥的两端挂满了条幅升空气球，每一节护栏短柱上都摆放了欧式大花盆，人行道的花池也种满了鲜花。高大气派的小区大门挂上了一排红灯笼，一个红黄相间，全部用鲜花捆扎的大圆柱耸立在大门正中，两排石雕的天鹅吐出水串，古罗马造型的大门圆柱和四周的大树枝干都镶成了金黄。

进入大门，水池边的护栏挂上了粉红纱幔，五彩缤纷的花朵盛开，娇艳多姿。罗马雕塑的圆盘喷泉喷出层叠的水帘，水面上开出一朵朵白色的水花。镶满金幔，滴淌一排水帘的造型墙后面，如同一朵巨型莲花盛开的露天游泳池被装饰一新，沿着池边摆满了白色花柱，粉红的纱幔挽手相连。红地毯上，摆满了一排排淡米黄色的座椅。对岸，航架搭建的大舞台，红色的背景板上写有两个大字：回家。

江山多娇交房庆典晚会即将开始。

入夜时分，彩灯齐亮，江山多娇的大门口一片梦幻般的金黄。首期收房的业主兴高采烈地走进小区，迎接他们的是水池边几位白纱姑娘演奏的曼妙音乐。一字排开的饮料、水果、点心、沙拉摊，让小朋友们兴奋异常。几百位业主围坐在游泳池边，感受迷人的小区之夜，共享回家的喜悦。

这一晚，新津政府的W县长带领分管副县长、城管局、房管局及新平镇等领导，亲自点亮了交房庆典的水晶球。舞台上，礼花缤纷，彩带飘舞；四周的高楼上，焰火齐射，在天空中开出千姿百态的火花。

这一晚，业主们观赏到专业演出公司带来的歌舞、独唱、魔术、小品，还有外国乐队的器乐演奏，以及开发公司置业顾问表演的节目。

这一晚的高潮出现在王铮亮登场。已经成为大明星的王铮亮真的出现在了交房现场，而且还亲自演唱江山多娇小区的主题歌，让所有业主都兴奋异常，大人小孩都跟着王铮亮一起唱，一起嗨。

从接手项目到首批次开盘，仅仅半年，到一期交房也只用了一年。一期全部售完，一炮而红，在新津家喻户晓，赢得广泛的口碑，获得了成都房地产TOP50强：风景名盘、核心大盘、最佳区域代言楼盘大奖，还获得了成都市房管局授予的“最具公信力楼盘”大奖。

六

江山多娇的开发节奏是先独栋、联排、叠拼和多层洋房，其次是小高层电梯洋房，最后是高层电梯洋房。买得越早的人，都获得了更大的增值空间。

2006年11月首期开盘的时候，新津的多层住宅均价在1500元左右，江山多娇直接卖到了2500多元，到2010年最后一批电梯公寓价格卖到了4000多元，在当时已经是最高价格了。谁能料到，又过10年，成都地铁已经修到了社区的大门口，现在仅高层电梯的二手房，也能卖到1.2万元左右了。这个项目每开出一批次房源，都能全部售完，以至于到最后连车位也一个不剩。当年一两百万买的独栋，现在价值已在千万以上。整个项目，一千多户业主，没有一个和开发商扯筋闹别扭。

江山多娇的项目开发，占尽了天时——房地产业高歌猛进的几年，也占尽了地利——新津自然环境与经济发展，而更让我难以忘记的是：人和——新津绝佳的投资环境。

就在项目刚刚启动的时候，县委S书记到任，他一来就大手笔地规划新津未来发展。本着先策划后规划的思路，他请来著名的策划大家，也是我的老朋友王志刚，为新津谋划发展战略，确立了“城南门户，水城新津”的战略定位。又邀请了多个国家世界一流的规划大师，对整个南河新城进行整体规划布局，方案亮相，让人为之振奋。一时间，曾经被人遗忘的新津，仿佛揭开了迷人的面纱，全国百强房企蜂拥而至。以前县里房企开会，基本就是几家本土企业，到了S书记时代，新津的一次土地推荐会，坐满了上百家大名鼎鼎的中外知名房企。

S书记是个工作狂，而且作风强悍，雷厉风行。在他的任上，县里的大小干部不分白天晚上，也无论工作日还是节假日，都处于时刻在岗，高速运转的状态。这也让我体会到，从来没有哪个地方的投资环境会像新津这样令人心情愉快，办事顺畅。上自书记、县长、分管副县长，下至局长、科长及普通办事员，每一个部门对投资者都热情相迎，从不曾有过拖延推诿，更不会有吃拿卡要。刚开始的时候，适逢春节将至，我也曾打电话想约S书记吃饭拜年，他总是会以他一口的江苏宜兴老家普通话说，我们就在电话里互致问候吧！起初我还以为关系不到位，他是在推，但到了该解决问题的节骨眼，任何时候，无论大小事情，只要反映到他那里，哪怕只是一条短信，他都绝对会做到每件必复，而且督促落实，比关系最过硬的铁哥们还扎得起，这让我不得不发自内心地钦佩！遇到这样难见的领导，是我个人的幸运，更是投资创业者的幸运。

我在新津干了5年项目，从来没有请书记、县长吃过一顿饭，反倒是每年的年终，书记、县长会请纳税大户吃一顿饭，我也是应邀者之一。记得2008年地震之后，房地产一时进入低谷，那一年的春节很多人的情绪都有点低落，我在县里邀请的聚会上告诉S书记，江山多娇新开的电梯房销售依然很好，S书记听了非常高兴，详细询问我具体销售数据、采取了什么方式等，自那以后，我得知S书记多次在不同的会上，都以江山多娇为例，给相关部门和企业加油打气。

如今十多年过去了，S书记早已调离了新津，我在江山多娇项目做完后也转战别的城市，十多年来，我与S书记没有任何联系，与新津其他县领导和部门领导也几乎不再有任何联系，写下这段文字绝对不属于任何性质的拍马恭维，更没有一丝一毫功利性目的，纯粹为了表达一个投资人内心深处迟到的感谢。回首风烟五津，那里有我一生投资经历中最美的相遇，就像一幅明亮清新又充满朝气的彩色画卷，始终装在我的心中。

那里山美、水美，投资环境更美。

跷脚老板的生意
总是会翘的

一

记不清通过什么渠道介绍，一家新闻机构的摄像G找到我，说要拍一部《康巴记事》的纪录片，时间是1996年2月。

那时候，我在城南磨子桥的天歌大厦办公，除了完成北京杂志社四川工作站的发行广告任务，还成立了一家专业的广告公司，对广告传媒方面的业务都想试一试。

G找来了一位姓C的编导，老C有过电视台工作经历，担任过一些纪录片编导，他写出了《康巴记事》的拍摄提纲，计划深入藏民族聚居的下朵康六岗区域，也就是四川阿坝甘孜州境内大小金川、德格一带的康巴地区，拍摄一部系列人文纪录片，包括《深山里的十字架》《古碉人家》《扎西得的鹰》《德格刻经人》《走进新唐卡》等几集，每集大约30分钟。按他们当时的说法，这样的纪录片还没有人去拍过，拍出来肯定

会得大奖，自然也会被国内外电视台购买。

我从来没去过藏族聚居区，也没有投资拍摄电视纪录片的任何经验，但却意识到，自己投资拍出好片子，然后销售给电视播放单位，这样的运作模式完全是市场化经营行为，搞好了可以复制，可以规模化经营，有利于公司朝着文化实体方向发展。看了老曹写的本子，感觉还不错，G又是有经验的专职摄像，加上老C还推荐了一位大型企业宣传部的专职摄影师，3个人正好组成一个摄制组。

于是立即上马，由G担任摄制组组长，老C任编导，我负责全额投资。按照G提出的预算，我给摄制组配备了一台大切诺基越野车，全套的摄像器材，还买了两大箱录影带，以及藏族聚居区所需的各种生活用品，为他们出征壮行。

从6月8日摄制组出发，到8月20日返蓉，历时两个多月，其间大多数时间，我无法和摄制组取得联系，只偶尔接到过他们打来的电话，才知道他们的具体地点。一行人顺利归来，为他们接风洗尘，接下来就要进入后期剪辑阶段，貌似一切顺利。没有料到，当G开始报销前期拍摄费用的时候，我傻眼了。

G报出来的费用，不仅超出当初预算的数倍，而且威逼我必须马上支付。当初拉我投资的时候，那个恭敬、诚恳、赌咒发誓显示仗义的人，转眼间完全变成另一副气势汹汹的面孔，咄咄逼人，感觉我已被圈入瓮，受制于人，给也得给，不给也得给。我提醒他，如果费用不真实，拿了也会吐出来，还会付出代价，他根本就听不进去。无法再合作，我只好给他结账走人。

再来看他的账目，简直漏洞百出。明明没有租车，却虚报租车几辆；明明当地最贵的酒店有牌价可查，却报出成都五星级酒店的价格。做假账也没有做出水平，稍微一查证，就证据确凿。我只好以整套账目向检察院报案。那时候还没有公安经侦，商业侵占案件归检察院反贪局侦办。

检察院很快传讯了G，不费力气就查实了他商业侵占的具体数额，马上由拘留转为逮捕。按当时的法规，判个三五年也有可能。这时候他家里的人才慌了，赶紧退还了侵占的款项，还到处托人来向我求情，恳请我不要追究，不然的话，他坐几年牢出来，原来的饭碗也丢了。

这个时候，我也哭笑不得。是他要逼我报案才能追回侵占的款项，但我内心并没有想要报复他，更没有置他于死地的想法，所以我还是给检察院表达了追回侵占款，不再追求其他责任的想法。他的家人四处活动，最后法院给他判了免予刑事处罚。后来听说，这是免予刑事处罚条款执行的最后一年。

二

就在G撺鼓我投资拍电视纪录片的同时，他还给我推荐了一位L姓技术人员，说是化妆品生产领域的专家。

L工重庆人，以前在重庆一家化妆品公司担任生产技术员，他告诉我说，生产女性用的精华素、亮发素，利润很高，有很大的发展空间。他说，他所在的重庆那家化妆品公司，专门生产当时很流行的精华素、亮发素，完全能达到进口产品的质量标准，成本很低，但售价接近进口产品，盈利空间非常大。只因为意外，这家公司即将倒闭，他可以通过内部关系，按成本价抢购到一批库存的产品。因此，他建议我先低价买一批产品回来，在市场上推广销售，如果销路畅通，就委托一家工厂加工生产，打自己的品牌，他完全熟悉配方及整个生产工艺流程。

于是，3个人一合计，由我占40%股份，G占30%股份，L工占30%股份，成立一家生物技术有限公司，L工负责具体的经营管理。时间紧迫，我当即拿了3.5万元给L工，让他赶赴重庆购买了散装的精华素10万颗，亮发素1万颗，堆满了大半间屋子。

产品买回来了，开始到染房街、荷花池等地推广，才想到说好的销售，谁去负责具体组织落实呢？由于并没有专业的化妆品销售人员，仅仅依靠自己广告公司的人员兼职去推销，效果不甚理想。而L工又是技术员出生，销售并不是他的强项，完全依赖他做总经理的角色，主抓整个公司经营管理也不现实。我才意识到，除非自己亲自去做推销员，根本别想指望别人能搭建一个班子，为你把产品卖完。而我自己又压根放不下手里已有的事情，广告公司的人也各有其事，加之后来G侵占拍摄费的事发，关系破裂，当初说好的投资比例并没有别人出钱分摊，结果又是我一个人认亏。

很久以后我才明白，脑袋一发热就匆忙决定的投资，一般都有这几大特征：一是机会来得突然，而且“好”得很；二是时间非常“紧迫”，必须马上拍板；三是其他合作者恰恰“暂时”拿不出钱，需要我先垫钱。符合这三个特征，跳下去都是坑。

这批精华素、亮发素就一直堆在屋子里，偶尔拿一点去送人，到后来连赠送也没人想要。几年过去，化妆品过期，最后全部当垃圾扔了。

三

20多年前，每逢春节回到老家，尽管老家这样的小城也有了繁华的市场经济景象，大街小巷店铺开了不少，但一到夜晚，城区的街道还是幽暗冷清，还没有夜市的氛围。

做广告的人自然对广告业务敏感。我看到了一个尚未被发掘的机会，对老家的市长说，我可以做一个亮化工程方案，把城市主要街区的灯杆点亮，不要政府出一分钱，就能让城市的夜晚变得流光溢彩，条件是获得一定年限的广告经营权益。市长是个很有魄力的人，当即表态同意。

回到成都，很快做出了一套亮化工程设计方案，准备先做一条主街作为示范，预算投资30余万元，市长和分管副市长很快签批了方案。我人在成都，需要找一家本地的广告公司具体负责实施和经营。恰好妹夫家的一个亲戚就在老家从事广告业务，当时尚未起步，只有一间很小的作坊。突然之间，小作坊就获得了城区主要街道的广告经营权，而且几十万投资全部有人注入，不需要自己出钱，还可以分得40%的利润，小作坊的老板自然满心欢喜。

一切安排妥当，我回到成都，还介绍了几家大公司来发布灯箱广告。经营权、投资款以及后期的买主都落实好了，只等具体的安装制作。其间电话催问进度，得到的答复都是一切进展顺利。

直到又一个春节来临，我回到老家，看见整条街道的灯箱都亮起来了，看见灯箱上面打满了广告，看见亮化工程做得漂漂亮亮，但我却看不见我最该看见的东西——广告收入的钱。

钱呢？哪儿去了？挪用了！

核对账目，发现报出来的灯箱制作成本，远高于正常的成本价格。即便如此，还有一大笔的利润，按照4：6分成的比例，也该将60%的利润划入我的账号，但我看到的广告收入账户，已经没有一分钱可以分给我了。

当初寻找一家本地公司来负责具体安装制作，除了因为亲戚推荐，我自己判断推荐来的人还是个能做事的人，感觉也还老实诚恳，要不然我也不会如此放心。尽管如此，小作坊的老板却并不会诚心与我一起合作。一个大好机会从天而降，一大笔资金攥在自己手中，他想到的不会是与我共同发展，而是赶紧用这笔钱做启动资金，投入自己更大的生意。一年后，他已经不再是小作坊了。至于扶他起步的投资人，欠就欠着吧。

这一欠就是十多年。或许因为有那么一层沾亲带故的关系，十多年后突然意外地说愿意和我对账，把欠我的钱还给我。此时早已是糊涂账一笔，我还能咋个深究呢？还多少是多少吧，总算还有一点良心。

四

古希腊哲学家赫拉克利特说过“人不能两次踏入同一条河流”，以此阐述“变”的哲学主张。在赫拉克利特看来，“太阳每天都是新的”。他把存在的东西比作一条河，声称人不能两次踏进同一条河。因为当人第二次进入这条河时，是新的水流而不是原来的水流在流淌。

而我，在当跷脚老板的问题上，不仅两次，而是多次踏进了同一条河流，踩上新的水流与原来的水流都差不多。为什么总是想当跷脚老板呢？一个人在没有钱或资金紧张的时候，断不会有这样的方法；一旦手头上有了闲散资金，却总会想投资出去，等着分利，让钱生钱。

好朋友的弟弟推荐了他的好友小毛，说他们和南充下面一个县教育局，签订了供应计算机的合同，有十几所学校，几百台计算机。这是一笔相当稳当的生意，有教育局的购货合同，有计算机的供应价格和售出价格，其中的利润有多少，能看得清清楚楚。小毛他们只是缺少流动资金，邀约我投资流动资金一起来完成这笔生意，约定了利润分成的比例。

这笔生意要求给每个学校上门安装计算机，安装完成即可从当地学校收款。我吸取了以前的教训，规定收款必须汇入专用账户，而且专门委派公司的财务人员与小毛一同去安装收款。这名财务人员已经在公司干了多年，一直都是老老实实，没出过任何差错。满以为这次应该不会再有任何问题，结果还是又让我踏入了同一条河流。

财务人员和小毛一起出发以后，起初还打电话回来汇报进展情况，专用的收款账户上也收到过几所学校的款项。慢慢地电话开始少了，打电话去追问，回答总是信号不好，因为上门安装收款的学校大多为乡村学校，信号不好可以理解。我改在晚上联系，手机信号不好就让财务人员用宾馆的座机打给我，只有很少几次打过来。大多数时候，都解释说住在乡村招待所，只有一部电话，需要排队等候。尽管我追得还算很紧，但经常都是一两天得不到任何音讯。

我感觉小毛有意在躲，而我的财务人员也在躲，估计又出了问题，但也鞭长莫及。当时偏偏是手里项目正忙的时候，我也没时间赶到那个县里，更无法陪他们一家一家去那么多乡村学校，亲自督办安装收款。

等到他们从南充的那个县里返回成都，一统计，只有大约一半的学校将款项汇到了专用账户，其余学校的款项呢，小毛承认被他用自己的私人卡收了款，但款一到账就被他转给了别人，声称要还赌债，不还别人就要砍他。我让小毛交出他的私人卡，到银行的柜员机上一查，竟然只有区区1元钱！！

这个时候追问专门同路收款的财务人员，这个平时一直都很“老实”的女孩，露出一脸懵逼样，说她不知道小毛私下里也在收款，还以为学校欠账没付。追问她为什么不当面问问学校？为什么不回电话？女孩难以自圆其说，装出一副无辜、委屈的样子，一看就知道出门以后，显然已经被小毛收买了。

我气得吐血，准备马上报案。小毛的老婆带着孩子来求情，哭哭啼啼说她没有工作，一家人全仰仗小毛挣钱养活。如果小毛被抓进去了，一家人都完了，恳求看在孩子还小的分上，不要报案。以后就是砸锅卖铁，也一定会将款项归还。

我心一软，没有报案。十几年过去了，小毛早已消失得无影无踪，他和他的老婆，还会想到还钱吗？

五

冲动性投资比胡乱花钱更可怕。因为花钱毕竟买了东西或者享受到了服务，而且数额总是有限，而投资，甩出去就是一大笔。

这些年来，我还冲动地买过基金。比如熟悉的银行推荐的基金，说他们多年合作的机构，完全信得过的基金公司。回来一查资料，基金公司确实战绩辉煌，操盘手更是大名鼎鼎，科班出身，经验丰富，身经百战，举出的战例无不让人欢欣鼓舞。于是购买，等着盈利分钱。

等了一两年后，回来的资金只有本金的60%。银行的人似乎早已忘记了此事，的确，他们每天都要推荐各种各样的基金，那是他的任务，是他的业绩提成收入来源，谁还记得几年前的一笔基金到底结果咋样呢，只有自己的损失才实实在在，铁板钉钉。发誓再也不买了，银行的人还会告诉我，大家都赚到钱了，只有我自己不会买，如果买了某某基金，看看排行榜，早就翻了多少倍了。

最近一次踏入同一条河流，是这几年为了儿子读书，经常往美国跑的时候。我在美国没有故交，认识的人都是新朋友，其中居住在旧金山湾区的迈克刘，介绍人说他一直从事投行工作，是个美国通。对美国并不熟悉的我，却盲目迷信美国。我不相信国内的任何中介机构，在美国办每一件事，都想直接和美国人或一直生活在美国本土的华裔联系，以为这样才可靠。

迈克告诉我，他在与拉斯维加斯的一家餐饮公司合作，这家公司的老板是个美国白人，大约50岁，具有多年的餐饮从业经历，曾经开过几十家餐饮连锁店。老板现在的公司，股东都是地道的美国人，他们拿到了汉堡王等两家著名快餐的连锁经营权，正准备借壳上市，特地为我争取到了上市前增资扩股的一点份额，这个时候投资入股，上市以后自然会赚钱。

我只看了迈克发来的公司图文介绍资料就决定投资入股。

促使我做出这一决定的理由，竟然是脑子里先入为主的概念——美国人懂法守法。因为这家公司股东全部是美国人，所以我就断定绝对可靠，至少不可能歪到哪儿去。我还专门去了拉斯维加斯，在老板的家里享受了美国铁帽子厨师亲自掌勺的家宴款待，而老板的家位于拉斯维加斯超级豪宅区，隔壁的邻居非富即贵，诸如网球明星阿加西，演艺明星尼古拉斯·凯奇之类。老板亲自给我演示了他在家里控制各连锁餐厅的视频，每一笔餐单都纳入了数据化管理。第二天又参观了公司办公场地，还去了老板旗下几家连锁餐厅品尝食物，看见几家餐厅都是络绎不绝的人流，家家生意爆好。

投资入股以后，这家公司确实借到了壳，而且挂上了柜台交易（相当于我国的新三板），只要按计划在一两年中发展到四五十家连锁餐厅，公司就可以登上纳斯达克主板，股价会翻几倍。然而，两年以后，我等来的不是公司主板上市，股价翻倍，而是奄奄一息，坐以待毙的消息。这期间，迈克多次告诉我，公司即将融到一笔巨资，马上就要与某某基金签约了，而说好的签约每次都“意外”地黄了，反倒是多次来电话找我给公司借钱，说再借一点钱熬过这几天，公司就会活过来了。

我盲目迷信美国人，等出了问题才发现，我的想法和意见都只能依赖迈克来传递，迈克说公司不断在改组，改来改去他也没法参会，不知道具体情况了，这个线索一断，公司的一点声音都没有了。

有一次又到了拉斯维加斯，我想打个电话问问当初来过成都的公司财务总监，但自己不会英语，只好托儿子打通电话，对方回答说早就从公司辞职，没时间出来见面。我茫然不知所措，法律体系最健全的美国公司，改组、破产或清算，却没有一个人依法来通知我这个股东。如果投资的中国公司，即便公司改组，我也可以知道具体是咋个改的；即便公司破产，也可以知道资产如何清算。

我找迈克要了一份公司的财务报表，借助百度翻译，依然看出了两点：一是大股东老板，实际出资额和我这个只占很小比例的小股东出资额竟然差不多，我的入股被溢价达20倍，所谓为我争取的增资扩股份额，实际上就我一个人参与，根本没别人增资，更谈不上什么份额。二是公司开了十几家快餐店，已经营业的几家生意爆好，为什么却还要倒闭呢？原因还是后面不断在装修投资的新店成本太高，而且有了几笔借款。大股东完全有可能通过加大新店装修、设备的成本把自己的钱都先套出来，这与国内那些在合作中做手脚的人有什么区别呢？

唯一不同的只有一点：在中国即使被合作方坑了，曾经合作的人总还有点人情世故可能会要回点钱来，最不济还可以报案或打官司。在美国，即使发现被坑了，聘请财务审计公司查证落实加上请律师起诉打官司，另须花费的金额远远会超过已损失的投资额。傻子都明白，除了忍气吞声，还能干什么呢。

这才是中国人在美国投资最恐怖的地方。

六

参加任何一次投资讲座，几乎都会听到这样一句话："你不理财，财不理你。"

说这话的人往往会给人一种误区，好像只要你“理”了“财”，“财”就一定会来“理你”。他们口中的“理财”并非真让人去学会如何“理”，更多是让人直接就去“买”或“投”，比如买基金、买保险、买信托、买股票，或者投资入股，投资合伙，把“买”和“投”等同于“理”，偷换了概念，“财”未必会“理你”，甚至会远离你。

有了闲散资金，就会蠢蠢欲动，这时候最经不起诱惑，身边的人一撺鼓，大笔资金就出去了，而出去的钱无非是投资和做事，这两点又大有玄机。

投资没错，但投资是一门专门的学问，还是一个系统工程体系。首先，个人是否受过专门培训，有多少金融业务素质，有多少实战操作经验等，都是最基础的前提，没有一个门外汉能完成一笔漂亮的金融投资。其次，投资还需要团队作业，包括调查、预算、审核、风控等一系列完善体系，只有通过系统把控，而不是人为的托付，才能掌握投资方向。专业的投资公司，如国际上知名的投行，有一大批顶尖的专业人员，有一整套成熟完善的运作流程，即便这样，也还有投资失误的时候。对于个人来说，仅听朋友推荐，仅凭个人主观判断，没有行业经验也没有深入调查了解，更没有从头到尾的监察控制体系，就把钱从自己兜里掏出来交给别人，一切由别人去操作，自己坐收渔利，这无异于白日做梦。这样的投资，其结果比借钱还不如。当你把钱交给别人那一刻起，自己已陷入被动，能不能还回来，还多还少，只能听天由命了。

再说做事，无论是投资入股还是投资合伙，重点不是投资而在于做事——自己能不能亲自从头到尾将所投之事做下去。自己不能参与或者不能全部参与，那就等于只有投资没有做事，这样的投资无异于拿钱打水漂，别人把事情做不好，亏损的是你；把事情做好了，你也未必能得到或者能全部得到你该得的收益。当然，人不可能每一件事都必须亲力亲为，尤其是已经有一定规模的生意人，但也得有一个前提，那就是公司已具规模，已成体系。如果投资的项目不属于老本行，那还得从原有人员中抽得出信得过的专人，组建信得过的管理团队。我们经常看见那些大公司，开发了一个又一个新业务，每一个都做得风生水起，而老板却几乎整天在参加各种论坛，或者打球登山，那是因为人家早已打牢基础，该管的事都有专人在管。

小公司的每一次提升，都是在有余钱进行再投资的时候，也是最容易栽跟斗的时候。只投不做，或者只投不管，最终都会赔一大笔钱。跷脚老板的生意总是会翘的，因为跷脚生意依赖的是人——成也在人，败也在人，而人一旦失去控制，恰恰最不可靠。

我的教训，都是花大价钱买来的。

蓉漂路上的贵人

在我的蓉漂之路上，有几个人对我的影响至关重要，往往在某一个特定的关键时刻改变我个人命运的走向，他们并非手握重权的达官显宦，只是普通的基层干部或教师，但在当时都比我有更多的资源和人脉。在我吃力爬坡的时候，他们仅仅因为看见我身上闪现的一点儿小才干，或者勇闯敢拼的劲头，就顺势推我一把，无须请客送礼，也不为利益交换。这些当时看来很平常的举动，几十年则尤显难能可贵。

黎大哥

四川教育学院在职培训第二学年开始的时候，我认识了黎大哥。

读了一学年后，学校安排我们搬迁宿舍，从南楼搬迁到北楼。6个人一间，自由组合，写诗的我和写书法的小涂不知为什么在班里落单了，只好和同为中文系本科班的老大哥组合，住进来一个人，正是老黎，而且也写书法。

黎大哥，双流籍田人，进校之前已是华阳师范学校的书法老师，年龄比我整整大8岁，已婚，有一个儿子。

老黎住进来以后，不知道为什么，再没有安排别的人进来，我们竟然3个人享用一间宿舍。一个写诗，两个写书法，都需要安静宽松的环境，感觉上天眷顾，有意给我们创造特殊条件。

3个有抱负的文艺青年相处一室，气氛融洽。很快，老黎便知道了我毕业后执意留在成都的打算。他告诉我，改革开放的双流敞开怀抱，除了招商引资，还正在大力引进各类人才，他可以把我的情况推荐给县里相关部门。

那时的双流和华阳，与今日相比完全是另一番景象。虽然与成都市区相距只有18公里，但却完全属于另外一个城市，一个还像小乡场一样的小小县城。进双流不需要入城指标，相对比较容易，但在我看来，还不算真正进了成都。

热心的黎大哥很快就向县领导推荐了我。当时的县领导班子很年轻，正大力提倡人才引进，本身就爱才惜才，而且也喜欢书法和文艺，没有任何犹豫，答应把我引进到该县工作。

我正一心一意寻找成都市内能调我的单位，有了双流保底，不仅信心更足了，而且还想到一个隐忧，那就是我即使在成都找到了愿意调我的单位，达县的工作单位也没有理由会放我走人。只有将夫人先调离达县，到时候我才能顺理成章地离开。于是，与黎大哥合计，不如干脆先提出将夫人调来双流，至少也能为我即将面临的调动铺平道路。

此事在临近毕业的那一学期开始实施，双流县的领导依然毫不犹豫地支持。负责此事的人是主管人事工作的县委副书记，具体落实过程则颇费了一番周折。妻在达县市工商银行工作，联系双流对口的工商银行，对方不需要人；又联系了其他银行，也不要人。县里只好打算将她安排在县财政局工作，眼看都说好了，但不知为什么又被一股神秘的力量顶了回来。黎大哥当时家还在华阳，四处为我张罗打听，费了洪荒之力，才在县计生委找到一个空缺的职位可以安插，就这样发出了商调函。

妻其实不想到双流，更不想去她完全不熟悉的计生委做一名会计，但碍于我的决心，只要能先离开达县，就不能太在乎单位咋样。她只好勉强来到了双流，上集体户口，住集体宿舍，而我恰恰结束了省教育学院的培训，没找到任何单位调动，只能先回达县去上班。一来一去，双双错过。在最艰难的日子里，女儿出生，户口也只能上到刚搬来双流县城的黎大哥家里。

后来我如愿调进了成都，妻也调进了省级机关工作，黎大哥一家在双流发展。以后的几年中我陆续得知，老黎还帮助了另外几位教育学院的同学，从省内的偏远山区调进了双流工作，并在双流、华阳等地安家落户。

毕业的时候，我和妻曾经去过一次华阳镇。记得是在九眼桥坐长途班车，车顶上还背负一个巨大的燃气包，摇摇晃晃在乡间土路上开了两个多小时才到达。那时候的华阳，仅仅就是成都远郊的一个乡场。黎大哥所在的华阳师范，也就是位于乡场上的一座普通师范学校，和县中学差不多大。黎大哥一家当时住在学校的教师宿舍里，生活境况和我在达县当乡村教师时差不多。

而双流虽然是县城，其实也和华阳差不多大，总共就只有几条老街。妻一个人来到双流，发现县城里每周有几天还要赶集，县城就相当于一个大农贸市场，顿时觉得自己没有调进大城市，反而从地级城市掉进乡镇了。

我无法预料，时代的变迁，城市的发展，惊人的速度，会超乎想象。我也无法感知，自己正身处数千年未有之大变局，没有人曾经历，也没人有经验，因而我当时也没有眼光能够预见，在这个日新月异的变革时代，大城市近郊反而比中心城区有更多的机遇。随着双流、华阳与成都无缝对接，曾经的郊区乡场，如今已变成生机蓬勃的新市区。三十多年来，一大批曾经在双流办厂做生意的小老板成了大商人。在城市大发展的风口下，黎大哥和他所熟悉的一批人，虽然大都是土生土长的双流人，从县城乡镇起步，反而比老城区内一般机关职员和居民拥有更多的发展资源和机会。双流人，以另一种方式进成都了。

昔日“叫花子出在双流县”的民谣，如今完全可以改为“有钱人出在双流县”。回想起来，我如果当时不是一意孤行非要进城区不可，而是留在双流，遇上双流翻天覆地巨变的风口，或许也会有不同的收获。

2000年前后，黎大哥调进了成都市内某局，担任交易中心主任，这虽然是一个级别不高的职位，但他却干得风生水起。

正是房地产发展如火如荼的黄金年代，黎大哥来到这个级别不高但非常关键的岗位，让他身上积累多年的优秀潜质得以全面爆发。那些年，由黎大哥亲自操办，每年一届的房地产交易会总是能引起全城关注，交易会现场更是人山人海。越来越多世界级、全国级的巨无霸开发企业入驻成都，让黎大哥接触的人脉越来越广，受到过他帮助照应的人也越来越多，以至于在成都房地产江湖，提起著名的黎叔，无人不知，如雷贯耳。

我发现，无论多大场面，多高规格的活动，黎大哥都办得井井有条，得心应手。在我看来，许多复杂烦琐的大型活动事务，他都能指挥若定；应对上下沟通错综复杂的人际关系，他也游刃有余。很多次，在上百人乃至上千人的场合，我都看见黎大哥穿一身中式对襟衣，手拿话筒，一口双流普通话，却能控制全场、调侃自如，看不出丝毫的胆怯和紧张。我明白，此时江湖人称的黎叔，已成为跨越书法、文艺和本职工作岗位的知名社会活动家。

我不知道黎大哥到底认识了多少人。无论房地产界，还是艺术界、商界、政界、文教界、医疗界、体育界乃至社会各界，总之走到哪里都有他的熟人，每天他都日程满满，这让我和他见面的机会慢慢变少。如今已退休的黎大哥也一如既往地忙碌，几十年的修炼之下，他的书法艺术日渐精进，已达到大师级的水准，反让他退休以后更有目标和干劲，乐此不疲。几年来，黎大哥多次在国内外举办书画个展，接连出版个人书画专辑，还担任了一大堆社会职务，让他又在另一个领域声名鹊起，仿佛一切才刚刚开始。

黎大哥很忙，我们很少见面。但当我女儿结婚需要他来当证婚人，他毫不犹豫就推掉了同一天另外两场婚礼的邀约。还有一次当他得知我怀疑脑袋长了某个东西，没有丝毫拖延，马上就亲自带我去华西医院，一直陪我做完了所有的检查，确诊无碍才放心离去。我想这或许正是老大哥的魅力，无论他现在交往了多少人，无论他有多忙，虽然不常相见，但心中始终有一份不同的挂念。

袁校长

人事处的刘老师把我介绍给司处长，司处长直接把我带到校长办公室，见到了袁校长。

袁校长川东人，身材高大，仪表堂堂，说话简洁明了。他的老家万州巫溪，与我老家达州同属于川东北老少边穷地区，

他是这个穷乡僻壤为数不多考出来的理工科大学生，在这个市属的成人高校里，他属于外来的成都人。

我完全抱着碰运气的心理来应聘这所学校。当时学校在《四川日报》上打广告，公开招聘教师，条件是本科以上学历加讲师以上职称，通过试讲选拔，录取后可以办理正式调动手续。我明知自己条件完全不符合，仍在第一时间来到学校递交了简历，没想到只隔了一天人事处就通知了我，更没想到我能直接就见到了校长。

袁校长只当面问了我几个简单的问题，然后就带我回到人事处，对刘老师说：把商调函开给他，回去办理调动。我一下子蒙了，完全没料到，在我走投无路几近绝望，夫妻关系也面临破裂的关键时刻，就这样轻而易举得到了梦寐以求的商调函，连一支烟也没有散出去。

后来我才知道，调我纯属意外收获。作为成都新创办的一所成人高校，此学校行政办公室急需一位既能写，又年轻肯干的秘书。从招聘教师的资料中，偶然发现我做过政府办和文教局的秘书，又是教育学院中文系秘书专业毕业，还有作协头衔和发表作品，所以立马调动，反而免掉了招聘教师的试讲等程序。

成都市职工大学是我调入成都的第一个工作单位，很快学校又给我分配了两室一厅的房子，让我在成都有了一个家，也是我有生以来属于自己的第一个家。刚刚干了大约一学期，四川作家协会巴金文学院选聘我为专业作家，工作关系在原单位，工资关系转入省作协发放，可以两年不用上班，在家从事专业创作。这是一个极为难得的机会，全省（当时还包括重庆）只有十来个人能够入选。我麻起胆子吞吞吐吐给袁校长说了，袁校长虽然急需用人，但还是很爽快地同意了。当时学校刚调来一位党委书记，姓陆，也表示大力支持。

我享受了两年自由创作的好时光，陆续出版了4本书，作协领导正考虑把我正式调进文学院，某出版社也有调我的意向。这时候袁校长找我谈话说，学校还是需要我回来工作，并把我提拔为办公室副主任。

于是我只能又回到学校工作，一边负责校办公室的文秘工作，一边也开始兼职上课。那时候，学校经常要迎接各类检查评估，而初创伊始的学校很多方面都不健全。我只有埋头苦干，花了大半年的时间，为学校撰写整理出一系列管理和规章制度，几十万字，印成厚厚的两本。袁校长见我干活卖力，又主动提出，根据我的情况，可以为我申请破格晋升副教授。说干就干，学校很快就把申报资料报送到了省教委，并通过了专家委员会的评审，只等省教委最后批文。

偏偏就在这时，我突然又面临一个机会，北京某中央新闻单位新创办的一家杂志愿意调我，并发来了调函。这一次不再是暂时离开，而是永久调离。时间是1992年初，我还未满29岁，已经是学校办公室副主任，而且批文下来就破格晋升副教授了，各方面都应该相当满意和知足，但我却经不住北京中央新闻单位的诱惑，仍然想出去闯一闯。我又鼓起勇气找了袁校长，他沉默良久，表态同意。我又找了党委陆书记，也表态同意。

现在想来，可能学校从来没遇到过像我这样不安分守己的人。值得庆幸的是，我遇到了袁校长，包括后来的陆书记，他们这样的干部身上只写有正派两个字，工作有需要就使用，个人有能力就重用，还有更大的发展机会也不压制。我和袁校长及陆书记，没有一点沾亲带故，也没有任何的私交，更没有送过一分钱的礼物。那时候的干部，特别是知识分子干部，或许还没有受到更多的世俗污染，如此公事公办，真是难能可贵。

离开学校很久以后，有一天我接到袁校长的电话，说他也离开学校，到某集团当了一家饲料厂的厂长。当时曾到他在学校宿舍区的家里拜访，后来慢慢就失去了联系。以后的若干年，每当我路过南府街老校区和二环路外峨影新校区时，都会想到袁校长，愈发感念他的知遇之恩。后来看见新校区的门口挂起了市总工会的牌子，不知道学校发生了什么变化。直到前两年路过南府街，我专门向门房打听袁校长，说他早就不住在学校宿舍了，也不知道他的电话。当时幸好要到了之前办公室一同事的电话，几经辗转，终于找到了袁校长的电话。

前年春节，和袁校长通上电话，得知他也住在华阳，离我家不远。专程登门拜访，昔日魁梧的中年人如今已年逾八旬，看上去身子骨倒还硬朗。如今退休在家本该颐养天年，没想到唯一的独孙女却得了一种怪病，血小板莫名其妙减少，而且少到惊人的低值，似乎随时都有大出血的可能。袁校长带小孙女看了很多医生，包括华西医院的著名专家，至今也未查出原因。这让他一直相当苦恼，也成了他晚年唯一的心病。几年来，为了给小孙女治病，袁校长自己都钻研成了血液方面的专家，说起病情分析，很多的专业术语、技术指标，他都能脱口而出。

我赶紧搜寻关系资源，找到一位北京协和医院博士毕业的晚辈，趁回蓉休假安排她与袁校长见面，又将袁校长小孙女的病历和检查资料传到北京，请教更权威的专家。本来可以安排到晚辈所在的北京儿童医院住院检查，但袁校长一直对此提议不置可否。后来才得知，已经80高龄的袁校长，实在带不动小孙女到北京住院了，而孩子的父母又忙于工作根本请不到长假，他们只能选择在成都医治。唉，成都还有哪位更权威的血液专家呢？我也很茫然，只好继续帮他打听。

周老师

最近几年，每当我在微信里发一条朋友圈，必定会有周老师的点赞和评论，即使在几天之后才看到，她也会一条不少地补上。

周老师自己很少发朋友圈，仅有的几条，也大多是关于小孙子的内容。我很感动周老师80多岁高龄的人还那么关注我，每当我在朋友圈发一篇文章，周老师都会写上一条或数条评论，仿佛还在批改我的作业。只是现在的批改不光用文字，还经常有几个时髦的表情包，偶尔还夹带一两句英文。

有时候，周老师也将自己写的小诗小文发给我，谦虚地请我点评，让我从字里行间还能鲜活地感受到，老年的她还是那么优雅文艺。还有几次，她将小孙子写的作文发给我，小小年纪，文笔了得，这让教过写作课的周老师相当自豪。

我和周老师虽不常见，但却能随时感受到她的存在。

突然有一天，我发现已经有好久没看见周老师的只言片语了，心中猛地一沉，刹那间意识到，周老师可能已不在了。

赶紧让妻给周老师的侄女，也是妻曾经的同事打电话，果然证实，周老师已经离世几个月了。

我不敢相信，周老师就这样消失了，悄无声息。她的侄女说，周老师的丧事，除了自家的兄妹子侄，没有通知任何人。一辈子谦逊低调的她，最终也选择了无声的告白，安安静静离开尘世，化归自然。

但周老师的形象却经常晃动在我的眼前。我仍然不相信她就这样彻底地消失了，虽然我知道她疾病缠身已经多年，但她瘦弱的身躯里有一股乐观顽强的力量，让人感觉到她能拖、能熬、能扛，生命力反而会胜过很多无病无痛的老人。

最后一次见到周老师正是这样的状态。疾病缠身，只能坐轮椅出门的她，仅凭玩微信一条，就让很多连智能机也不会使用的老人自叹不如。我看见她依然笑呵呵的，依然爱唱歌、爱诗文，还关心股市行情，了解宏观经济动态，畅谈时事新闻。她还托我把她写的书，带给远在美国的友人，巨细无遗地给我交代美国友人的地址电话，一股认真的劲儿。

2015年7月，四川教育学院（现成都师范学院）60周年校庆，我还专门和周老师相约，亲自开车接送她到温江新校区参加校庆活动。那一天，我们几个参加校庆的同学，推送轮椅上的周老师参观美丽的新校园，参加中文系的座谈会，一起合影留念。开心的笑容，永远定格，成为我们师生之间最后的留影。

我在教育学院读书两年，毕业后唯一保存联系方式的除了班主任，任课教师只有周老师。那时候，周老师教我们写作课，最初因为我写的一篇作文《大佛前的思索》，周老师大为赞赏，在教室里作为范文公开朗诵、点评。从那以后，周老师就对我偏爱有加，看见我发表了诗文，极为鼓励。就这样，周老师成了我在教院读书期间唯一能亲近的老师。

在我蓉漂的关键时刻，我调进了成都市职工大学，而妻还在双流县计生委。我带上妻第一次敲响了周老师的家门。那时候，周老师住在某省厅宿舍，她的丈夫任伯伯在省厅工作。在我看来，一定是高高在上难以亲近的，所以我和妻带着忐忑不安的心情走进了周老师家。没有料到，眼前的任伯伯没有一丝冷漠高傲，反而热情亲和。作为北方来的南下干部，任伯伯身躯高大。第一次见面，我就明显感觉到，他待人接物有两个明显的特点：一是习惯弯下腰来，附身倾听以示尊重；二是脸上始终笑呵呵的，憨态可掬。当时的任伯伯很忙，经常到各地出差，见了面话也不多。但当他了解我的情况后说，根据他了解的政策我调进了成都的单位，妻子则符合调动的条件，可以采取解决夫妻分居的方式调动。

这就无疑为我打了一剂强心针。我虽调进成都，却几乎生于偶然。对于妻子的调动该如何办理，还是小白，也摸不到门路。任伯伯最让我感动的是向他咨询政策、程序，从来不打官腔、不摆架子，也不绕弯子。既讲政策原则，又耐心提点讲解，解除我心中的困惑，让我逐渐理解复杂的调动程序，该如何一步步按规矩去办。

后来有几次机会陪任伯伯一起外出办事，亲自感受到任伯伯走到哪里都大受欢迎，人缘和口碑都好到爆。遗憾的是，任伯伯退休以后，管理一家初创的国有企业，同样干得风生水起，刚显露出他在商业方面的才华，但一场小病却意外地夺走了他的生命，让他过早地离开了人世。时至今日，我依然能清晰地记得任伯伯憨态可掬的笑容。

往后的岁月，我陆续知道，周老师本是土生土长的成都人，大户人家，书香门第，毕业于西南师范大学中文系，典型的知识女性，嫁给南下干部任伯伯，自然受到丈夫细致入微的关爱呵护，因而周老师基本上不沾世俗，一身文艺，始终保持纯净优雅的气质。

任伯伯和周老师在关键时刻，帮助过很多人，使很多家庭改变命运，但他们从来都不会提及，更不会表功，无论是当面还是背后，仿佛一切都不曾发生。这样的淡泊，与任伯伯的憨厚质朴、周老师的纯净优雅密不可分。虽说大恩不言谢，也不曾谢，但时间会在时空的转换对比中，不知不觉树起一座碑，良心深处的好评碑，为人处世的示范碑。

如今，任伯伯和周老师都已先后离去，我微信中那个熟悉的头像已悄然暗淡。到了我这个年龄，微信中随时都可能有一颗头像突然熄灭，再也不能点亮。每一次我的心都会一阵下沉，无奈叹息。可惜我记录的这些文字，是再也看不到那亲切的点赞和评论了。

周老师、任伯伯，愿你们在天堂相聚，依然静好如初。

付老板

付老板本来不是老板，但人们都叫他老板，退休以后，他也果真就成了老板。

付老板已经很老了，但他至今也不服老。50岁是那样，60岁还是那样，70岁仍是那样。时间仿佛在他身上凝固了，过去不曾老，现在也未老，将来更不会老，他就是一个精神矍铄的奇人，永远不知老之将至。

精瘦、干练、热情，风风火火加干劲十足，是我对他的第一印象。那是20世纪90年代中期，我从北京回到成都，负责杂志发行和名牌战略工作，付老板正是省经委质量处处长，一个闻名业界的老质量，全国劳动模范，当时正值中年，经验丰富而又满腔热情。

从一开始我就发现，付老板不是那种单纯等待领导布置任务的行政干部，而是主动出击，把工作做深做透的专家型业务人才。他负责管质量，自己首先就成了质量管理专家，以专业的眼光抓质量，他有自己的一整套工作体系、工作思路和方式，他脑袋里永远有用不完的点子，工作行程天天都排得满满当当。一个处长，似乎比厅长和省长还忙乎。

他不辞辛劳，几乎跑遍了全省大大小小的骨干企业。一些大型企业在他的重点扶持和精心辅导下，早早获得了国家质量管理奖，驶上了飞速发展的快车道。他还深入一批有潜力的初创企业，推行全面质量管理，让企业一开始就在规范的框架上运行，少走弯路，还能抗击风浪，最终发展成省名牌和全国名牌，成为行业翘楚。

他完全不像个行政官员，没有架子，也不会绕弯子，更不会吃拿卡要。他大部分时间都深入企业，不是去检查执法，而更像企业免费请来的专家顾问，为企业谋篇布局，排忧解难。因而，他和很多企业老板都成了莫逆之交，与企业心心相通，亲如一家。久而久之，身边熟悉的人开始喊他老板，付老板的声名由此而来，越传越广，在质量界和企业中无人不晓，意思就是对企业和对质量工作，他太像个老板一样用心和尽力了。

以他的能力、资历和业绩，按部就班论资排辈至少也该做个副厅，但他终究止步于处长这个职位。痴迷于工作本身，忘我的投入，使他不可能面面俱到顾及各方感受。谁都知道他很能干，但只有能干未必就一定获得提拔。或许有人为之惋惜，但付老板个人却对此毫不在意，从来没听到他有一丝一毫的抱怨。等待他的，永远都有排得满满的日程，有出不完的差，做不完的事，我想他一定是发自内心喜欢他所做的事，才会如此一心一意而不顾及其他。

90年代中期，我从北京回成都设工作站，开广告公司，创业起步阶段，与付老板接洽工作而相识，初步交谈就像找到了知音。我也是个干苦活累活的命，也是只顾埋头拉车而不太顾及其他。付老板的行事风格与我大致相近，所以一拍即合，一扣起手来干事就非常顺畅。找到付老板，等于拿到了通向四川企业的钥匙。那些年，我经常和付老板一起下企业，首先是为企业做事，有我该做的，也有属于企业本身或行政机构该做而没有合适的人来做的，看得起我，委托给我，我也一样照做。只有服务好企业，才不愁合作的业务。

我很感念付老板毫不保留地把我推荐给企业，很多时候都是隆重推荐，让我结交了一批企业朋友，也服务了多家名牌企业。那些年，四川工作站的工作业绩年年都是全国第一名，我北京单位的领导人也和付老板成了很熟悉的朋友，还把四川列为工作重点，与省政府、省经委、省质监局以及中质协等单位合作，得到相关领导的大力支持，先后在成都召开了全国名牌大会，中国质量万里行西部行首发式、中国质量万里行大家行、西部质量论坛等活动，无论质量管理还是名牌战略，都比全国其他省市先行一步，颇有点轰轰烈烈的架势。

付老板到点退休，又承担起四川省质量管理协会的担子，没有了行政职务，他组织一批机关和企业里退休的老头老太，同样把协会搞得红红火火。再到点退出省质协领导职务，他竟然又搞起了一家名叫三峡质量认证中心的机构，这次是纯股份制民营企业，付老板也真正成了企业老板，在他年近70高龄的时候，他依然像年轻人创业一样风风火火。我曾去过他的公司，购买了一整层办公楼，百十号人，那些退休的老头老太在他的率领下，个个忙得连轴转。

曾见过很多与付老板职务相当甚至更高级别的领导干部，一旦从岗位上退下来，仿佛整个生活都停顿了，突然之间闲居闹市、门可罗雀，让他们很难适应憋得发慌的冷清，甚至一下子就冒出各种疾病来。在我见过的退休公务员中，唯有付老板一直还在马不停蹄地忙碌。

我曾多次劝他下决心放下手中的事，慢下来好好享受生活，但他每次都不置可否。后来我才明白，付老板生命的活力或许正源于他的忙碌，什么时候不忙了或忙不动了那才真的可怕。为了年轻，为了不老，付老板，该忙还是继续忙吧。

下卷

成都在家……

30年后，曾经蓉漂的我，已经被这个叫作蓉城的城市彻底融化。

地震：5·12亲历记

5月12日（地震当天）

事前没有任何征兆，我们会遭遇一场大地震。

上午在成都办公室商量事情一直谈到中午，我一个人开车前往新津。那一天，天气很好，阳光很灿烂，开车在成乐高速公路，正是中午时分，车很少。

到了新津城，我还到平时很喜欢的那家路边餐馆，要了一个当家菜凉拌白肉和一份菜汤，吃了一大碗米饭，然后才优哉游哉地开车到江山多娇项目办公室。

趁中午没事，在积压的报账单上签字。然后看见手提包里零散的发票已经装了鼓鼓囊囊一大信封，于是摊开在桌子上，专心致志地埋头整理发票。突然之间，房子发出嗡的一声沉响，地板抖动起来，墙壁也抖动起来，屋梁上发出吱吱嘎嘎的响声。我本能地丢开发票冲出门外，看见在本层楼上班的人都

在往楼梯口跑，我已是跑在最后面的一个。在摇晃不停的楼梯上，跑在前面的人大声喊道：地震了！地震了！

办公室就在会所的三楼，很快就冲了出来，所有的人都冲出来了。回头一看，会所墙上掉了一些水泥渣渣下来。确实是地震了，但不知道发生在哪里。

我当即指挥小区物管关闭所有电源和煤气，同时要求小区门卫清场，只准出，不准进。

然后拨打手机，已经打不通了。

我还是冒着危险冲回一楼办公室，拨打座机电话。打通家里，保姆还在，让她赶紧到学校去接我儿子小虎。老婆的电话始终打不通，只好发短信。又拨通了达州老家的电话，让父母不要待在屋里。这时候老婆的短信回复，知道她也平安无事。

公司里的人都集中到小区大门口，汽车也停在门口。我让所有的汽车都打开了收音机搜索，不一会儿就收听到确切消息，地震发生在汶川，是7.8级大地震！

不知道成都市区内的情况。焦急地等了两个小时，才接到公司李总电话，成都公司人员平安。

我决定立即赶回成都。带上同样为家人焦急的工程部经理和一名监理人员，驱车上了高速，一路畅通，与平时并无不同。直到成都收费站才感觉车辆多起来，但远没有想象中的拥堵，这时候，高速路还没实行交通管制。

回到家门口，看见我家所在的艺术学校和对面音乐学院的学生都聚集在操场上，里里外外找了一圈也没发现家里人，只好上四楼家中，打开房门一看，老婆孩子还有保姆居然都窝在屋子里，还漫不经心地在煮面条！我火冒三丈，大声呵斥：喊你们把娃儿接到安全地方，你们竟然把人带到屋子里了，不要命了吗？

不由分说，我立马将三个人一起拉出家门。又开车，先将儿子小虎送到李总家的别墅里，然后到省医院找到正在住院的岳父岳母，将他们一起拉上车。此时，省医院已经开始接待从都江堰灾区拉来的一车车伤员，医院门前的空地上已搭建起一大片急救的帐篷，警灯鸣响，救护车接连不断，大堆担架上躺满伤员。一直还没把地震当回事的老婆，这才意识到果真有大量的人员死伤。

赶紧出城，准备找个平房过夜。我又到李总家拉上小虎，将车开往三圣乡，找了很久才找到以前来过的百花乡村酒店，早已人满为患，一房难求了。一路上，汽车排成长龙驶向城外，成千上万的人都准备在汽车里面过夜。开着车又往龙泉赶路，一直转到晚上11点多了，还是没能找到一家平房式的酒店。整个成龙大道两边的斜坡绿化带，已经被一个个帐篷填满。道路两边，也停满了汽车，一眼望不到头。

本来想还是返回李总家的别墅院子避难，但岳父岳母无论如何也不愿意去麻烦别人，考虑到车上有老年病人，无法在野外过夜，只好还是开车回家，冒险住在家里。

刚到家不久，坐下来打开电视，楼板又抖动起来。最初体验这种抖动，并非传说中的成都人天生就可以气定神闲地躺在床上判断地震级别。那最初感到的一震，是厚重的建筑物突然被一股巨力猛地一扯，沉闷地一扯，地动山摇地一扯，瞬间让人惊悚！

没什么争议了，全家下楼，只有一个选择，将两台车开到楼下操场上，6个人分别在两台车上过夜。这时候，天下起了小雨，操场上挤满了避难的学生和老师，密密麻麻倒了一地。一眼望去，感到阴森森，瘆人。

我们就这样在车上过了一整夜。

5月13日（地震第二天）

我在艺术学校这个房子一住已有12年时间。

还是在1993年的时候，成都当时还没有多少商品房开发，更难以找到大户型房屋出售。朋友告诉我，有一家开发公司与当时的省川剧学校（现为艺术职业学院）合作，修了两栋大户型房屋，我到那里一看，房子的位置就在音乐学院的大门对面，道路两边都是校园，街道也流淌着满满的艺术气息。我很喜欢这样的校园氛围，加之房子的面积有将近180平方米，在当时也是足够大的“豪宅”了，所以毫不犹豫买下。从1996年搬来这里，一住下来就没再想过搬家，即使后来成都的房地产业一路红火，越来越多的高档住宅小区问世，一些和我同时起步的朋友都住进了独栋别墅，我仍然安居在学校的这栋老房子里，舍不得离开校园环境。

地震打破了原有的宁静。

已经从事房地产开发的我，深知我住的这栋7层楼房，属于砖混结构，当年还是预制板建筑，每一层楼板都只是搁置在几厘米宽的房梁上，如果再遇到小包工头偷工减料，充其量能抵抗5级地震。假如7～8级大地震果真发生在成都市内，那我一家人肯定会被埋在这栋楼里了。一想到这个，我就莫名紧张恐惧。回想自己奋斗了大半辈子，又不是买不起现浇结构的新房，却非要住在过时的老房子里；一个搞房地产开发的人，却被预制板老房子埋了，是不是自己找死还闹笑话呢？

第二天一大早从车上醒来，还是又回到家里。岳父岳母坐在沙发上，劝了好多次都不愿到床上去躺一下，最后才明白，他们是不愿意把床睡脏了……即便是手术后的病人，即便是自己儿女家，也不愿意给人添任何麻烦，这就是他们的脾气。两位老人早饭也不吃，固执地要回医院，我想到医院的房屋结构肯定比我这个预制板房子强，那里其实比我家更安全，就让老婆送他们去医院。

老婆前脚刚走不久，接到李总电话，马上又要余震，他们小区已经发出通知了。我赶紧带着儿子小虎出门。到了楼下，只见学校的门卫正拿着话筒挨家挨户通知屋子里的人下楼，操场上又挤满了席地而坐的学生和老师，教室和宿舍已被清空，紧张的空气弥漫整个校园。

我下决心，无论再麻烦，今晚也要到李总家的别墅避震。

地震第二天，又来到李总家的别墅，我一家三口人，加上李总一家三口，还有他老婆的弟弟、妹妹家几口人，大家都待在别墅一楼的客厅里，一桌人打麻将、一桌人打“干瞪眼”，一直熬到深夜。

电视上不停地播放着抗震救灾的画面。

5月14日（地震第三天）

一大早，当熬了一宿的人都还在迷迷糊糊的瞌睡中，老婆要我们悄悄离开李家，又回到自己的家里。估计不会有太大的余震了。

于是，我带着小虎开车向新津驶去，准备检查一下小区房屋受损情况。走到半路上就接到老婆电话，说又在抖动了，高速路上一点感觉也没有。

到了新津，公司和建筑单位的负责人都来了，逐栋检查小区的房屋，新标准修建的全现浇结构房屋确实巴适，看不到房屋墙面被拉裂的情况，小区完好无损，质量没问题。

一会儿又接到电话，说都江堰化工厂爆炸，成都饮水污染，已经停水了……于是赶紧给汽车加满油，顺便抢购了10桶矿泉水放到汽车的后备厢。

这是谣言四起的一天，不断传说中午12点，下午2点、4点、6点到晚上1点都将有超强余震发生，无论真假，一想到晚上又要回到那个预制板房子，心里就毛焦火辣。

我把手机通信录过滤一遍，突然发现有个朋友闵总，在南郊开办了一家叫映月湖的度假酒店，里面全是平层房间，于是赶紧打通电话，顺利订到了房间……

从新津回到成都，已经晚上6点多了，我又拉上老婆孩子，还约了朋友一家人，开车到映月湖。这家酒店位于龙泉东山大道边，从天府大道一直往南，穿过麓山大道以后向西驶入东山大道，这条道路刚刚建好不久，路灯还没点亮，车流极少，刚开张的度假酒店也像夜色一样沉默。

一走进映月湖，幽暗的灯光下依稀可见一排排垂柳，平层的客房掩映在拂动的柳枝后面，这里完全是一片宁静的世界，仿佛一切灾难都不曾发生。我也很奇葩，只要走进平层的房间，焦躁的内心顿时就会变得踏实，在大地震的第三天，终于睡了一个宁静的好觉。

第二天早上从映月湖起来，老婆舍不得花钱住酒店，坚决要求退房。我也决定再也不相信任何传言，回家，正常上班。

5月15日（地震第四天）

早上到办公室的路上，看见锦江河边的帐篷明显减少了一些，在露天过夜躲地震的人似乎已回到了家里，大街上车来人往，恢复了往日的景象。

我全天待在成都办公室，同往常一样办公、谈业务。

远在纽约读书的女儿，非要按原计划回国，怎么劝说也无法阻止。按她的行程，晚上从美国起飞，明天将到香港，然后从香港飞回成都。

当晚住在家里。虽然这几天已经接受了一些地震知识普及，但一想到我的房子是预制板结构，心里总是虚的。

5月16日（地震第五天）

上午到办公室，继续正常上班。

中午1点多，地板又抖动了几秒钟，办公室的人忽地一下就跑出了门外，只有我和熊总没跑。

与一位朋友在MSN聊天，得知她舅舅的儿子就在省地震局工作，权威说法是，可能还有很强的余震，甚至会超过7级。朋友还告诉我，她舅舅的儿子一家人都一直住在露天帐篷里，劝我还是小心点好。

想到女儿今天就要回成都，心里突然又紧张起来。女儿回来后，一家人真的就一个不差地住在预制板房子里了，万一真遇到7级以上的大地震，这样的老房子……唉，我实在是难有信心，所以给百花乡村酒店打电话，得知还有房间，赶紧告诉老婆，结果她仍然舍不得花钱，认为我完全是多此一举。

幸好从香港飞成都的航班取消，我坚决让女儿改飞北京。

晚上约中铁的两位老总一起吃饭，他们告诉我，直到今天他们全家都一直住在外面。

而我今晚又要回到老房子里，内心一万个紧张。只要一躺在床上，地板分分秒秒都在抖动，有真的余震抖动，也有惊吓幻想出来的抖动，每抖一下，就像心脏被狠狠地抓扯了一把，这样的恐惧比地震前几日还厉害。实在无法安心入睡，我只有到楼下汽车里躺了一晚。心里恨死王守财了！！！

5月17日（地震第六天）

经过一夜惊吓，王守财（我给老婆临时取的名字）终于同意去住酒店，于是来到三圣乡百花乡村酒店，一住进平房小院里，心里悬起的石头顿时落地，恐慌和惊吓的感觉立马消失无影。老婆约来她的朋友打麻将，我自己则补瞌睡，看电视。

女儿吵着要回成都，说她不怕余震，死也要和全家人死到一起。只好同意她回来，明天下午就到了。

地震还没有满一周，每天余震不断。凌晨1点多，又在江油发生了6级强余震，成都市内震感强烈，无数人跑出房屋，外面狂风暴雨，雷鸣闪电，恐慌的深更半夜，风雨交加的黑暗之中，多少人蜷缩在野外的帐篷和汽车里，多少人只能裸露在湿漉漉的雨夜。

幸好我提前住进了百花乡村酒店，深夜之前已酣然入睡，对本次余震没有一点感觉。这一晚，如果还在预制板屋里，不被震死，也会吓趴。

5月18日（地震第七天）

女儿傍晚回到成都，直接将她接来百花乡村酒店。

晚上，国务院宣布，19—21日为全国哀悼日，19日下午2点28分，是地震后第七日，全国默哀3分钟。

这几天看到抗震救灾前线一个个感人的场面，我和老婆的心里随时都有一种到灾区当志愿者的冲动，但又看到地震前几天，大量的私家车开往灾区救援，不仅不专业，反而堵塞道路，政府并不提倡。作为平头百姓，理智告诉我，这样的特殊时期，除了捐款捐物，只有老老实实管好自己和身边的人，不给政府添乱，才是对抗震救灾最大的支持。

5月19日（地震第八天）

早上老婆送孩子上学之前，一再叮嘱还是回家去住，我只好退房，尽管心里还是不踏实。

下午2点，组织新津全体职工在会所三楼召开抗震救灾专题会议，会议正在进行中，又来了一次很明显的余震，这一次已经没有人往外跑了，大家心里都默默估算着余震的震级。到2点28分，警报响起，全体起立默哀，大部分人都忍不住掉下了眼泪。然后，举行职工捐款仪式。女儿和她妈妈在天府广场，感受到数万人悼念地震受难同胞的感人场面。

下午3点，到新津建设局参加募捐动员会，表示捐款15万元。

晚上回家，吃完饭一家人又来到天府广场，此时已经聚拢了数万人。无数的手臂举起蜡烛，点点灯火摇曳，在斑驳陆离的夜色中，汇成一片闪耀的星海。数万人用四川话一起大喊：汶川，雄起！成都，雄起！四川，雄起！声浪此起彼伏，场面蔚为壮观，现场情景让人感动得想哭！

回到家里，本以为平安无事了。突然，地方电视台开始插播公告，说19—20日，可能将有强余震发生。这一次，是正儿八经的官方公告，马上开始往外跑。我开一辆车，拉着女儿和儿子；老婆开一辆车，拉着保姆。我一边开车，一边让女儿拿两个手机，分别给妹妹家、侄女家以及达州的父母家拨打电话……收音机里，不断重复地播放着政府的公告，空气紧张如同凝固。

成都大避难已经开始了。手机突然间已很难打通。大街上堵满了汽车，到处是出门避难的人群。汽车像乌龟一样艰难地爬行，开到天府立交大桥上，我看见整个立交桥的每一条道路上都密密麻麻闪亮着汽车的尾灯，排起长龙的车队，此时已插翅难飞，脑子里顿时冒出灾难大片中的种种幻影，如同末日临近。此时的每一秒钟，都感觉一瞬间就会山崩地裂，我脑子里幻想着立交桥瞬间断裂，汽车像积木一样往下掉，唉，那我也只有认命了。

幸好给映月湖的闵总打通了电话，于是继续往华阳方向逃窜，夜里12点多才来到映月湖，房间早已住满，只好在客人平时打麻将的凉亭里面铺了几床床垫，把一家人安顿下来，虽然有蚊虫，但比起睡在路边、草地上的人群，已经舒服多了。

5月20日（地震第九天）

惊慌的一夜什么也没有发生。到了早上，政府的媒体又来了个大转弯，说即使发生强余震，成都主城区属于冲击平原地带，也不会有什么事。

仍然待在映月湖，朋友一家人也赶来了，整个白天公司也无法上班了。就在映月湖，混时间。

又过了一个晚上，强余震还是没有发生。

5月21日（地震第十天）

上午退了映月湖的凉亭，仍然下不了回家住的决心，又跑到百花乡村酒店，订了两间房。

下午在办公室，开始恢复上班。

组织在成都办公室上班的所有人员开会，明确地震期间的安全注意事项。

晚上一家人，又住在百花乡村酒店，尽管他们都很不愿意，但还是住下来了。

5月26日（地震第十五天）

侄女胆子大，竟然敢在这个时候举办婚礼。

一大早，老婆和女儿就赶到侄女家去参加送亲仪式。

我中午来到百花潭对面的饭馆参加婚宴，看见街边上的店面许多都还没有营业，唯有婚宴这家餐馆张灯结彩，一片喜气洋洋的气氛，在冷清的大街上显得异常抢眼。

侄女说，一年前早就订好了的婚宴，不想因为地震延期。

参加婚宴的亲朋好友陆续前来，几十桌人，坐满了整个大厅，该有的仪式一样也没少。

下午，正在茶楼里和参加婚宴的亲朋聊天，余震又来了，而且是最大的一次余震，6.4级。这是一次让在场所有人都明显感到的震动，持续了至少30秒，但所有人没有一个再往外跑，仍然谈笑风生，聊天的继续聊天，打麻将的继续打麻将，斗地主的继续斗地主。再多的余震，已无法阻挡生活的继续。经历了5・12大地震的洗礼，成都，依然是成都。

5月以后（地震第N天）

开始抽时间看房子。

看了城东、城西和城内的老房子，也看了城南的部分新房，无论哪个方向，无论新房旧房，只要是低楼层的独栋或联排、双拼，都跑去看了一遍。看了几个月，不是买不起，就是看不起。

地震以后，成都的高层电梯公寓价格一时间跌到了最低谷，连锦江边的电梯新房，价格才5000多元，而成都的别墅和低楼层房屋价格，猛然之间涨了一大截。

本来看中了一套锦官新城的独栋，业主要价600多万元，只因为一点税收的问题没有谈好，拖了一下，失之交臂，现在那套房子要值三五千万了吧。

没有买到合适的房子，我又跑到三圣乡联系租地修房子。那个时候，三圣乡的地还可以租，乡政府推荐了几个地方，位置都很不错，但房子不能新修，只能改建原有的老房子，想想这种地方，围起来的地块倒是很大，但这样的场地可以用来经营，最终也不太适合住家。

地震让我患了恐高症，而我想要住平房，只有到离城中心更远的新区去寻找了。

居家：我在成都的5次搬迁

一

火车晚点了。

本来该清晨5点多到站的这趟武昌至成都的特快列车，半夜里在路上耽误了4个多小时，驶进成都火车北站的时候已经是上午10点了。

北站广场出口的人流依然很多，尽管天上正下着小雨。秋季的第一波寒流袭来，成都要比川东北小城达县的气温低好几摄氏度，从出站口一冒出来，顿感凉气袭人。此时，我身上背一个大包，手里还提着一大包，手和肩都沉甸甸的，走不动了。

那个蹬车的年轻壮汉是市郊的农民——没有营业牌照，也并非正规营运的三轮车，一个弧形滑到我面前的只是一辆普通的28型自行车外挂了一个小座椅，成都人俗称边三轮。而边三

轮，往往只要极低的价钱。

一个包放在自行车后座，一个包放在自己大腿上，我坐上了他的边三轮，两手围抱住腿上的包包。在冷风裹挟的丝丝小雨中，蹬车的壮汉显出很吃力的样子，加了外挂的自行车也显出很吃力的样子。人和车子都在使劲朝前挪动，摇摇晃晃；铁链条发出吱吱嘎嘎的声响，慢慢悠悠。

这是一段艰难的行程。从成都火车北站到西郊的罗家碾，大概7公里的路程，走了一个多小时。我坐在边三轮上，任细雨飘洒，浸湿我的脸。泥泞途中，时间慢如蜗牛，仿佛天人感应，我强烈意识到，这样吃力前行的路程，从去年省教院毕业到现在，我其实已走了满满一年；为了寻找青春该有的起点，这个几百万人与生俱有我却望尘莫及的大城市，我其实已走了整整十年。

好在终于有了一个小码头让我停泊靠岸。

1988年9月28日，我正式到新单位成都市职工大学上班。在成都西郊罗家碾峨眉电影制片厂西侧的职大新校区里，有了我在成都的第一个家，也是有生以来属于我自己的第一个家。

二

职大新校区建在规划中的西二环路边上，那时候还伫立在一片农田里。

从蜀都大道西段成都中医学院的十字路口，也就是西一环十字路口，继续往西走将近3公里，过了著名的峨眉电影制片厂，右侧有一座名叫浣花宾馆的建筑，实际上是一家国防科工委单位，紧邻浣花宾馆便是成都市职工大学新校区，占地约20亩，刚刚建成完工。

学校的大门没有任何造型，只有两根素水泥柱，入口仅一个门房带一个3米多宽的大铁门，水泥柱上挂了两块木招牌。进校门的左、右两边各有一栋6层水泥外墙楼房，分别为教职工宿舍和学生宿舍，中间有个篮球场一样大小的操场，旁边有一栋4层教学楼，左侧为食堂和澡堂。名为大学，其面积连规模稍大一点的小学也不如。门口挂的两块招牌是：“成都市职工大学”“成都市工会干部学校”。

这是一所由成都市总工会主办，并经教育部审批备案的成人高等学校，有权发放大学专科文凭。1985年建校，老校区在市中心岷山饭店背后的南府街。适逢20世纪80年代末期，正规高校尚未大规模扩招，绝大多数人进不了高考统招的大学，连电大、函大、刊大、自修大学之类的业余学习机构都人满为患，脱产学习两年拿文凭的成人职工大学自然很是吃香，生源滚滚，新校区应运而生。

我意外地调进了这所新成立不久的成人高校，安排在学校行政办公室工作。正是新学年开始的时间，我的第一项工作是迎接新校区到来的首批学生。我就住在学生宿舍一楼，像当年在乡村学校工作那样，穿一双长筒靴，干的是打杂活，在教学楼和学生宿舍之间跑来跑去，安排学生报到注册、缴费入住的杂事，从全省各地新来的成人大学生都把我当成了学校的工友，叫我师傅。

大概过了两个月，学校把最后一套教职工宿舍分给了我，位置在顶层6楼，两间卧室加一个小厅，面积将近60平方米。我把个人行李搬进了新房，新房空空如也，没有一样家具和居家用品。我借了两张上下铺的单人床和几张学生用的桌椅板凳就算安了家，这个时候，我是整个教师宿舍最穷的一户，宿舍里的教职工，尤其是出生成都本土的教职工，都用异样的眼睛看我这个外来户。

我心里则有说不出的高兴。不仅调进了成都，而且还分得了房子，这所不起眼的学校，教职工的住房福利胜过我就读的省教院甚至川大、川师这些正规大学。真是走了狗屎运，学校在玉林小区有两栋教师宿舍，已安排了大部分前几年入校的教职工，罗家碾新校区这栋教师宿舍安排后进校的教职工，几乎人人有份，而刚进校的我，不早不晚，恰恰分得了最后一套。虽然离市中心还有点远，但我毕竟在成都有个家了，我毕竟有自己的房子了。

三

空空荡荡。

两间卧室——主卧室约16平方米，小卧室约10平方米，一个小厅约9平方米，一个小厨房约8平方米，卫生间约3平方米，加起来也不到60平方米。这样的袖珍小户型，在我当时的眼里却大得出奇。突然之间，我就有了这么“大”的一套房子，一下子还没回过神来。

我一个人在职大上班，妻还在老家坐月子。两间卧室各借来一张上下铺学生床，一个人在这几间屋子里穿来走去——不只因为屋子里没家具，而是真的感觉这套房子好空旷。比之于岳母家12个平方米的新房，比之于妻子婚后在银行分得的9平方米小单间和在双流计生委那间拉帘子摆床的小客厅，这套功能齐备的小房子，简直如同豪宅。

我又隐隐担忧，几年的折腾，已耗尽了所有积蓄，除了每月的工资，家中已无余钱，我要怎样才能把这么“大”一个房子填满呢？看看楼下的邻居，每家每户至少都是家具齐备装饰一新，唯有我的这套房子，入住了很长时间，还是一个空屋。

妻说来就来了。我的同事给她介绍了一个可能调动的单位，需要面试和体检，妻带上几个月大的女儿和岳母从达县来到我们的新房。空房子里一下子住了4个人，除了两间卧室借来的上下铺学生床，屋子里没有一件家具，厨房里的一应设备也没有一件。我们只能根据手里的零钱置办家当。炒锅、汤锅等厨房要件必须各买一件，碗筷之类则是有几个人就暂时先只买几个碗、几双筷子，切菜和就餐都用临时借来的学生桌椅凑合。

时值隆冬季节，妻还不会骑自行车，我也在我的自行车旁加挂了一个边车。那天下午，天气阴沉，空中下起了小雨，我用边三轮拉着妻，顶一路寒风来到红牌楼家具市场，选好了一个宝丽板制作的白色大衣柜和一张双人床。此时已临近黄昏，商家急着关门，我们非要马上送货，商家只好找来一辆拉货的三轮自行车，我又骑上边三轮跟在货三轮后面，将大衣柜和双人床送到家里。从此我的房子里才有了两样新家具，我还激动地在白色的大衣柜上面，用粘贴纸贴上了女儿的名字。

这样的家总是不缺这样就少那样，毕竟不适合带小孩，岳母只好又带女儿回到达县。1989年春节之后，妻也告别5个月大的女儿独自来到成都。她的调动还没落实，只能先从双流借调到省计委的一家刊物做财务。我刚到职大不久，就有幸被省作家协会文学院聘为专业作家，工资由作协发放，自由之身，不用上班，我一边在家写两本书稿，一边给出版社和书商组稿、编稿，挣点外快。有了钱又继续置办家具。

那时候，最流行白色宝丽板家具，我的全套家具都采用了这种时新贴面。我在主卧室配了一张双人床，金棕色靠背，铺上结婚时用的那套金黄色床罩。又将床尾的一整面墙摆放了一大排比我还高的落地书柜和专门订做的写字桌，在靠门的墙面摆放了大衣柜，全是光滑发亮的乳白色，一下子让整个大卧室熠熠生辉。我还很奢侈地在大卧室的地面铺上了红色的地毯，在屋子里唯一的窗户挂上了深红色的金丝绒窗帘。

主卧室外边的小卧室和小客厅，我也铺上了浅黄色格子地板胶。小客厅摆放了一组转角沙发和一台落地冰箱，小卧室与客厅隔墙的位置摆了一组小矮柜，上面放了一台18英寸的长虹电视机，后来又换上了24英寸的进口彩电，还购置了一套进口的山水音响系统。

我还破天荒地在家里装了一部座机电话。那个年代，打市内电话，只能用学校办公室的座机，长途电话则须骑车3公里多到中医学院对面的电信分局挂号拨打，打通一次电话，来回至少需要3个小时。我用省作协的介绍信，说服了隔壁科工委单位的主管参谋，收费700元，为我安装了一部分机。哈哈，能够在家里拨打电话，那可是相当高级别的人才有的待遇。

还有更夸张的是，我竟然花1.3万元巨款，在当时的华雄商场买了一台286电脑，这是我所在学校的第一台电脑，自然也是当时绝大多数单位和家庭都没有的稀罕物，估计连当时的马爸爸也未必能拥有一台。遗憾的是，我对电脑知识一窍不通，仅仅只知道用来打字，编稿。如果用这笔钱随便在成都市内哪个卡卡角角买一间茅草房，至少也能赚一套豪宅。

我花了一年多的时间，终于把我人生的第一套房子装饰一新，与楼下的邻居相比也不逊色，甚至更加奢华漂亮，但到了1990年元月，我和妻一算账，突然发现自己穷得已经连春节回老家的车费也拿不出来了。

四

女儿终于和我们团聚了。1990年3月，岳父岳母带着1岁半的女儿来到成都，新家已布置妥当，妻也调进了成都市。从小就跟随外公外婆的女儿，初来乍到还很怯生。她小时候哭声很大，我骑车回家的时候，才走到浣花宾馆的门口就经常能听到她从6楼飘来的哭声，简直是高音歌唱家的料。之前偶尔回达县，我发现长期与外婆围在锅边灶台转的女儿，喜欢玩的都是些咸菜坛子、米缸、拖鞋之类，忍不住一阵心酸。现在女儿终于来了成都，我们尽量带她到处玩。

我骑上边三轮车，边车上载着女儿，妻已学会了自行车，我们就经常进城逛街。妻的单位在春熙路，我们就活动在人南广场、盐市口和春熙路一带，吃遍了这一带的成都小吃。青石桥街上，妻和女儿都很喜欢吃一家崇州荞面，老板当时还是个十几岁的小姑娘，从那时开始到现在已经30多年了，小姑娘老板已经变成了大妈，母女俩至今都还一直喜欢去吃这家的荞面。

我们带上女儿去人民公园看菊花展，去青羊宫旁边的文化公园看灯会，更多的时候则去离我家更近的杜甫草堂。记不清当时杜甫草堂是否不收门票，我们一家经常去杜甫草堂，要一盏盖碗茶，一袋瓜子，很多时候就随意躺在草坪上晒太阳。这里人不多，空间大，时光很悠闲。我们带女儿出来开眼界、看稀奇，但稍微有一点危险的娱乐项目她都不敢参与，鼓励她自己拿钱去买东西，她也死活不肯单独去。

那时候，职大到光华村西南财大之间还是一片田野，其间有一两家零星的小工厂掩映在大片大片盛开的油菜花中。我们穿过小路出没于油菜花田，不到20分钟就来到财大的校园，尽情享受大学校园的优美环境。在光华村破旧的街面上，还有一家我非常喜欢的民营小书店，几十平方米的店面，却经常能买到很好的人文社科书籍。我把刚再版的个人诗集放了几十本在这里试销，没想到竟然卖出了300多本。

更没想到的是，就这么一个远离市中心，城郊接合部的袖珍小房子，还成了亲朋好友在成都相聚的落脚点。达县来的亲戚朋友自不必说，但凡到成都都会来我的小窝一聚；天南地北的文友，也都是到家里来相会神聊；就连火车上结识的老乡，也约到家里来喝酒；当然，还少不了邀约我的同学、同事，妻子同处室的同事和工作中的好友家中周末聚会。巴掌那么大的一个小屋子，客厅里连餐桌都放不下，来了客人就在小卧室支一张小桌子，煤气罐的灶台上炒几个菜，一样吃喝尽兴。

现在回想起来，那时候的小屋子真的很温馨，那时候的人也真的很亲近，以后房子越住越大，交通和通信越来越发达，而把人约到家里来聚会聚餐，似乎已几近绝迹。三十年时光变迁，恍若隔世。

五

我记忆中刻骨铭心难以忘怀的家首推职大那个小窝，但在当时我则一心向往离市中心更近的地方。尤其是有几次女儿半夜发烧，我只能骑上边三轮车，在黑灯瞎火的成温公路上，艰难地将她送往省医院，情急之中，更感觉到我的住家还是太偏僻了。

1993年，妻在单位分得一套住房，位于玉林小区倪家桥。这套房子属于二手房，前面的住户比妻子级别更高，搬进了锦江边的新房，妻则论资排辈分到这套房子。大约80平方米，仍然是两室一厅，简装，只是比职大的房子更大一点，另外多了个阳台。我没有再装饰这套房子，只是将职大房子里的东西原样搬过来，仍然是主卧室兼书房，客厅比原来大，可以在需要的时候专门支一张餐桌，厨房里已开通使用天然气。

我刚到成都读书的时候，南一环以外的玉林还是农田。8年过去了，玉林已经成了密集的住宅区，各种生活配套设施一应俱全。这里不仅有赵雷歌中唱到的小酒馆，有诗人艺术家聚会的白夜酒吧，更有占几条街的超级菜市场，有各种各样小巧精致的服装店和生活服务小店。整个片区大多为六七层楼高的多层楼房，属于纯粹的住宅区。从西二环峨影厂侧的职大搬到玉林人口最密集的倪家桥片区，完全等同于从农村进城。此时，我已于一年前离开职大调到了北京工作，不想再占原单位的便宜，在妻子分到玉林这套房后，立即爽快地退还了职大的房屋。

那几年，我只有一半的时间待在成都，因此对玉林这套房子没留下什么深刻的印象。只记得女儿从峨影厂幼儿园转到了东府街省级机关幼儿园，妻每天上下班顺路接送女儿，她上班的距离也大大缩短，不再每天骑车两小时，下班回家累得腰酸背痛。我北京的单位也派我在成都设立了工作站，地点就选在南一环路边磨子桥当时唯一的写字楼：天歌大厦。

从倪家桥的家中出来，穿过菜市场，向东再穿过人民南路，途经美领馆到科华路口，再沿科华路向北到磨子桥天歌大厦，这一段路我走了几年。我途经的这一段路，恰恰又是在成都南部的边沿行走。从美领馆到科华路口，很长时间都是一片空地，上面只有一层低矮的临时建筑，那里有两家著名的火锅店，一家叫快乐老家，一家叫趴子火锅，都是风靡一时的热店。两家火锅店的中间是一个杂乱无章的家具建材市场，对面有一栋万科开发的公寓大楼最高，这一段路直到科华路口才又有一栋高楼叫亚太大厦，旁边有一家热闹的好又多超市。

这个叫棕北小区的生活片区，大多房屋也像玉林一样为多层住宅，是成都南门继玉林小区之后又一个高尚住宅社区。但在当时，我只看到从亚太大厦到磨子桥这一段路的繁华，尤其是川大一侧餐饮休闲店林立，灯红酒绿，请客吃饭经常都在当时的广阔天地酒楼。请人洗脚则在二楼的富侨。每当走到亚太大厦路口，我都要感叹这么“荒芜”的地方，兀自独立起来的这栋大楼，要多少时间才有人气啊。

愚昧限制了我的想象，我竟然把亚太大厦以南，也就是科华路口以外的地区都当成了农村，这样一画线，我第二次搬家所住的玉林倪家桥一带，还是属于城市边沿。虽然生活方便，但缺高楼大厦。我的内心深处又想朝市中心拱了。典型的陈奂生进城心理，以为只有住进了市中心才算真正进了城。

1994年夏天，我已经有了人生第一辆小汽车，一辆日本进口的2.0排量的三菱小轿车。在私家车还相当稀少的年月，我没有开车驶向成都南方更大有作为的广阔天地，而是掉转车头，驶向老市中心热闹拥挤的狭小空间。

六

大约在1993年末，一位川剧学校的教师子弟告诉我，川剧学校与开发商合作，在校园里修了两栋180平方米的大户型房屋，正在对外公开销售。

那时候，商品房开发才刚刚萌芽，大多为城区里的单栋建筑，环境优美、配套齐全的大型商品房小区尚未出现。成都的豪宅，只有位于南部郊区的锦绣花园独栋别墅，两三百万一栋，我自然买不起。而突然得知有180平方米的大户型房屋，位于新南门附近的市中心，而且还在校园里面，我一听说就怦然心动。

没有售房部，更没有什么沙盘模型，我去看了工地现场，又看了房子的户型图，立马就在开发商的办公室里签了购房合同。而所谓合同，就是两页便笺纸，手写，没有标准格式，也不存在登记备案，也没有按揭之类的选择。2400多元一平方米，178.8平方米/套，总价40多万元，一次性付款。

这是我在成都的第三个家，也是居住时间最长的家。

这套房子有一间带卫生间的主卧和两间次卧，有一间书房和一间活动室，还有一个60平方米左右的大客厅和饭厅。5房2厅2卫的房子系多层砖混结构，公摊小，看上去显得特别大。因为修建在校园里，从外观看与一般教师宿舍并无区别，也没有专门的园林绿化、会所等配套，所以算不上豪宅，但单套房子的面积之大，在当时足以让人感到夸张。

成都商品房开发起步的同时，装修家居行业也刚刚启动。这套大房子让我第一次有了家庭装修的概念，但对如何装修房屋选购家具依然摸不清门路。恰巧我的楼下，一位音乐学院毕业又做餐饮生意的邻居，最早装修完毕。走进他家一看，我的两眼发亮，这哪里是我熟悉的居家住宅，分明是豪华五星级酒店，光彩照人；又满屋子艺术氛围，流光溢彩。正好原封不动请他的工匠来到我家，依样画葫芦比照他家装修。我才知道，打造一个迷人的居家空间，有工艺烦琐讲究的吊顶，还有技艺精湛的小块粘贴，更不用说精工细刻的木活。印象最深的是卫生间和外墙要贴上一排图案典雅的工艺腰条，到建材市场一询价，这种长约十公分。宽约五公分的腰条瓷砖，竟然要100元一匹。想想从卫生间到外墙面一路贴下来，要贴多少张100元人民币在墙上啊，这让我大受刺激。

房子装修完毕，接下来该选购与装修风格相匹配的灯具、窗帘和饰品，还有就是选购全套家具和沙发。我家的装修大部分抄袭楼下邻居，不同之处是我比他家多了一间满屋满墙都堆满了书的书房，另外一点是我并不愿像他家那样过于突出富丽堂皇，而是有意将调性压成经典复古的风格，总体风格显出低调。因而，在选购全套家具的时候，我特意在当时西南书城楼上的高档家具商场，花3万多元选购了一套胡桃木制作的枣红色家具，这套家具的双人床、大衣柜、书柜与书桌，在我搬进别墅的30年以后，至今仍在使用，历久弥新。

如同我看见楼下邻居家的装饰装修睁大了眼睛一样，我的朋友们看见我的新房子也大为惊奇。搬家的日子，也是一波接一波请客的高峰。我的房子也成了朋友们以后装修新家的样板，给我装修房子的工匠也陆续被请进了朋友家中。在20世纪90年代中期，住进这么“大”又这样“豪”的房子，很多人说一辈子都不用再搬家了，我当时也深以为然。

七

我非常喜欢川剧学校这套房子，更喜欢这里每日都流淌着浓浓艺术气息的人文环境。

四川省川剧学校（现为艺术职业学院）位于武侯区新生路，与四川音乐学院一街相隔，两门对望。这里紧邻繁华的新南门和锦江景观步道，与著名的廊桥和九眼桥酒吧一条街也只相隔几个街区。从1996年1月8日我正式搬到这里居住以来，街道两边的店铺大都以经营乐器为主，有钢琴店、民乐店、吉他店、小号店等，走到街上不时能听到一阵悠扬的乐声。每逢周末，都能看到许多家长带着身背乐器的孩子来这里培训上课；而到了每年的艺考季节，这里更是人头攒动，满大街都是新鲜出炉的帅哥靓女。即使平时，校门口也会随时冒出几个明星级别的大美女。

曾经很长一段时间，我住在川剧学校，将车停放在对面川音的地下车库。从地下车库出来一路走回家，看见一个个年轻貌美，浑身艺术活力的美女从我面前经过，每天都大饱眼福。

我住在川剧学校进门左侧的房子里，自然首先便于欣赏川剧。学校有一个教学用的大剧场，晚饭后下楼散步，经常能遇到剧场里正在唱戏，很多时候还是给外宾或外地来蓉的领导汇报演出，于是踱步进去，坐在后排，欣赏一段精彩的川剧表演，自得其乐。而川剧学校也不仅限于川剧，还有舞蹈、表演等专业。曾经有几批舞蹈表演班学生，还几次登上著名的春晚舞台，那些天天让我赏心悦目的舞蹈小演员，如今也已步入中年。

但学校永远属于年轻人，学校的面孔永远不会老。

我也经常漫步到街对面的川音校园，里面有一个偌大的操场。我围绕操场散步，感受年轻人生龙活虎的气息。校园里还有若干个教学用的大小剧场，随时都有各种各样的演出，师生个人专场、交流会演、名家来访，只要想看，天天都有免费节目。

住在这样的环境里，对于孩子学音乐，自然相当受益。女儿小时候学钢琴，老师来家里或者自己去川音的琴房都很方便，初中的时候又请了川音的老师给她辅导声乐，毕业时带她到北京去参加清华大学和中国人民大学的艺考，居然还考了个二等奖。参加中央戏剧学院的艺考，初审通过，复审只差1分没录取。我内心并不想女儿走从艺之路，也没当回事，权当素质训练。

我在这个家里，还迎来了第二个孩子——儿子的出生。儿子比他姐姐小10岁，一出生就享受稳定安宁的环境。幼儿园在实验婴儿院就读，上小学时又正好碰上龙江路小学南区首届招生，离家很近，学校又好。儿子从小就练钢琴，教他的杜老师很认真负责，在圈子里很有口碑，他的女儿还是川音著名的青年钢琴家。

我买了这套房子将近10年，房价依然在2500元左右。这是我购买的第一套商品房，10年时间并未增值。而后来在一环路红瓦寺买的一间门市，买价7000多元，不仅可以收租，10年后价格还翻了几倍。在房地产发展初期，商铺的投资收益明显高于住宅。

不承想，2000年后，成都的房地产业一路高歌猛进。以前我认为还是郊区的二环路上，诞生了多个优质住宅小区。印象最深的是当初的置信丽都花园，率先在成都倡导置信生活方式，无论建筑设计、房屋品质和环境配套，都大大超越之前的楼盘，放到现在依然算得上豪宅，当时的价格五六千元，我还帮别人去要买房的折扣，却从来没想过自己也买一套。

我脑子一根筋，任凭房地产有多火，层出不穷推出来的新小区有多光彩辉煌，任凭别人买房炒房都赚了钱，我自己却硬是自愿坚持房子只住不炒。眼看我住的那一栋楼，同期买房的人早就卖了房子，搬进了一个比一个高档的时尚豪宅，楼下的住宅也不知不觉变成了租房来做音乐培训的商家，就连校门口那一对骑着边三轮，夏天卖菠萝，冬天炒板栗的外地农民夫妻，也在成都买了时尚新居，我依然住在学校这套老房子里。很多年来，我早已不再从事教师职业，却还是喜欢像老师一样回到校园里的家。

如今，我入住时间最长的这套房子已经老了，而房子外面的街道却越来越年轻时尚。随着造型现代秀美的城市音乐厅正式落成，新生路及其周边的十二南街、丝竹路、龙江路等区域，已被政府统一翻新改造，街角巷尾到处可见音乐元素符号，满大街流淌着音乐艺术气息，已成为名副其实的音乐街区。

八

2008年汶川大地震。从连续十多天惊吓中反应过来的第一个意识就是：我该换房子了。换什么房？低层房！平房！

地震以后，我花了两三个月，看遍成都市区的独栋和低层房源，发现这十余年来我没有及时买房简直是一个巨大的错误。曾经看不起的二环路“郊区”别墅，房价已高攀不起，用之前的房价买三环路同样的房源也买不到了。

我只有一路向南，寻找到三环外的高新区，寻找到曾经真正是个乡场的华阳，到处高楼林立，远超市中心的天际线。以前有过的几个郊区独栋楼盘已显得老旧不堪，整体环境和档次与周围的现代高楼大厦格格不入，而价格却翻了几倍。这时候我才意识到，要想住进既是独栋，又环境优美的别墅小区，还要到离城更远的地方，具体地说，要到如今还是郊区和乡村的地方。

我不得不又回到城市的边沿。

或许是天意使然。想当年我执意调成都：先把妻调进了城郊双流的单位，又把自己调入成都单位，再把妻调进成都市内。然后从成都郊区二环路边沿的家，挪到一二环之间的玉林倪家桥，再挪到一环内的新南门附近，全家人的户口上到了妻单位所在的春熙路。好不容易变成了家住市中心、“真资格”的成都人，又怎料20多年后，我会主动搬离市中心，主动把春熙路的户口又迁移到曾经的双流（现在的天府新区）。从原点回到原点。

2009年，我在成都著名的高尔夫楼盘麓山国际社区订购了一套独栋房屋，此地位于原双流县万安镇，距我居住的市中心新南门25公里，距华阳镇也有6公里。曾经的远郊楼盘，此时已开发近10年，5000多亩的大盘已开发三分之二以上，规模初具，我如果不及时下手，再往后恐怕就只能住进眉山市仁寿县的地界了。

我买了麓山国际的房子，又觉得作为第一居所实在有些遥远。适逢广东合锦泰富公司在成都开发的高端楼盘誉峰一期开盘，当时号称成都第一电梯豪宅，精装修，1.8万元/平方米，一举创下成都当时电梯楼盘的最高价。我去凑热闹，只见开盘当天人头攒动，把售楼部围得水泄不通。四五百万一套的房子像卖大白菜，一个上午就一抢而空。我也经不起诱惑，跟随哄抢的人群抢购了一套。

九

我20余年不买房子，一买就买了两套大房。此时，我已明白按揭买房的好处，两套大房都采用了按揭方式，所花资金仅够今日买一套好位置的一百多平方米的电梯房。

誉峰，位于成都高新区万象南路，一期开盘的时候，其北面临成汉南路的仁和春天花园尚未动工，西面的润富国际花园和东面的誉峰二期也还是一块空地，南面的中海9号国际公馆已封顶，价格约9000左右。三环路以南的高新区这片区域，整个还是一个大工地，许多后来的城市配套设施都还在规划与建设中。

然而，尽管当时的小区大环境尚不成熟，2011年底，誉峰一期交房，我就迫不及待地搬了进去。这是我在成都的第四次搬家，由于是精装房，只须选购家具和饰品，直接拎包入住。我搬进去的时候，整个誉峰一期只入住了几户人，偌大的地下停车场显得空空荡荡。不知是否开发商刻意为之，誉峰小区内环境的园林绿化小品都做得很精致奢华，电梯入户大堂也金碧辉煌，但小区出入口大门却很不起眼，也没有耀眼的灯光招牌，晚上开车回家很容易走过了头。而街对面仁和春天花园起步售价六七千元，却修建了欧式造型，百米长廊的大门，高端阔绰、气派威严，反倒像个豪宅。

我一边住在誉峰，一边装修麓山国际的房子，慢悠悠装了两年。等到麓山国际这边一切布置妥当，从2012年开始，我按照网上介绍的生活方式，搞所谓双居所。周一到周五住在誉峰，感受城市氛围；周末两天就住在麓山，呼吸乡间空气。这样住了一段时间，发现生活其实很不方便，要么刚回到麓山就发现有东西掉在誉峰，要么刚回到誉峰又发现该拿的东西忘在麓山没拿。尤其是吃的东西，经常大盆小碗地往两边端。长此以往也不是办法，我下决心还是只能一个居所，常住麓山。

我离开誉峰的时候，这一片区已日渐繁华。仁和春天花园建成后，有了高端百货商场，还有很多网红的餐饮店扎堆开在这里。以后誉峰二期建成又有了大型的悠方商城，W国际酒店，还有润富国际的餐饮一条街，整个片区已灯红酒绿，应有尽有，比市中心还繁华。

而我远去的麓山，当时只有天府大道和剑南大道两条路，从誉峰驱车需耗时约40分钟。麓山周边，没有百货商场也没有大型超市，买菜只能到万安镇去赶场，请客吃饭除了价格昂贵又不好吃的会所，就只有一家火锅店还可选择。

我没想到，又是短短的几年工夫，誉峰及周边的房价已达到四五万元一平方米，而通往麓山的道路也有了红星路南延线快速通道和成自泸高速。小区的门口，大型沃尔玛山姆店和迪卡浓商场开张营业，为小区生活配套的麓镇已有多家热门的网红餐厅和生活超市，每个周末还有贩卖有机食物和各种新鲜玩意的生活集市。

我更没有想到，当我刚搬进麓山国际的时候，看见麓山大道两边修建了一批森林般高耸的住宅楼群，房价四五千元，大量积压，我很感叹，离城20多公里为了入住别墅还可以理解，这么多的高层住宅如此密集地建在远郊，谁来住呢？没等我的感叹声落地，这里的电梯公寓价格已达到2万元，且一房难求。

我还无法理解的是，新的环境地皮还没踩热，遥远的麓山国际已不再属于城市的边沿。大成都又向南继续推进。以前的整个老城区都将成为成都的北部，高新区和天府新区华阳麓山一带，竟然将成为未来成都的中心城区了，距离麓山还有60多公里的仁寿，才有可能成为大成都的南部边沿。如今，比麓山国际更远，还要向南走12公里的科学城与西部国际博览城片区又已成为一片热土，那里有5000多亩辽阔水域的城市之肺兴隆湖，有风景如画的鹿溪河生态区和天府公园，有蓬勃生长的一大批现代高新科技企业，有万达国际医院和华西医院分院……资金、技术、人才、资源都在这里扎堆，甚至省委省政府也可能搬迁到这里。我，还继续搬家吗？

1985年9月我来到成都读书，学校在南一环路边上，正是城市的尽头。3年后，我调到成都工作，我在成都的第一个家刚刚在规划中的西二环路边上，又是城市的尽头。30年后我从市中心搬到远离市区25公里的麓山大道，还是城市的尽头。

但城市的发展似乎永远没有尽头。

我是命中注定只适合居住在城市的边沿，还是我本身喜欢追逐城市前行的脚步？大气磅礴、风云激荡的城市扩张，远比我想象丰富。

嫁女：
一个父亲的感恩日志

父亲：我

我有点失控，拿起话筒还没开始说话，就哽咽了。

女儿就要出嫁了，临近婚礼日期的这一个多月来，我就开始在想婚礼上该说些什么。常常是一边开车一边想着要说的话，想着想着就哭了。独自一人开着车泪流满面，有时候是白天，有时候是晚上。总之只要是我一个人开车的时候，我基本上就会想这个话题。心里要说的话好多好多，足够用女儿的26年来承载，但我知道婚礼现场我最多只能讲5分钟，所以我就自己对自己说，想到哪儿就说到哪儿，说给我车上的空座位听。

参加婚礼的宾朋好友对我说，我在婚礼上热泪盈眶地讲话，除了对女儿的留念和不舍，背后的含义还是希望我把女儿交接给的那个男人，能够对我女儿更好点，更有责任感。是的，这只是我在婚礼现场当着所有来宾，能够讲出来的话。这

一个多月来我自己在车上所说的话，其实还有更深一层意思没法在婚礼现场表达出来，那就是歉意和遗憾。

我的女儿在我像她现在这个年龄的时候来到这个世界，那个时候的我只顾着所谓的个人奋斗，四处闯荡，与年幼的女儿聚少离多，大多数时候几乎就忽略了她的存在。我一直以为我所做的一切，都是为了女儿将来有更好的生活条件。直到她高中毕业去了纽约，从大学4年到研究生2年，整整6年时间，我只有在查问她考试成绩和个人发展之类的话题时才和她说话，而且大多数时候还是教训和责备的口吻。我明明有她的QQ，但现在回想起来，我竟然可以一两个月不和她聊一句。想到这里我就忍不住掉眼泪，在婚礼现场讲话的时候我也当众掉了眼泪。可能大多数来宾受了感动，认为我是个好爸爸，但我内心深处最想说的是，我这个父亲好失败好内疚好遗憾！

好爸爸是要天天和女儿说话的。从孩子出生那一刻起，每天都要和孩子说话。无论在家里还是出差在外，无论在工作还是在休闲，无论孩子是婴儿、少年还是青年，只要孩子还没成家，就必须天天和孩子说话。可惜我明白这点已经太晚。我在女儿成长的过程中和她说的话太少，才会在她出嫁这一刻有太多太多想说的话，那其实是一种担心一种牵挂，这种不放心的隐忧可能会延续到我永远闭上眼睛那一刻，也可能恰恰就是命运对我曾经忽视孩子的惩罚。所以我把这个内心的秘密写出来，想让我的女儿女婿做妈妈爸爸之前先要明白：父母的地位和金钱对孩子真的不是最重要的，每天都与孩子沟通，无论说话时间的长短，这样的孩子长大以后才会让父母放心。所以成功的好爸爸在女儿离家出嫁的那一刻，一定心里踏实，即使没有一句叮嘱，也会面带微笑。

母亲：她

她的脑子里一直在放电影，一幕一幕的画面，在她脑海里播放了一遍又一遍。

她要给女儿一个惊喜。在女儿走出家门那一刻，看到她从小到大的生活场景，所以她花了很多时间精挑细选照片。其实无非就是几块展板，但她却突然变成了设计大师兼诗人。先扫荡了她和我电脑的文件夹，然后又在成堆的影集里把老照片挑出来扫描。仿佛构思一部伟大的作品。为了确定分类的主题我看见她神色凝重，为了是否选用一张照片我看到她纠结了几天，为了一句照片下配的文字我看到她改了又改，甚至还精确地计算出女儿从出生到婚礼准确的天数。她就这样沉浸在自我的世界里，仅仅为了几十张寻常人家的生活照，而且从新娘子出门到上车只有短短的几分钟，她却几乎调动了所有能想到的资源来制作这几块爱心展板，直到婚礼前夜的12点以后，才让大卡车把精心制作的展架拉到家门口，悄悄摆放好。

在此期间，她每次问我的意见，我都不说一句话，因为她伟大的作品还不只有这些内容。她所构思的细节从邀请来宾的请柬开始，女儿拿出的请柬样稿她召集开会讨论了3次，每次讨论的时间超过1小时，请柬上写什么文字，用什么图案，做几个版本？直到女儿把请柬印出来了，她又发现还有更加别致漂亮的微信请柬，于是赶紧重新设计制作。同样开会讨论了3次以上的还有送给来宾的喜糖盒，用铁盒还是塑料盒、圆形还是心形、上面贴1个小熊还是2个？她都沉浸在自我世界，我还是一言不发。因为我知道她是当妈的，而妈妈就是从来都不抢镜头而又最温暖人心的主角。

从大半年前定下婚礼酒店开始，她就一趟一趟往酒店跑。酒店是女儿选的，但半年之后她早已比女儿更熟悉这家酒店，婚礼大厅的尺寸、有几盏吊灯、几扇大门以及过道、休闲厅空间的大小她都烂熟于心。她天天网购婚礼所需的各种小物件，一箱一箱地堆满了办公室。最后她组织全家和婚礼上来帮忙的人，亲自试吃了婚宴上的每一道菜品和点心。在确定来宾名单的时候，她特意精简了业务上有交道的一批官员和老板朋友，把一半的座位留给了老家来的亲戚朋友，尤其是老人。她说他们中有些农村来的和下岗退休人员以及老年人，可能一辈子就在五星级酒店吃这一顿饭。

从几个月前定下婚庆公司，她又开始和女儿女婿一起落实婚庆公司所操办的所有细节。婚礼现场的基调、色调、灯光、音响，T台、舞台，摆花的效果和材质用料，签到台、合影区、甜品区的设计创意，以及主持人和整个婚礼的流程，她多次参加讨论，主要的材料都要她亲自把控实物样品。为了万无一失，她前后3次去不同的酒店，观摩同一家婚庆公司正在主办的婚礼现场实景。她把婚庆公司和我们自己需要做的一切都统一起来，到后来很得意地说，自己都可以开一家婚庆公司了。

她就像打了鸡血一样投入旺盛的精力。整理出的各种大小事务备忘录、人员分工安排，打印了厚厚一大摞。婚礼前一晚的凌晨2点以后，她还和我两个人在朦胧的夜色下，一起弯着腰铺设家门口的红地毯，然后又一盆一盆地把鲜花整齐摆放在地毯走道的两边，直到新娘、伴娘和家里的阿姨都睡了，我也倒头睡了，她又从床上爬起来，为睡在沙发上的儿子点蚊香，没有支架她就用手拿着点燃的蚊香，站在沙发旁边几个小时，为儿子熏蚊子。这一晚，她只睡了两个小时；这一个多月，她自动瘦了5斤。

直到婚礼过后的第二天，她才突然像泄了气的皮球，瘫倒下来，脚炽手软，说走路都有点晃。

弟弟：他

弟弟的闪亮登场，不只是在开场独奏的《梦中的婚礼》钢琴曲。

仅仅为了演奏钢琴曲订制的西装，他就专程跑了七八趟，去量尺寸、试衣、修改，奇怪的是搞得这样麻烦，弟弟却没有一句怨言。其实，弟弟已经五六年没摸过钢琴了。想起弟弟小时候学钢琴，一直非常抵触，最后已经完全放弃。没想到时隔五六年，他会同意在婚礼现场用演奏钢琴曲的方式来送姐姐。我的心里对他的演奏一直没底，我不知道他在学校就已经在悄悄练习了。最后这几天他还去了几次原来的钢琴老师家接受辅导，直到老师完全认可。而婚礼前一晚甚至婚礼开始前几小时，我在忙碌中瞥见他一直坐在演奏钢琴的位置，一遍一遍地练习。这一次都是他主动的，真的没有人逼过他。

弟弟比姐姐整整小10岁。这几天他跟在妈妈后面跑来跑去，饿了，就在街上吃一碗荞面。婚礼前一夜在现场，为了调试VCR的投影播放画面，酒店的主管人员早已下班，他就自己蹲在婚礼大厅的角落里，拿着我的笔记本电脑自己一个人在那里摆弄，硬是把投影画面播出来了，让我看到了才放心。这几天他清早5点就起床了，搬来氮气罐，坐在家里的地板上，一个一个给气球充气；家里所有的窗花和大红喜字都是他贴的，贴好以后还一个一个仔细检查斜不斜稳不稳；姐姐挂在墙上的大婚纱，也是他一层一层细心梳理得整整齐齐；家门口的装饰彩灯，还是靠他理清了线路，才点亮了梦幻的色彩。他和我们一样，同样忙到凌晨2点多，我看见他楼上楼下来回跑，只须喊一声需要什么东西，他都会乐呵呵地去找出来。最后还非常爽快地把自己的房间让给了姐姐的伴娘，宁愿自己睡沙发让蚊子咬。

婚礼过后，他又主动帮助我们安排客人，邀约远道而来的朋友的女儿和他同学一起出去开心玩，完了以后叫来的士送上地址，还打电话给我朋友确认小朋友已回家。我的朋友对他说，一个小孩子为什么要做这么多呢？他说：妈妈这么忙，爸爸又有病，我不多做点还有谁做呢。听到朋友转述给我的这些话，我的心里立刻涌出一股温暖，有点小激动，我的快满16岁的已经长到1.73米的儿子，就要长大了。

亲人：他和她

他和她早早就准备了2万块钱大红包，女儿女婿去请爷爷奶奶参加婚礼的时候，两位老人非常高兴。弟弟今年要上高中，爷爷奶奶也封了一个1万块钱的大红包。我知道他们活到现在将近80岁，总共的积蓄只有8万元，一下子就拿出了3万元。现在明白他和她平时为什么那么抠门了，记在本子上的点点积攒，基本就是为了这样的时刻，派上用场。

她的心理更为复杂，婚礼那天在迎亲的队伍还没到家的时候就早早赶过来。我看见她独自坐在椅子上一直掉泪，最后满脸泪光情绪失控。我的女儿是她一手带大的，那个时候家里空空如也，连一件家具也没有，睡的是学校里学生睡的上下床，吃饭和切菜的桌子用的是学生的课桌。她不顾一切抛下只有8个月大的孙女来带外孙女，在我最关键最困难的时候一直默默地帮我。她是帮我最多的长辈，后来我才知道，她的恸哭还不止因为她带大的外孙女出嫁。这一段时间，姑嫂之间因为家庭小事吵架，互不相让，越演越烈，这事不知咋个让她老人家知道了。她想不通自己那么善解人意、从小乖巧懂事的女儿为什么会受到那么多的指责。看见她无辜受到牵连哭得伤心，我的心里好内疚好歉意！我的丈母娘，30年来从来都没指责过我一句，一句都没有！哪怕我再粗心做得再不好她也不会指责我。现在她已失去了老伴，孤独一人，也从不给我们添麻烦，却因为我家族的烦心事让她伤心恸哭，好对不起！！！

而她和她差一点就缺席了这场婚礼。女儿的两个姑妈，本来是为了一点很快就可以化解的家务纷争，但后来却发展成为姑嫂之间挑漏眼，争输赢，甚至逞强斗狠。连小妹夫也掺和进来，最后是我的加入情绪总爆发。每个人都在火上浇油，在大喜的日子也留下了不和谐的音符。我毫不隐讳把这段刺耳的声音也重现出来，目的是自我反省为什么已年过半百也没有真正领悟“妥协”两个字的含义。其实嫂嫂早就和婆婆解开了心中的疙瘩，两个姑姑也早早就准备了大红包参加婚礼，小侄女还提前改签了从旧金山回国的机票，小妹夫的哥哥成了义务灭火队长竭尽全力平息纷争，知道我们在最后一刻和解了，立即高兴地买了晚上11点的机票从北京飞回来参加第二天的婚礼。唉，还是只有妥协才会圆满。所谓“慧极必伤，情深不寿”，往往最亲的人一旦斗起狠来才最不相让，即使平时在外面看起来都彬彬有礼的。

而她和他则简直忙得团团转。她是女儿的大舅妈，几乎包揽了所有的杂务，从采购到现场事务，她都大包大揽，但安排婚宴桌次每次发现座位不够，都会把她的名字先剔出来，好对不起，大舅妈。他是女儿的表姑父，负责采购和接送人开车，我不知道他已经跑了好多趟，常常还兼任搬运工。这个昔日的警察大队长却乐于为亲人下苦力，让我好感动。还有他，女儿的大表哥，以前不那么懂事，这一次现场清理物品搬运行李有条不紊突然感觉踏实多了呢？对了，已经30多岁了哈。而她则异常兴奋，她和他的老公，女儿的大表姐和姐夫，为女儿介绍了一个称心如意丈夫，这个媒人当得好激动，早早就给自己的两个儿子购置了专门参加婚宴的礼服，还给刚满月的小侄儿也准备了礼服。一大早就带着大儿子赶过来帮助姑妈化妆。女儿的大姑妈、表姑、表叔、表婶……都赶来为女儿出嫁送行。当鞭炮响起，礼花撒向空中，我环视了现场，出现在这里的每一个人，无论他和她，都是我最热情的亲人。

还有我本家的十几个亲人，大家可能不认识他们，但600多年前的元末明初我们是一家人。我们共同的祖先曰迁公带着一家老少三代，从江西到湖北麻城，又从湖北到四川宜宾，后来分成宜宾、简阳、仁寿三支，现已繁衍到几十万人。整个四川三个支脉的后人都来了代表，共同见证同一条根上结出的花朵枝繁叶茂。还有从乡下大老远赶来的二姨和表妹，我只和她打了一个照面，第二天她已离去。我女儿外婆家的一大群亲人，当天赶火车来回，还不麻烦我们接送和安排住宿，虽然我可能至今还喊不出每个人的名字，也无论他和她富贵还是贫穷，我都真的很喜欢这一群人。

挚友：你和你的家人

你是参加婚礼职位最高的官员，但你和夫人却来得最早。我电话都没给你打，但我知道你不会像某些摆谱的要员那样故意让所有人都来等你，我最好的知心朋友。

你已经迈入中国书法艺术家的行列，还是成都房产界最知名的人物，但你果断推掉了同一天两场婚礼证婚人的邀请，要来参加我的女儿——也是你的女儿的婚礼，在我寻找出路最艰难的时刻，你不仅帮助女儿的妈妈调动了工作，也为我的调动打开了通道，我女儿的户籍登记在你家的户口本上，她才能最终落户成都。所以你早早地就为女儿写好了“室雅人和”的书法作品，还精心装裱成画框，如此高雅别致的贺礼，在婚礼舞台上既耀眼又令人羡慕。

你是我在达州儿时最知心的伙伴，专程从北京飞来。你是我在成都流浪时收容我在你狭小的集体宿舍打挤落脚的好友，专程从上海飞来。你为我迈向美利坚架设了一道桥梁，从亚利桑那州凤凰城到来。你是著名诗人和策划家，为婚礼发了点赞最多的微信照片和文字。你是大学教授和博导，一直关心我女儿的婚事和女婿的学业。你昨天还在三亚出差，今早就一定要飞回来。你前天还在贵州做项目，今天也来到了现场。你和我已经好久都没见过面了，但一条微信或短信，你就出现了。

你当年的一句话，让我有机会到成都读书并从此改变命运。你不仅是我的长辈，也是我唯一能像挚友一样交流心里话的长辈。所以你的两个女儿我将视同亲姊妹，你的外孙女就是我的侄女。你的女儿我的妹妹为姐姐介绍了最可靠的人完成了接亲现场拍摄剪辑，你的女婿我的兄弟为我们拍摄了婚礼现场最好的照片。我以前报答你们一家人太少，好希望能有机会弥补。

你是我最好的兄长，但我在敬酒的时候才发现你一个人坐在不认识的人一桌，一定是位置不够你就悄悄地自行解决了，多好的兄长！还有我的嫂子这段时间好多次陪新娘她妈选礼服，不知耽误了多少时间走了多少路。而你是我最好的姊妹，一大早就带着女儿来我家送新娘，你的妹妹也是我的好妹妹，远在台湾，却放下生意天天帮着新娘的妈妈设计爱心展板，修修改改从不厌烦。为了保证效果采用了最费时间的传输方式，甚至愿意在台湾把印好的喷绘快递到成都。

你是我的好哥们，提前几天就把两个弟弟都派到成都来帮忙开车跑路打杂。你是我太太的好姐妹，一家人都从达州赶来帮忙，连远在南京的女儿也来了。在我太太手忙脚乱的时候全靠你顶上来，有了你和你女儿为新娘铺婚床、化彩妆、当助理，新娘当天才会那么出彩。有了你为客人端喜糖送水果，参茶倒水，才能把好多宾客留到晚上。还有我的好朋友你，在婚礼需要你女儿上台表演《让爱住我家》歌曲时，马上就让女儿开始练习。彩排那天晚上都10点多了，小妹妹瞌睡兮兮还打起精神坚持，好可爱。你的女儿让婚礼更加梦幻、纯真和动人，可走的时候连红包都没来得及发给我们的小明星。

你把我带进这家公司，我就越来越喜欢这家公司里的人。我也前前后后办过几家公司，但从来没有像喜欢这家公司的人那么动情，所以我内心非常感激你。不仅每个月一起开会的人都来了，而且还在婚礼之前专门为我女儿的婚礼给每个人都发了提醒的短信，让我好感动。当然，还有所有帮忙的人，包括把美女老板安排在签到台打杂，包括公司里默默无声又巨细无遗任劳任怨做着所有杂事的你。

你是我最好的同学和太太最好的同学，带着丈夫、妻子或孩子，无论在成都还是雅安泸州广安达州，你们都来了，你或你的妻子孩子还在微信上为我们播发现场图片和录音，用动情的话语带给我女儿深深的祝福。还有你没能来到现场，也托人带来祝福；你没有收到请柬，也主动前来祝贺；你没收到请柬也没能来现场，下午知道了消息也第一时间表达心意。这一天，我们一家人收到太多太多的温情，让我终生铭记。

女儿女婿：感恩的心

我把这段真实的经过写出来，送给我的女儿女婿，目的只有一个，那就是：感恩。

你们在婚礼的前一天都还在上班或考试，所以你们不一定全部知道这些经过和细节。而婚姻是人生的一个里程碑，也是最为重要的里程碑，所以我最后想对你们说：所有的收获都来源于日常生活中点点滴滴的积累；所有的爱，都需要包容、忍让、珍惜和呵护；所有的关心、帮助、支持，都需要怀着一颗感恩的心，真情报答。

也许再过20年，你们再读到这些文字，我相信到那时你们也一定会感觉到，每一个字都仍然很温暖。

教子：送儿子去留学

一个梦想

飞机沿着跑道滑行那一刻，我知道，那个梦想就要起飞了。

那是一个清晰又模糊的梦想。

说它清晰，是因为目标非常明确，就是MIT（麻省理工学院）。在小学三年级的时候，我儿子小虎就认定了麻省。在他小学五年级去了美国，亲自参观了普林斯顿、哈佛大学以后；在他初一去了英国，参观了牛津、剑桥以后，还是坚定地说：就是MIT。对于很多高中毕业都还不知道该读哪所学校，报什么专业的人来说，小学生小虎的目标却难得如此的清晰。一个十岁的孩子，为什么就认定了将来上大学只读MIT呢？是因为他从小就动手能力强，偏向理工科？是因为他喜欢机器人，参加过比赛？是因为他爱打游戏，擅长操作？我不知道，小小年

纪的他，对MIT到底有多少真正的了解，但我却一直都听他这么说——在儿童期最善变的年龄段，从9岁到今年14岁，5年没变。

而说它模糊，模糊到根本就不算一个目标，只是一个远离现实的梦。面对懵懂的小虎，我在心里想：你凭什么能读MIT啊？论天赋资质，平平；论考试成绩，一般；论特长，没有特别突出的亮点。从小学到初中，几乎没有一样说得上出类拔萃。在中国现有的教育体系里，一个普通中学同年级1000多学生中排名500位左右的普通学生，正常情况下到高中毕业也就能考个三本，发挥得最好也就一般的二本，离全世界最优秀的精英才能挤得进去的顶尖大学，相差十万八千里。这个差距就像一个巨大而混沌的黑洞。小虎懵懂，看不到这个黑洞，所以他敢说MIT。我却真真切切看见这个黑洞，眼前一片模糊，只能说：MIT好远。

我们却还是出发了。

49岁的我带上我14岁的儿子小虎，登上了2012年9月19日8点成都飞往北京的早班航班，飞向那个黑洞，追寻黑洞背后的梦想。

我知道，未来的6年时间里，我们都将穿越在这个黑洞之中。

早班飞机满仓，我和小虎的座位被分开。他坐过道，旁边是两个老外；我坐另一边的中间，两边都是老外。我是外语哑巴，自然不会和身边的老外搭话。而小虎呢，我注意观察他，竟然自始至终也没和老外搭一句话。多好的机会，为什么不趁机和旁边的老外聊聊，练练口语，到了北京测试的效果也会更好啊。这个腼腆的孩子，腼腆到害羞的程度，从来不敢在公众场合大声说话；很多时候还胆小，稍有点危险的动作都不会去参与。从小良民一个，循规蹈矩，连个小组长也不愿当……

“哑巴”我闭着眼睛，坐在两个老外中间。想起传记里面的各种杰出人物，要么从小天资聪颖，机灵异常；要么胆子忒大，天生就当头儿；要么还能搞出一系列恶作剧……这些异于常人的“天赋异禀”，我的儿子小虎似乎一样也没显现。我是不是胃口太大了点？是不是有点揠苗助长呢？就为了青口小儿一句不知天高地厚的话，就为了这句话他说过多次，就为了这句话他说了到现在还没改变过，我就不切实际地把一个普通孩子的教育目标定到需要仰望的高度。像幻觉、似天意，引出一个虽然遥不可及却又让人心动不已的梦。对，就是一个梦。那么这个梦，是孩子自己的梦还是我自己的梦呢？

不管怎样，我们起飞了。

“哑巴”的想法

我几乎对每一个年轻人都会说：要把英语学好噢。

对中小学生，我会说：要在课本以外增加英语量；对大学生我会说：英语是最最重要的一门课；对二三十岁已经工作了的人，我还是会说：学英语啊，还来得及。等四十多岁回头看，现在还早得很呢。

英语、英语，难道就因为我自己一句英语都不会？在本该学英语的年龄，却因为急于改变个人命运，为了眼前看得见的利益，做了太多急功近利的事。当初放弃了英语，现在才知道后劲不足。尤其是当英语人才越来越不稀罕，每次出国旅游一看，是个人都会说英语的时候，我才知道自己已经变成了少数的文盲，内心不仅有遗憾，还有点羞耻。

我不会使用这个世界最通用的语言，等于失去了走向世界的通行证。我越来越意识到英语学习的重要，却对孩子的英语学习爱莫能助。当初小虎姐姐高考过后，被成都一家三本院校录取。没有任何提前准备马上去考托福，500分刚刚达到基本要求，我还是毫不犹豫地把她送到了美国的大学。也算是走了狗屎运，她本来被纽约科技大学录取，这所大学与纽约大学原本是一家，100年前因为文理分科而分开，恰恰到了她这里满100年又合为一体，意外地收获到世界名校的管理学文凭。凭我对她的了解，我不敢相信她的管理学专业技能一定就比国内同专业的毕业生强，但我能感觉到一口流畅纯正的美式英语会成为她的饭碗，所以回国后她自己应聘进了条件很好的新加坡与成都高投的合资公司，而国内的三本毕业生是很难被这样的公司录用的。

因为语言的阻挡，我无法亲自深入地去了解英语的世界，也就无法为孩子出国留学提出良好的建议和规划，所以长期以来我心中的所谓重要也无法付诸行动。从小学开始我就对小虎说，我要给他找老师辅导英语，直到初一小虎还经常取笑我：你给我找的英语老师呢？是没有吗？是不好找吗？实际上是太多了。虽然我经常都要收到各种英语补习班、一对一培训的短信、电话，但我却一个也没联系。不懂英语的我却很坚定地相信国内的任何一种培训和补习都只有一个目的：为了考试。

是的，我知道英语很重要，但为了考试却不是学英语的唯一目标。

在我心中，语言只是工具而不是目的，学习一门语言最终是要运用这门语言，学会一门新的语言就要让这门语言为自己打开一个新的世界。我的身边曾经有过太多的人，当年为了应试而突击学习英语，结果考完了，工作了，学过的英语也忘记得差不多了。现在国内的大学毕业生，除了英语专业的，又有多少学过多年英语课程的人能熟练地使用英语呢。这些学过英语的，或者在某一阶段还很用功突击过英语的人，最终却还是英语文盲，甚至变成和我一样的英语哑巴，那他们学英语的目的，就仅仅是为了考试吗?

答对了答案，却忘记了问题是什么，这正是应试教育的悲哀。我不想让这样的悲剧在儿子小虎身上重演。

我当然希望小虎有很棒的英语，但我更希望的是他能够用英语打开母语看不到的新视野，在母语所看不见的世界里去获取更多的信息，探索更多的知识。一句话，我想让他明白：是为了应用英语而学英语。就像他姐姐，即使有了一口流利的英语能进大公司，但最终能否立足还是要看运用英语的程度。用，这个字的含义很丰富，除了便于沟通交流，还有很多更重要的目的性价值却常常被人忽略。

我似乎明白了点什么，又似乎有所期待。

寻梦PIZ

而PIZ显得与众不同。

我发现PIZ与众不同的地方有两点：

PIZ的介绍说他们的英语学习不仅是为了考试，这使它不同于一般的培训机构；PIZ的留学指导不仅是为了留学，这使它显得不同于一般的中介机构。

那PIZ到底是一个什么样的机构呢？

在一次小范围的聚会上偶然听到了PIZ，我就显示出前所未有的好奇。这次我没有耽误时间，马上开始了解PIZ。我发现PIZ的确有英语培训功能，也有留学中介功能，但它最核心的价值不是培训，也不是中介，而是人生价值目标圆梦。

呵呵，圆梦！

PIZ对每一个刚跨进门的孩子都要进行测试，在测试和交流中，找到孩子的兴趣，帮助孩子发现目标，明确目标。而一旦有了目标，请注意——是孩子自己的目标，PIZ就会围绕目标制订详尽系统的计划，这个计划名叫“PIZVIP精英成长计划”，具体包括：

初中英语能力及TOEFL、小SAT考试培训；

帮助联系进入美国合适的高中；

高中四年选课指导及GPA成绩保证；

高中四年“精英之家”课外时间管理与作业辅导；

高中四年专业目标AP学分积累；

高中SAT升学考试培训；

高中四年寒暑假的社会专题活动安排；

目标大学专业能力、素质培养与个人成果；

目标大学的专业申请……

PIZ所做的一切，从初中开始就完全围绕着为学生确定的专业目标，也就是进入常春藤成为精英教育一员。从跨进PIZ那一刻起，在未来长达数年的时间里，懵懂的孩子将变成目标价值明确，并为目标价值一步一步做系统准备的明白人。这正是PIZ的核心理念。

就像小虎，他的目标是MIT，经过测试，他的个人潜能也确实适合读理工科，那么到MIT读理工科，今后做一名科学工作者就成为他非常清晰的人生价值目标。围绕这一目标，PIZ除了要帮他培训英语，辅导他取得很好的高中成绩外，更重要的是，从现在开始提前6年逐步让他把喜爱理工科这一个人兴趣变成专业目标，帮助他更多更深入地了解理工科方面的知识，积累有关理工科的各种实践活动经验、取得这方面的个人成果，提前拿到部分理工科的AP学分。通过PIZ学习顾问和培训老师系统综合的引导、策划和训练，到他高中毕业的时候，他自己本身就已经变成MIT所要的人，为MIT专门量身打造的人。

遥远的梦想似乎一下子变得非常现实。

我突然感到这和国内高考培训方式确实有不同之处。

在国内高中，眼里只有成绩，只有各高校划定的分数线，只要超过分数线就能读到与分数所匹配的高校，但读上了按考分录取的大学，却对这所学校和专业知之甚少。而常春藤大学虽然也以高分为基本前提，但高分却不一定就肯定能读常春藤，PIZ正是认准了这一点。所以在PIZ，不是你要考常春藤，而是让你先吃透常春藤的办学理念和精神实质，让你自身变成常春藤想要的人。

这一切，在接触了PIZ创始人，自称为“常春藤之父”的Gou先生后，体会更深。

“常春藤之父”

PIZ的客服老师把我和小虎带进那间办公室的时候，我不知道埋头坐在书桌前的那个中年人就是Gou。

时间临近中午。刚下飞机办好酒店登记手续，我和小虎就穿过马路，来到酒店对面的PIZ北京办公地点。

这是离机场比较近的一座写字楼，走近这座现代味很浓的办公大楼，PIZ的办公室装修却独具一格，不像写字间和办公室，倒像一家私人会所，装修风格很欧式，外间布置完全就像一个客厅，有西式的沙发和电视壁柜，然后是分割出来的多个小房间。

时间已临近中午，客服老师把我们带进一个小办公间就忙去了，也没做介绍，埋头在桌上的中年人抬头冲我们笑笑说稍等，后来才听他说，眼下正是美国高校申请的时间，他要处理美国那边的很多事情。

这个面带微笑的中年人就是Gou。穿一身浅色的西装，面容有些疲倦。我没想到这次到北京能见到Gou本人，他离开办公桌，坐到我们身边的时候，我还不知道他就是Gou本人。很绅士的那种微笑，开始询问小虎。

我发现他问得很仔细，而且不想听我的抢答。他一直坚持让小虎自己说，哪怕小虎吞吞吐吐有点接不上话，他也不太愿意我来帮腔。谈话大约20分钟，他又忙去了，我瞅了一眼外面，客服老师又在接待另一波客人。而这时候，都快接近中午1点了。

而真正认识Gou，却是午饭后，坐在那间像会所一样的客厅里，看PIZ的专题片，我才知道刚才和我们谈了20多分钟的那个中年人就是Gou本人。出现在大约也只有20多分钟的专题片的镜头里，其神态和眼前的Gou本人差不多，都是学者型的形象。

本来只是PIZ自己公司的宣传片，而画面展示的却几乎是整个世界风云。归纳起来，PIZ专题片表述的核心内容，就是精英造就世界，世界是精英的世界。我所知道的普通的中介或培训机构，很难看到这种超越业务本身来介绍业务的胸襟和气度。

在镜头里，Gou以不同寻常的气势讲的正是：什么是精英教育。

他说到，世界一流的精英教育，造就了这个世界的顶级精英；这个世界一流的精英，大都接受过顶级精英教育。而常春藤，正是世界精英教育的圣地，世界精英诞生的摇篮。那么，什么人才能跻身常春藤呢?

在下午一个小范围的演讲中，Gou面对全国各地前来咨询的十几位家长和学生进行了更深一步的阐述。他大概也只讲了20分钟，归纳起来，只用了三句话，就把世界上最难进入的常春藤大学要招什么人、什么人才能够进常春藤大学，讲得清清楚楚。他说：

一是强烈的自信心和责任心。既然是精英，那最基本的就是充满自信，而且敢于承担责任。呵呵，非我莫属，敢作敢当这不正是超级人才最基本的特征吗。

二是高智商和高情商。高智商，以考试成绩来体现，比如TOEFL，SAT，GPA的高分等；而高情商，我后来查了一下，情商的五个方面包括：自我认知能力，自我掌控能力，自我激励能力，对他人的认知能力，与他人的沟通能力。用传统的话说，就是会读书又不读死书，能文能武。

三是为人民服务。毛主席的话啊，在这里可理解为，接受精英教育的目的，最终极的目的是要确立起为整个人类、为社会服务的宽广胸怀和使命担当。

我很惊异，他把常春藤的精神实质总结得这么清晰又这么深刻!

按这三条逐一衡量，从现在开始逐步准备、引导、培养、策划。我瞅了一眼身边的小虎，一刹那间，突然觉得常春藤是如此接近。

我突然明白他为什么会自称为“常春藤之父”了，明白了为什么PIZ的介绍里每年都有那么多学生被送进这个世界最难进去的常春藤大学。

这个普通的下午，在小办公间里，在专题片里，在小型讲座上，20分钟的时间，我已被这个“常春藤大学”的“精英”彻底洗脑。

第一次不亲密接触

还是这个下午，在PIZ老板Gou的小型讲座结束后，PIZ办公室来了几个老外，他们是美国加州三所私立高中的招生人员。

当天参加咨询的有十来个中国学生，有北京本地的，也有像我和小虎这样专程从外地赶来的。说是三所中学，老外进来的第一时间我已弄明白，来的其实是同一个机构下属的三所教会性质的私立高中，其中一所是男校，另外两所是女校。我第一个占据了男校那间咨询室，抢先进去的时候，除了带上小虎，顺便还拖了一个PIZ的工作人员当翻译，那个女孩还正好是四川老乡。

这是我第一次和美国高中招生人员的直接接触。一个高个子男老外负责男校招生咨询，进屋后打开笔记本开始介绍学校，在旧金山大桥附近，从图片看上去校园还很漂亮，而且亚裔学生还不多，这所学校每年都有一部分学生被常春藤大学录取。

我克制住自己没有按中国的思维方式，问他学校排名之类的话，完全听老外自我介绍，只听清了一个词“鸽儿”，翻译告诉我，他们男校没有女孩，但不用担心，会经常安排和女校的“鸽儿”们搞一些活动的。

老外开始问小虎，小虎的声音很低很低，但感觉得到小虎还是基本上能听懂老外的问话，对答也还算顺畅。这时候，我最纠结的是小虎到底该初二读完，就去读美国那边的高一（9年级，相当于我们的初三）；还是初三读完，过去直接读那边的高二（10年级）；还是初三读完留一级读那边的高一。我们的咨询占据了较多的时间，以至于我能瞅见等在门外有点不耐烦的面孔。

带着这几个老外来PIZ办公室的，不知是什么机构的一个英语很流畅的老太，走出咨询室我又和她聊，她又很热情地喊来了同样高个子的女老外，原来是这三所私立高中招生的头儿。女老外又把小虎单独带进一间屋子，和小虎交流了十多分钟，出来后对我说，如果小虎明年初二读完就过去读高一，现有的英文能力，她不会录取，除非停下现在初二的课程专门突击强化英语，通过她在电话中再次考核后才行。

经过短短的接触，我不知道这几所私立高中在美国算什么档次的学校，但我突然感觉到读美国高中其实并不神秘，或许只是一个电话交流也就录取了。当然，最大的收获是，我弄明白了两点：

一是小虎现在还不能马上就出国去。如果非要在初二读完就马上出去接着读高一，那他至少要放弃初二本学期和下学期的国内课程学习，专门突击强化培训英语，即使英语过关，但他在国内接受的基础教育就会只停留在初一的水准，中国文化基础太差，对他以后的学习和作为一个中国人应有的素养都不利。

二是坚定了小虎初三毕业后过去读高一的决心。虽然初中到高中多读了一年，但这样能让他既有美国高中四年完整的履历，同时又能保证他高中阶段的成绩更好，最好还能在高中多拿点AP（大学预科）学分，对他被名牌大学录取更有利，还能在大学阶段靠这些AP学分少读一年大学，初高中多读的一年，在大学中又减少一年，真是一举两得。

被PIZ捆绑

事情真是很凑巧，第一次来北京PIZ，不仅见到了PIZ的创始人Gou先生，还见到了PIZ的Zhu校长。他们两个都正好从美国到北京。我知道PIZ的总部在加州，有几个教学点。国内只有一个点在北京，平时他们经常都不在国内。

但这时候，我还不知道Zhu校长就是Gou的老婆，更不知道到了美国将要打交道的人原来都是这两口子的家人；不知道这个外表“高大上”的“国际机构”，其实就是一个家庭作坊。

一整天的洗脑，从早上走进北京PIZ的办公室，我就被太多的“新鲜事”冲击，我带着小虎抓紧时间和Gou交谈，看PIZ宣传片、听Gou讲座、和前来招生的老外交流。对我来说，这些都是第一次。因为我的脑子里面一直固执地不相信国内所有的中介机构和培训机构，一心只“崇洋媚外”，所以我从来都没参加过国内类似机构的任何活动。我相信从美国本土来的机构，不管咋样起码都不会骗人。我更相信像Gou这样接受过美国常春藤大学教育的知识分子，更不会骗人。

是啊，当我从忙乱中回过神来，当PIZ北京办公室的很多人都已离开后，我才认识了Zhu校长，一个第一眼看上去显得很有修养和气质，立即就会让人产生亲近感的中年女人。

Zhu校长让小虎坐到她身边去，开始和小虎交流。我明显感觉得到她和孩子的交流比Gou更容易亲近，也相当讲究技巧。小虎在Zhu校长的感染下，一整天的紧张也放开了，开始对答如流。Zhu校长拿过一本英文版的《读者文摘》杂志送给小虎，满脸显露出来的表情，都是很喜欢小虎的样子。她甚至还摸着小虎的头说，以后要亲自来带这孩子，亲自当小虎的学业顾问。

而这时候，夜色已经降临北京城，外面的灯光亮起来了，写字楼的人都下班了。

不知不觉中，PIZ的客服老师已经打印好了两份文件：一份是为×××同学量身打造的常春藤大学留学初步规划，另一份则是和PIZ的合同。

我在看《规划》时候，心里稍稍有点疑虑，这么快的时间就“量身打造”出6年的规划来，会不会是同一个模板只是改了个名字？其实我已经看出“破绽”了，但我明知这份《规划》是一个模板改出来的也不愿再多想，因为我确实已经被PIZ感染了。

不仅因为PIZ的理念和模式，还有PIZ展示出来的美国本土强大的“董事会成员”，包括某顶尖大学前“副校长和教务长”，某顶尖大学的招生办主任；还有PIZ“专业精英教学和顾问团队”，包括“常春藤名校录取官、面试官、美国大学理事会命题人和SAT、AP考试阅卷人”，等等。更有那一大串耀眼的升学数据：“帮助超过3000名学子进入他们心中理想的名校。其中99%以上的被加大UC系统的学校录取，超过70%的是被全美排名前30的顶尖名校录取。”我的天，国内有哪一家机构能做得到呢？（后来我才知道，国内留学中介机构的宣传资料严禁有这样的内容。）

所以我在心里稍有疑虑的时候，立即又被PIZ“保底”承诺征服：即使我的儿子6年后不能入读最顶尖名校MIT，但他在少年阶段出国留学，能够住在PIZ“精英之家”，除了生活上有人照顾，更重要的是，他的所有校外时间都有专业机构监督管理，还有老师辅导完成作业，最起码他不会在叛逆期这个阶段学坏，这对于不能出国陪读的小留学生家长，实在是太重要了。

更何况，PIZ这个“VIP精英计划”承诺的是：保底加利福尼亚大学伯克利分校，太诱人了！

所以我在看合同的时候，基本上就没有仔细推敲了。我只提了一个问题：6年的费用，可不可以分期支付？PIZ老师非常坚定地说，绝对不可以，所有的人都必须一次性支付！因为合同约定，6年后录取不了保底的伯克利，退款！

确实牛！

听她这样一说，我稍做努力就妥协了。因为我知道我儿子还不是拔尖生，但仍然很有潜力，我没有能力激发他的潜力，但PIZ可以做到。我希望有PIZ持续6年的打造，让我儿子从中学生中的“普通一兵”变成世界名校常春藤的“精英”，我还担心PIZ会不收他呢。

我果断地在合同上签字了。

在第一次探访PIZ的当天就签下这份6年培养计划的合同，而且一次性支付7万多美元。这是我签过成千上万份合同中唯一答应如此条件的合同。我是做生意的人，心里非常清楚，这7万多美元提前6年支付，即使每年按10%的收益算，也相当于13万多美元，也就是80多万人民币。

夜幕之中，我带着小虎从北京PIZ出来，呼吸着北京秋天凉爽的空气，没有因为一冲动就花了几十万元而心情沉重，反而感到轻松。在我儿子初一刚结束时，我就抓住机会，让专业的精英培养机构为他制订了这样一份6年的系统计划，这将是我儿子人生的重要转折！

接下来，初中的最后两年，由PIZ为他突击强化英语，保证他高中到了美国就能无缝衔接。美国高中4年，由PIZ的精英教学顾问团队辅导他一路走进他心中梦想的MIT，保底目标大学也是伯克利。哈哈，我可以不用出国陪读，不用天天监管，PIZ也能让我成绩普通的儿子，变成世界名校的精英。

我信心十足！期待着。

儿子又上学去了

他还是个贪玩的孩子，才16岁。

儿子走的时候我因为生病没去机场，后来我才知道，妈妈把他丢到机场后，他一个人在换票的时候才发现，预订的航班竟然是昨天的！于是赶紧改签，正好还有今天的空位，他拿出刚到手不久的信用卡支付改签费，一刷卡，偏偏此卡在4天前的12月31日已经到期作废了。

我不知道他是怎样说服机场的工作人员愿意为他垫付800元改签费的。他就这样登上了去北京的航班，然后在北京机场待4个小时，再转机去旧金山。记得几天前，他对我说他需要一个钱包。我很重视这句话，专门抽时间亲自去商店为他选了一个钱包，交到他手上时很认真地对他说：这是男人的第一个钱包。然后让他把迄今为止所有的卡都拿出来，然后教他如何将身份证、学生卡、保险卡还有信用卡之类分别放到不同的位置，然后又往钱包里面为他装了两张百元钞票……

此时此刻，他的新钱包里面还有没有美元，有没有人民币？除了那张不知什么原因到期作废的信用卡，百元钞票是不是已随着前几日的同学会不见了踪影？我的儿子在北京机场会挨饿吗？我试着给他发了一条微信，问他：在机场吃东西没？他回答说：我在等室友来给钱。

晕，这就是我的儿子。

上个月刚满16岁。高一。第一个学期。第一次放寒假从美国回来。

接他那天晚上，在机场出口第一眼看见他，我就发现他变了。长长的头发很潇洒，还染了金黄色，配上他还没脱离稚气的小鹅蛋脸，晃眼一看分不清是艺术学院的大学生，还是被成都高中开除的问题少年。我有点小失落，但在等行李的间歇短短几句交谈中，我突然又发现我儿子已经好成熟好懂事了。他在和妈妈以及姐姐姐夫见面拥抱，嘻哈打闹过后，第一时间悄悄告诉我，这学期他有一门课可能考砸了，是因为不熟悉考试规则造成的。我问他其他科考得咋样，他很轻描淡写地说都是做完了的。我一下子就明白这孩子不会让我太失望，知道我这当爹的心中最想知道他的成绩，先把不好的说了，还让我心里有底——其他不会很差。好有心了。

所以我就一直没再问过他成绩。在他回家的这13天里面，我决定让他想干啥就干啥，一直没正儿八经地和他说过学习上的事情。13天很短，但基本上还是让他嗨够了，无论是约同学聚会、吃饭还是看电影、K歌，都完全随他心意。这13天，唯一让我揪心的，竟然还是以前的老问题：打游戏。

从机场接他回家的路上，我明显感受到的是一个自信满满的少年，言谈举止中透露出留学生活的兴奋。除了听懂英语讲课没问题，成绩不输于美国本土学生，还有运动、比赛、作曲、交友，甚至还给我透露了他正在编写的手游软件，相信自己在高中就能挣钱。哈哈，回家的头两天，我还真看到他没事就埋头在电脑上写程序呢。仅仅过了几天，可能因为联系上了老同学找到了玩伴，他又开始打游戏了。本来打游戏也不要紧，关键是他一打游戏就兴奋，一兴奋就不容易控制。一失控就让我又听到他和游戏玩伴无所顾忌的尖叫了，又让我看到他一次次因为网速太慢着急得焦躁不安的样子。我的天，他还是暴露了贪玩孩子的本性。我的心又发紧了。

我不得不联想到他一个人在异国他乡，失去管理，没人把控的时候。

临走的前一晚，我故意来到儿子房间。儿子正独自在收拾行李，偌大的行李箱敞开着，里面装满了他的衣物，还有不小的空间是为别的同学带的东西。我磨磨蹭蹭在儿子的房间，一边看着他收拾行李，一边叮嘱他仔细点，不要遗漏什么。其实这些都不是我最想说的，我很想和儿子坐下来，认真地对他说，小时候那个有关MIT的美好愿望还在吗？那是需要出类拔萃才能实现的愿望，需要比一般人付出更多努力，需要高中4年一刻也不松懈才有可能实现的愿望。我还有很多的方法、技巧、步骤想逐一对他说……可是，可是我什么也没说出口。

我不想让儿子反感，也不想给儿子太大的压力。

所以，当我得知今天在机场发生的情况以后，并没太着急。我知道我儿子还不够细心，把妈妈和他讨论机票行程的对话截图，当成了回程时间确认。我也知道我儿子还没有经验，在拿到人生的第一张信用卡时不懂得关注卡上的有效期。我对儿子他妈说，以后就让他自己订机票吧，也让他自己联系美国住宿家庭接机吧。在儿子正待在北京机场等待转机的时刻，我打开了儿子学校的网站，看到了他高中第一学期的具体成绩，也知道了他这一学期每天的出勤情况，这些都已经不重要了。晚饭桌上，看到儿子的座位突然又空了，我的心中涌出更多的是对儿子的思念和儿子离开后的失落。

我的儿子，15岁多就送他去美国，经历了第一次远离家庭难忍的寂寞和生活的种种不适应，他也从来没有给我们传递过任何负面信息，健康、开朗、阳光地回到我的面前，这就够了。短短的寒假13天，我看到儿子因为粗心搞错了航班，但也看到他细心地去为每一位托他的人带东西。我看到儿子还没有识别信用卡的社会经验，但也看到从小学到初中连小组长也没当过的他，在同学中却越来越有号召力和人缘。我看到我儿子依然喜欢打游戏有时还失控，但我也看到过他在写程序，相信他编程自创的手游软件绝不会落空。我知道，儿子还贪玩，但他的确在成长！

我在今晚最想念儿子的时候，下决心从此对儿子放手了。虽然我对儿子的未来充满了期待，但不会再以我的方式去要求儿子该做什么和怎么去做。我不是教子专家也当不了牛爸，唯一能做到的只是为了儿子的那个愿望——哪怕只是他小时候不知深浅的一个表达，我都会为他创造条件努力去成全他，包括15岁多就把他送出国去，从此与他聚少离多。

老实说，我不知道那个愿望，如今在我儿子的心中是变得更加清晰还是模糊，但只要儿子心中美好的愿望没丢失，即使他还不够优秀，甚至偶尔贪玩，我也宁愿相信他，让他以自己的方式去历练成长吧。上帝保佑！

第一学期总结

这几天都在想，小虎到美国读高中的第一个学期，好像有什么失误。

小虎返校以后，我才用他留给我的学校网站账户名称和密码，看到了他第一学期的成绩：体育A、音乐A、数学A-、英语B、历史B、宗教B，GPA（平均成绩）3.28分（满分4分）。显然，这是一份不太理想的成绩单。

小虎说，英语成绩完全可以得A的，是因为不熟悉美国高中的考试规则，本来做得来的题目却被扣了分，但数学呢？数学应该是他的强项，为什么还是只得了A-，估计原因只有一个字：晃！再加上他本不擅长的宗教和历史，得了个B在情理之中，这两门课又能不能提升到A呢？

如果目标没有那么高，他这个成绩相当于百分制的八十多分，也不算太差，毕业时读个普通大学还是没问题。但如果是MIT，是常春藤大学，世界顶尖的一流大学录取过高中成绩有B的学生吗？

我又开始纠结了。

本来已经很明显看见了孩子的成长和进步，但又发现他的成长和进步中还有瑕疵，我是一万个不想给儿子施加压力，但又苦于找不到良好的沟通渠道。

这头一个学期，自从小虎独自去了美国，我就感到孩子像断线了的风筝，飞得无踪无影了。几个月说的话加起来也没有几句，我只知道他这一学期学了哪几门课程，但我不知道他到底学的什么内容；我只知道有住宿家庭每天接送，但我不知道每天放学以后他到底在干什么；我只知道他每个星期天要去PIZ

补一次课，但我也不知道到底补的什么学得怎样。

我突然感觉那么迫切地需要一个中介，来沟通我和小虎。远隔重洋，我不能正面从儿子那里了解到全部的信息，而沟通的纽带本来有两个：一个是寄宿家庭，另一个是PIZ。

关于寄宿家庭，我查了一下邮件和微信，发现几个月来同样也没说几句话。每次我主动问寄宿家庭，结果都是一切正常。除了孩子偶尔生病，寄宿家庭也不会主动给我说什么。

直到小虎放假回来，我才知道他和室友其实早就很不满意这个寄宿家庭，其中最大的原因竟然是挨饿。这个收入不高的家庭可能显得很抠门，早上不做早饭，中午自然也没有好吃的能带到学校，晚饭4个人4样菜，其中天天都吃花菜。小虎说他现在看见花菜就想呕吐。原来儿子几个月来经常饿肚子，难怪到后来，从小就很节约的小虎花的钱突然增加了，竟然是因为要买零食填肚子。

还有，寄宿家庭本来说好只送两个孩子上学放学，所以两个寄宿孩子的家庭每月各支付2500美元，这个价格已经算很高了，但实际上寄宿家庭每天还要接别的孩子放学，一路下来每天都要一个多小时才能从学校返家，耽误了时间不说，还把人搞得很累。

看来寄宿家庭这种方式是行不通了。那么PIZ呢，总结一下满腔热情寄予厚望的PIZ——完全不负责任，让人大失所望。

自从送小虎到美国上高中的时候和PIZ顾问老师见过一面，

收到过一次谈话记录，然后直到小虎放假回家我才知道，之前的顾问老师早就离开了PIZ。新换了顾问老师小虎不说PIZ也不通知，于是赶紧跟PIZ联系，调出这个几个月的谈话记录，居然有两个月根本就是空白，仅有的3次谈话记录也不过就是在表格上简单写了几个单词，一看肺都气炸了。

直到小虎放假回家又返校了，PIZ根本就没有任何人知道他第一学期的考试成绩，更没有人对他第一学期的实际情况分析总结，更谈不上针对他存在的问题进行纠偏辅导。PIZ之于小虎，纯粹就是每周日一次参加大班补课。小虎去也罢不去也罢，小虎在校学习好也罢不好也罢，好像根本就与PIZ无关一样。

小虎走了，我把两年前和PIZ签的合同找了出来，同时还有那份6年培训计划，还有当时PIZ的许多宣传资料。想起两年以前，那是一个多么美好的承诺。我提前6年就为儿子做了系统安排，参加所谓的“VIP精英人才计划”。一晃两年半都过去了，儿子到了美国，PIZ说好的“精英之家”早已没了，小虎不得不选择寄宿家庭，PIZ代替家长每天管理孩子课外时间、辅导作业完全成了空话。就连承诺了“有专门的学习顾问，随时掌握了解孩子的学习情况，并有针对性地为孩子安排补习”也成了空话。

手里拿着那份合同和资料，我的心一阵阵难受。我知道我上当了，但此时我已别无选择。我的前瞻性安排和大方的花钱，不仅对小虎的转变和提升没起到什么实际作用，反而被这份长达6年的合同捆绑。选择高中只能跟着PIZ到加州，而接下来的补习、培训、顾问、策划，PIZ一放水，一切都会付之东流。

算一算时间，离小虎高中毕业，只有3年半时间了。我只能紧盯着PIZ。

计划再好，也没有变化快。专门的寄宿家庭也好，专业的辅导机构也好，统统都是靠不住的，除非孩子本身就是自觉成长的拔尖人才。要想把普通学生提升为“精英”，家长单纯依赖任何机构任何人都得不到好结果。如同只投钱不管事就等着分利润一样，其结果往往都是竹篮打水一场空。

妈妈决定去陪读

妈妈终于开始收拾行李了。

妈妈和女儿女婿商量，今年春节一起到美国旅游，顺便也陪小虎几天。本来往返的机票都已经订好了，但小虎在美国高中第一学期的境况，让妈妈下决心这一次飞过去就留下来陪读。

我知道小虎妈妈其实是很不想去美国陪读的，至少现在还不想。妈妈也是英语哑巴，过去以后不是几天旅游而是长时间的生活，自己语言不通，又没有一个熟悉的亲戚朋友，所有的生活问题都得自己去面对，妈妈想到这些心里就发虚，脑壳都大了。

没办法。妈妈明白了问题的严重性，也认识到任何机构和任何人都是靠不住的。为了儿子不会在关键的年龄段走向歧路，妈妈没再犹豫，开始悄悄收拾行李。

我看见小虎妈妈真的行动起来了，就开始为她在湾区租房子。还是用我的老办法，先发现了一个租房网站，然后依靠翻译软件来选房，可恶的是谷歌浏览器在中国大陆使用网速太慢，要测量一下房子和小虎学校以及PIZ补习教学点的距离，往往还需要碰运气才行。

我花了整整两周的时间，依靠不伦不类的翻译结果，慢慢找到了好几家租房网站。我寻找的目标房子是：两个卧室，带家具，距离小虎学校和PIZ教学点都不太远，还要靠近购物中心和地铁。可怜我这个英语文盲，光是看地名就让我难受，看了一百遍也还是不能凭记忆把地名的单词字母写下来。我只好把小虎学校所在的Oakland附近的几个城市名称都用中文写在纸上，然后看着字母输入租房网上搜索。

一个问题冒出来了。拜PIZ所赐，小虎学校所在的Oakland属于黑人区，湾区著名的危险地带，发生过枪击案，我肯定不敢选择住在学校附近。于是想选择北面的大学城Berkeley，但一测量距离，距离小虎学校开车20多分钟，但距离南面的PIZ教学点要50多分钟（又被PIZ绑架）。只好选择Oakland南面的城市San Leandro，距离小虎学校只要10分钟，距离PIZ教学点20多分钟。

好不容易搜到San Leandro合适的房子，但心里还是没底。委托在美国刚认识的一个朋友去帮我看看，她住在南湾的San Jose，开车一个多小时跑到我选的几个公寓，一看进出的好多都是黑人，赶紧说要不得。我只好把目光再往南移，选Dublin和Pleasanton区域的房子，选来选去，朋友又跑去看了，最合适的一个公寓，居然就在PIZ教学点的旁边。

另一个问题又冒出来。美国的租房一般都不带家具，我固执地在几个网站找带家具的公寓，好不容易找到了一两个，托朋友帮我打电话询问，偏偏又没空房。我还让女儿帮我写了一段英文问话，粘贴在各个有房出租的公寓，结果收到回复邮件让百度翻译过来大都不知所云，没一家正面回答到底带不带家具。偶然之中倒意外地发现了一个专门租赁家具的公司网站，好吧，那就只好租家具了。

我在搞定租房的同时，小虎妈妈收拾的行李也慢慢堆积在客厅里面。她想一到美国就直接住进公寓，可以节省几天住酒店的费用，所以她要带4床棉被，还有锅具、餐具、茶具等等，她说美国那边食品便宜，但生活居家用品在那边买还是比国内贵。

我想尽量为小虎妈妈安排好最合适的公寓和家具，希望新家靠近购物中心和地铁，相对热闹可以减轻寂寞。从内心来讲，我其实是不想小虎妈妈这就过去陪读的，一想到离开的日子越来越近了，心里就有点发酸。一个52岁的女人，还要独自去面对语言不通的环境，小虎妈妈嘴上没说，心里肯定也有一万个不舍。

因为我们明白了，陪读是唯一正确的选择。对于低龄留学生来说，有了妈妈的陪读，至少可以让孩子在长身体的青春期得到足够的营养，保证身体发育；至少可以让孩子在心智成熟的过程中，不至于因为缺少沟通而变得畸形。

我们别无选择。

发现一个新大陆

对于任何一个会英语、生活在美国的普通家长来说，这根本就是最简单的常识，但对于我来说却无异于一个伟大的发现。

我是在整理小虎学校邮件时发现这个名叫Schoology家长管理账户的。

自从小虎进了美国高中，我就经常能收到学校发来的邮件，当然全都是英文的邮件。每次收到学校的邮件，我都会找百度翻译，翻出来的文字当然也是怪怪的。我一般都只有靠猜，倒也能猜个大概。只是这美国人太喜欢发邮件，无论什么鸡毛蒜皮的小事都会发个邮件，大多是日程、活动安排、着装要求，甚至包括停电通知等，远在天边的我，猜多了这些邮件自然也就不太认真了。

而小虎放假回家告诉我一个能在学校网站查考分和考勤的账户，我有点小惊喜，心想我至少能够知道儿子的真实成绩了。但当我在整理邮件中意外发现我曾经忽略了Schoology家长管理账户时，我的小惊喜变成了大惊喜，甚至是欢天喜地。

直到第一学期都结束了，我才弄明白，小虎的美国学校网站有两个家长账户：一个叫Powerschool，可以了解学生的成绩、考勤；另一个叫Schoology，可以了解学生的课程、作业、资料以及参加的兴趣活动，等等。所以当我打开Schoology那一刹那，我简直震惊了！天啊，原来这才是真实的美国高中。

在Schoology账户页面上，不仅能够知道学生这学期选上了哪几门课程，而且每门课程的开展进度都清清楚楚，包括教授这门课程的老师、一同选上这门课的同学（点击都可以查看其个人网页和发邮件），各课程老师提供的学习资料、通知，学生完成的作业及完成的时间。还有下周即将到来的课程内容、预习资料，即将进行的测试内容、分值。除此之外，还有学生参加的兴趣活动小组情况，学生自习情况，通知学生参加各种竞赛、社会活动，等等。

这个网页上还有一个日历栏目，点开日历，可以明明白白看到学生一周七天之中，每一天的每一个时段学生需要做什么和完成什么，而点开某一具体时段的标题，则可以看到学生实际的完成情况，甚至连学生提交的电子版作业内容都可以看到。

有了这个账户，小虎在美国高中学校的学习情况几乎已巨细无遗地展现在我的面前，以前对于孩子在校读书不知情的困扰瞬间解除。所以，当我发现这个账户是在高一开学时学校就发邮件通知注册时，作为委托机构的PIZ压根就没人看过这个；我又问住宿家庭，住宿家庭倒是一开始就注册了的，但只要没发生什么严重偏差就一切正常，住宿家庭不可能天天告诉我每一个细节。

我花了几天时间熟悉、研究这个账户，发现美国高中的这个Schoology家长管理账户和中国学校的“家校通”最大的不同点在于：美国学校是让学生明白每一天要做什么，而中国学校是让家长明白每一天要做什么。大多数中国家长接到“家校通”的通知，都是老师和学校安排家长要做这样，又要做那样，好像读书的不是学生而是家长，也好像教书的不是老师而是家长，中国学生家长确实苦不堪言。

再进一步琢磨发现，美国学校这个Schoology家长管理账户虽然只让家长明白学生什么时间该干什么和干了什么，并不像中国学校那样直接给家长布置任务，其深层原因还在于美国学校的学习机制。

首先，美国学校不是一考定终身，包括每学期的最终成绩也不是完全由期末考试决定的。一个学期当中，每一次上课出勤、每一次作业、小组讨论，以及每一次小测试的成绩，都直接作为本学期成绩的依据，所以美国学校不需要学生成为什么大考、统考、升学考试机器人，只需要用日常每一天的点滴积累，来判定学生的学习效果。小虎在第一学期英语课程，就是因为在刚开始的一次小测试中不熟悉规则得了低分，直接导致整个学期成绩变成了B。这说明，整个学期当中，只要晃悠那么一次都无法挽救，学生只能每一天、每一个时段都严肃认真地对待课程学习。

其次，美国学校课程量少，学习量却一点都不轻松。第一学期小虎只上了六门课程，其中两门还是体育和音乐，按中国标准判断所谓的主课只有英语、数学和历史、宗教。从Schoology网页的日程表上看，很多时候一天甚至只有一两节课，而且每天都是下午4点不到就放学了。但如果从日程表每一天每一个时段的任务来看，其学习量和任务量却一点都不比国内冲刺升学考试的学生少。美国老师布置的作业大多是分析性和实验性的。仅一个论题，就会让学生花大量的时间去收集资料，归纳总结。仅一个小实验，学生也会同样花很多时间埋头钻研、细心操作。

最后，美国学校注重学生的兴趣和想象力、创意力。我在Schoology账户上经常能看到老师发一个视频给学生，然后让学生看了视频做作业，只要学生的作业在知识上没有错误，在归纳分析上条理清晰还富有想象力就会得高分，而老师并没有统一的标准答案。还有些课程甚至参加了、提交了作业就能得满分。难怪小虎在刚开始上他偏强项的综合科学课程时，对我说这门课简直就是小儿科，而恰恰是这门小儿科让他在第一阶段考评中只得了88%的分值。美国人表面上看似傻，骨子里却非常精。

我把这些在美国人看来同样都是最基本常识的小儿科写出来，因为我知道，在把孩子送出去留学的家长朋友中，肯定还有大量的人直到孩子毕业，也从来没打开过Schoology这个家长管理账户。还有的家长，甚至连Powerschool账户也不曾打开。

与PIZ决裂

妈妈留下来陪读，最多只能起到两大作用：一是保证一日三餐的正常饮食，有利于十五六岁的孩子身体正常发育；二是监管，保证叛逆期的孩子不至于因监管缺位滑向逃学、吸毒等歧路。

每天早上，妈妈都要在高速公路开车半个多小时送儿子去学校，然后独自返回；下午3点多又要开车半个多小时去接儿子放学。每天两个来回，共计120多公里的路程，无论天气好坏，身体是否有病，都雷打不动，按部就班。有一天车还没开到学校，车胎突然爆了，这要是在中国，打个救援电话，一会儿就会有师傅前来换胎。但美国没有换胎服务，这类事都是自己亲自做，妈妈心里再酸楚，也得打开后备厢自己去搬备胎。好在儿子有动手能力强的天赋，居然能帮助妈妈把轮胎换好。

妈妈陪读的作用仅止于此。儿子的课程辅导、学科选择以及升学顾问，还有与学科老师的沟通，妈妈无能为力。我提前6年付了7万多美元给PIZ，“量身定制”所谓的“精英教育”，既包括初中两年的英语辅导，也包括高中四年的课外监管、课程辅导、学科选择、社会活动、领导力培养及升学顾问等，然而三年半的时间过去了，PIZ仅仅每周一次网络补习了一段时间英语，让孩子的英语标化成绩提高了1分，此外还参加过一次夏令营集体活动，其他就不闻不问了。尤其是到了美国以后，签约时量身定制的规划上，明明写有保证高中4年每学期成绩全A，但实际上即便学生成绩是全C、全D，PIZ也全不过问。照此下去，不要说高中四年把孩子打造成MIT所需的人才，就是普通的高中毕业也只能是差等生收场。

我心急如焚，每找一次PIZ，最多就派个临时“顾问”来象征性地问孩子几个问题，然后又消失不管；再问PIZ，上一次的“顾问”早已辞职，顺便又拉个人来问一下孩子。之前说好的一次性付款私人订制，全权委托，只等6年后收获一枚“精英”，完全成了笑话。就连孩子的妈妈不得不远赴重洋，守在PIZ门口也无济于事，这让我不得不绝望地意识到，所谓量身订制纯粹就是一个骗局，PIZ其实就是一个华人家庭办的杂烩作坊，有英语补习班，也对外承接升学代理等各种生意，根本没心思也没那么多专家会专门对一个学生进行长达六年的精英量身定制。后来更听说，连PIZ老板自己的孩子也没能“订制”读上常春藤大学。

我下决心和PIZ解约。按照合同PIZ只做了高中升学代理，市场价最多也就5000美元，加上一点英语辅导课程和几次“顾问”谈话，支付3.5万美元已经是天价了，PIZ至少要退还4万美元，没想到PIZ根本不打算按合同退还，反倒还要扣我的“违约金”。这就是那个毕业于常春藤院校号称为人民服务的“精英”的真实嘴脸，那一瞬间，气得我说不出话来。流氓不可怕，可怕的是流氓有文化，PIZ精美、大气、华丽的包装下，长达6年捆绑式的“精英订制”服务，其危害性比一次性补习、代理上当受骗更大。整整6年时间，正是一个13岁初中生到18岁大学生的黄金年代，PIZ的“订”而不“制”，反而使全权委托的家长丧失了关键时期对孩子本来应有的关照，因此PIZ不只是在骗取一次性费用，而是在糟蹋黄金年龄段的健康生命；不是在打造精英，而是让好孩子也更有可能走向堕落。

后来我做了一个调查，已经参加PIZ“精英订制”的中国大陆学生竟有60余人，合计支付330多万美元，折合人民币高达2100万元。绝大多数家长都是忙于国内事务，签约付款以后就放心委托了，因而这批学生比我的遭遇更惨。很多学生家长支付了6万～10万美元，除了在北京上过英语培训班，到了美国被安排在一所普通的社区大学，从此再也见不到PIZ的踪影。一个学生对我说，当他们明白了办理一个社区大学入学手续有多么简单时，想到节衣缩食的父母却为此支付高昂的费用，真想联合起来控告PIZ，但他们都是十六七岁的孩子，又哪有实力请律师打美国官司呢？衷心向往的美国梦一开始就已变成了噩梦，在他们刚刚启蒙的心灵留下了创伤，提起PIZ，孩子们个个都咬牙切齿地痛恨。

这次遭遇也颠覆了我固有的观念，那就是不相信国内的中介机构，迷信遵纪守法的美国人。如今回想起来，如果与国内正规的中介机构签约，即便出了问题还有政府部门可以投诉和处理。像PIZ这样的空壳机构，打起“为人民服务”的幌子，早把陷阱设计好了，以常春藤的名义，专门危害迷信美国的国内学生和家长。

哈佛妈妈Jenn

美国的高中学习已经被耽误了两学期，按照美国的惯例，最后一学年上期（12年级）基本上就要完成升学的标准化考试，准备好升学的个人资料，正式开始投递升学资料了。如此算来，真正的准备时间只剩下两年半左右。

我必须赶紧为儿子找到一个称职的升学顾问，根据儿子的实际情况，为他订制未来两年的规划。

这时候，我偶然认识了Jenn。

出现在我面前的Jenn，年龄已接近60，一身朴素的打扮，如同菜市场遇见的大妈，无论如何也看不出来，她是一名科学博士，还亲手把自己的三个孩子都送进了高不可攀的哈佛。

在肯德基的路边店，Jenn讲述她闯荡美国的经历。她是改革开放后国内较早来美国的留学生，依靠勤工俭学读完了大学本科，结婚以后又和老公一起，一个上班挣钱，一个继续求学，两个人轮换着都攻读了博士学位。如今两口子都在硅谷的科技公司上班，膝下两女一子，其中两个女儿已进入哈佛读研，最小的儿子高中毕业，也直接被哈佛录取。

Jenn到美国的前20年历经艰辛，在基本生活费都没有保障的前提下，攻读了博士学位。后面十几年，因为连续辅导自己的3个孩子进入哈佛大学，Jenn摸索出了一套美国名牌大学的升学经验，陆续有家长慕名前来，让Jenn开始利用业余时间，担任高中生的升学顾问。

Jenn没有宏大的叙述，更没有华丽的包装。她告诉我的都是一个又一个真实生动、具体操作的细节。无论是她和老公当年拼搏的经历，还是辅导孩子升学的过程，太多的情节让我感动。我感到眼前的这位女博士，就是一个工作狂，一个拼命三郎，是实实在在干实事的人，因此没有犹豫，马上请她做小虎的升学顾问。这一次，我终于选对了人。

Jenn接手后，马上从三个方面为小虎谋划：一是高中课程，GPA（平均成绩）和AP课程（大学预科）成绩；二是标准化考试，SAT和SAT2成绩；三是个人亮点打造及领导能力、社会责任感培养。签约一周，Jenn 就拿出了小虎高中后面三年的整体规划方案。

Jenn的丈夫曾博士亲自辅导小虎的高中课程。曾博士不善言辞，但肚子里有真货，做事既充满激情，又认真仔细。他一入手就进入了Schoology家长管理账户，了解小虎的课程学业情况，为小虎后面几学年选择什么课程以及选择课程的顺序做了精心安排，尤其是AP课程的选择，既要符合小虎个人的实际情况，又要达到名牌大学的要求，学习的时间顺序和难度安排是否合理都极为重要。曾博士还代表家长，多次和小虎的高中任课老师沟通，有几门课程对小虎来说属于难啃的骨头，之前缺乏与老师沟通，几近放弃，成为拖累GPA的累赘。有了曾博士与任课老师的多次交流沟通，明白了小虎学习困难的问题所在，对症下药，转危为安，保证了GPA不降反升。对于无能为力的英语文盲留学生家长，曾博士对孩子在高中学校整体学业情况的了解、把控、安排和沟通，无异于解决了最大的痛点。

每个周末，陪读妈妈都要拉上小虎，开车40多分钟到南湾的硅谷与Jenn和曾博士见面。从早上7点多出发，到中午12点多结束。先是半小时左右的谈话沟通，了解一周的学习情况，掌握孩子的心理动向。然后由曾博士重点辅导成绩较差的课程和标准化考试的课程。曾博士虽然长相精瘦，但他每次给小虎一对一辅导都显得精神十足，总是声音高亢、热情饱满，让人深受感染。曾博士还成立了科技兴趣小组，让小虎根据自己的爱好，选择一个科技小项目，亲自动手，反复实验，到11年级末期，居然申请了美国国家专利局和中国国家专利局的两个专利。

Jenn升学辅导最大的特色是个人亮点打造。对于个人亮点，Jenn没有像大多数升学顾问那样，在申请季来临的时候，想方设法为学生进行虚假包装，而是独辟蹊径，创立了美国心连心公益组织和湾区高中生Hearts青少年国际会议组织。两个实体机构都由学生自发组织、亲自参与，而且长期坚持，最终形成真正的亮点。

连续三年暑假，小虎都要和心连心公益慈善组织其他成员一起，到陕西蒲城、河南兰考等贫困地区为农村贫困留守儿童发放助学金，捐赠图书、计算机，筹建图书馆；为农村贫困留守妇女发放P2P小额贷款，帮助困难家庭发展种植和养殖业，亲眼见证她们的生活一年比一年改善；还与西安晶吉鸟智障儿童福利院建立定点联系，每年都为他们送去食物和用品，与智障儿童一起唱歌跳舞，游戏娱乐，成为智障儿童的朋友。这样的活动，搞一次并不难，但真正连续坚持三年搞下来还是很不容易的。第一年小虎只是普通的参与者，到第二年变成了组织者，到第三年完全成了牵头人，我看见小虎一点点在变化，看见他行走在乡村的道路上，一年比一年信心满满、意气风发。

在中美高中生共同参与的青少年国际会议上，首次站上讲台的小虎声音弱小，还有几分胆怯。到了第三年，他已成为会议的核心主办人，无论是主持会议、发表演讲，还是面对摄像机镜头的采访，都已经从容淡定，侃侃而谈。这样的亮点是自身成长、成熟以后形成的，任何包装也达不到如此效果。

自从Jenn做了小虎的升学顾问，我和陪读妈妈再也不用检验学业顾问的工作，反倒是每天被顾问催逼，配合做各种事务，忙得不亦乐乎。有一次见面和培训结束后已到中午12点半，妈妈开车返回的路上，小虎突然说："我决定今后不要娃儿了，免得他累我也累。"妈妈知道儿子已经有情绪了，但高速路上车速太快不敢分心。随后传来一阵低声的抽泣，儿子竟然已精神崩溃哭出来了……妈妈问儿子有什么委屈吗，儿子说没有，就想发泄一下。临近一点半回到住处吃了午饭，儿子说先小睡一会儿，依然让妈妈2点半准时叫他起床。无论内心是否情愿，妈妈发现，被耽误懒散了两学期的儿子，最终还是适应了Jenn和曾博士设定的高速奔跑节奏，走上正道了。

而Jenn几乎每天只休息几个小时，经常是半夜或者凌晨就在和家长沟通，任何时候看见她，满脑子想的都是升学的事，不漏过一个细节。因此，小虎从高中10年级到12年级这3年，也几乎没有一天空闲的日子。在校期间要攻读课程学业，还要拿下几门高难度的AP课程；还要准备SAT考试。一放假回到中国，又要长途跋涉，行程几千公里参加心连心公益活动和国际会议演讲。在此期间，他还连续3年参加了行走中国公益组织播种者支教活动，每年都到重庆的武隆山区学校，给山区学生上20天英语和数学课，还写出了远程教育企划方案并创建了播种者的教学网站，招募志愿者在网络平台与山区学生互动，为大山里的学生打开一扇认识了解世界的窗口。

这才是我想看见的正常状态。儿子终于有了变化。

纽约大学ED录取

申请季来临了。

小虎12年级上学期，也就是2017年10月，就该递交大学申请资料了。9月初我就飞到旧金山湾区，全程参与小虎的大学申请。这时候，我已基本上明白美国的大学申请有两个网络系统，还有加州大学系列的独立申请系统。申请的流程有ED、EA、RD、RO等。概括地说，选择ED提前录取，就只能申请一所大学，录取了就必须入读；选择EA提前录取，可以申请多所大学，录取后选其中一所大学入读，但录取率极低；RD是提前录取以后的常规录取，RO是滚动录取，无截止日，录完为止。从每年10月中旬到第二年2月，大致都是申请时段。

盘点小虎4年时间的美高学习收获：学校GPA成绩只有3.7分（满分4.0分），这是一个中等略微偏上的学习成绩，在学校排名前40%，这样的成绩想读常春藤级别的顶尖大学，基本无望。标准化考试SAT成绩1450分（满分1600分）。2017年5月在美国考过一次，成绩只有1280分。眼看离递交申请只剩下最后几个月了，我在网上发现上海三立英语培训机构很专业，果断地在7月给小虎报了为期21天的考前突击培训，结果竟然回美国考出了他最理想的好成绩，一下子提高了170分。这个成绩勉强可以达到前30名院校的入门条件。除此之外，小虎还通过了微积分、计算机、物理、化学等5门AP课程考试，还有SAT2数学考试成绩也不错，这两样特殊的成绩，可以把他从中等行列稍微往上拉一个档次，也为他想申请的计算机专业加了一道保险。

最后一个收获是个人亮点。感谢Jenn和她老公曾博士，经过3年多时间坚持不懈的努力，小虎能够拿出两张美国和中国国家专利局的专利证书，心连心慈善组织帮助农村留守儿童和留守妇女的扶贫成果，3次青少年国际会议的演讲和组织，还有行走中国播种者持续3年的山区学校支教等，让小虎的申请资料变得丰满生动。

我把美国TOP100综合性大学申请截止时间汇集成表格，开始研究美国各大学的录取条件。小虎该申请什么等级的大学，选择哪所大学ED，一开始就出现了意见分歧。

Jenn根据当年申请人数众多，SAT考分普遍偏高的情况，提出目标学校级别不宜太高，前30名不用考虑，在前50名的范围内，选择西雅图的华盛顿大学作为ED录取就很不错了。提前录取的ED只能申请一所学校，而且录取了就必须就读，所以ED的录取概率也相对偏高。如果ED学校选择档次太高，一旦错失ED录取机会，到RD阶段申请的学校不再降几个档次，落榜就很有可能了。

小虎高中学校的美国升学顾问老师则更加保守，专门约谈了家长，对我和陪读妈妈说，一定要有保底的学校，她把小虎填写的拟申请学校大多打了叉叉，添上的学校有弗吉尼亚工学院、亚利桑那州立大学之类，全是排名100以外的学校，甚至连排名也没有的圣荷西州立大学也添上去了。我和小虎妈妈还专门去了一趟这所学校，在圣荷西城里，竟然有上万名学生。学校没有名次，但由于地处硅谷，学生就业还不错，基本上就是培养码农和电脑民工，感觉几年的努力，费了一大堆劲，最后读了个美国的蓝翔技校，心里有一种怪怪的滋味。

我在小虎高中学校的网站上，可以看到这所美国高中历年被各大学录取学生的GPA和SAT分数段图表，经过仔细分析对比，我感觉申请纽约大学还比较靠谱，于是又仔细阅览了纽约大学的网站，当然都是通过电脑不伦不类的翻译，又看又猜，有了大致的判断。于是我坚持小虎的ED申请就选纽约大学，小虎本人也同意这个选择。而纽约大学排名恰恰在前29和30左右，一般都将前30的大学视为世界一流名校，目标拉高，大家心里都捏了一把汗。

美国大学的申请，除了GPA、SAT等考试成绩和个人亮点展示外，还有一个重要的环节，那就是申请文书的撰写。目标既定，考试成绩和亮点展示资料也已然成形，无可改变。申请文书如果能打动招生官，那就能起到临门一脚、一锤定音的效果。为此，曾博士亲自上阵，辅导小虎撰写申请文书，每一稿写成之后，我又用翻译软件看个大概，提出修改。如此反复，数易其稿。其中好几次都是将写好的文书完全都推翻了重写。记得当年纽约大学的申请文书题目有两个，一个是申请系统统一要求的文书《挑战自我》，另一个是纽约大学要求的文书《我为什么选择纽约大学》，都只限定在几百字之内，要从众多的申请文书中脱颖而出，打动人心，辅导老师的功力和认真程度显得极为重要，小虎的最后一稿改出来，我也眼前一亮。

2017年12月16日，半夜接到喜报，小虎被纽约大学提前录取了。这一刻，儿子很兴奋，我也很激动。想起6年前，为了一个懵懂的梦想，我带上初一刚读完的小虎飞赴北京，确立了美高留学的道路，虽然遭遇了黑心机构的欺骗，虽然还是未能跻身最顶尖的MIT，但因为有了妈妈果断选择的3年时间陪伴，有了Jenn和曾博士这样认真负责的学业顾问指导，最终依然把一个在国内读高中最多只能考上二本院校的普通学生，送进了世界一流名校。当时总共只申请了5所大学，除了佐治亚理工学院一所未成功，小虎后来又收到了西雅图华盛顿大学、加州大学圣地亚哥分校、伍斯特理工学院的录取通知，均为前30～50名大学，所有备用那几所保底学校一个也无须再申请，这样的结果令人满意。

作为家长，在儿子18岁成人之前，有责任为他把握方向，铺桥引路，让他站上一个宽广的舞台。接下来，我和陪读妈妈都已放手，以后的一切，就看他自己的造化了。

带孙：
我只是个业余爷爷

一

吃过早饭，外婆下楼买菜去了，我把可乐喊到桌边，开始正式给他“上课”。

可乐摸出一本他带来的书，是奥特曼的绘本。我打开一看，意外地发现，每一段故事开始之前，都要求先认识一个汉字，而我打开的这一页，第一个要认的字，是“发”。

早晨起来刚刷过朋友圈，看见好多人都在拜财神，方知今天乃是与财神有关的日子。没有想到，我第一次准备正儿八经给可乐辅导点文化知识，教他认识的第一个字，竟然是财神爷送来的“发”。

我对可乐说：太好了，今天就学这个字。这个字读发！发财的发、发红包的发……

可乐一开始还笑嘻嘻地跟随我读：发财的发、发红包的

发。当然，还有可乐头上卷卷头发的发，我们坐的大飞机上发动机的发。我寓教于乐，尽可能生动地给可乐描绘这个发字，可乐也和我一起读得不亦乐乎。我见他上了道，就让他拿起笔和我一起来写这个发字，心想多写几遍，他才可能把这个字记得住。不料可乐勉强拿起笔，却并不乐意学写字，随意在本子上舞了几笔，见我非要他按我教的笔画写下去，竟然把书和本子猛地用力一掀，号啕大哭。

可乐一急起来，刚才那个乖咪咪的小孩马上会变成一头小横牛，不仅眼泪花花直往外涌，而且小脸蛋上眼睛都急成了一条线，跺脚，甩手，声音嘶哑，任随情绪泛滥。我今天的角色本来是想当个老师，就像正式上课一样，自然不允许他耍横。我强硬地把他往桌子边上拖，他却手脚并用拼命挣脱。我想像他妈妈教训他那样让他在墙边罚站，还没等我把他推到墙边，他已经开始用手抓我的脸，还用嘴巴咬我的手。我恐吓着打他的屁股，没能让他屈服，反而激起他更加声嘶力竭的对抗。我面对的已不再是个只有4岁半的小男孩，而是一头发了疯的小野兽。

我束手无策。

二

几年前，自从当了爷爷，我的脑子里就经常冒出一个成语：含饴弄孙。

此成语典出东汉章帝想给几个舅舅加封，其母马太后对他说：如今连遭大灾，谷价上涨，我因此忧心忡忡、坐卧不安，这个时候实在不该再谈分封外戚的事。等到国家安定，年年丰收的时候，你就可以完全按自己的意愿处理政务，而我自然可以嘴里含着麦糖逗弄小孙子，不再过问国家大事了。

我不是马太后，我的子女也不是皇上，都不用操心国家大事，所以自从有了可乐，我就真的一直是靠拿着糖果，逗弄小孙子玩。

可乐出生之前，女儿备受煎熬，连续几次孕而不育，几乎让她精神崩溃，四处求医，才终于怀上了可乐。这第一个出生的孩子，自然成了女儿的心肝宝贝，不惜辞了工作，也要自己亲自抚育，点点滴滴、巨细无遗，一切都得遵循她的育儿经。曾经大大咧咧的女儿，转眼间几乎变成了精细化的育儿专家。因此，我要见到可乐，只能等到某一个周末，女儿带孩子回家；或者偶尔约定，在某个地方碰面。为了吸引可乐，每次我都会立即准备一颗糖，见面第一句话就说：爷爷的包包有什么？然后让可乐伸出小手在我的衣兜里摸出糖果来。久而久之，只要我一拍衣兜问，爷爷的包包有什么？可乐都会说出糖果两字，而且自然会扑向我的怀里。

有了糖果的吸引，以后女儿带孩子回家，我和外婆都能够单独把可乐带出门了。固定的节目是，坐小区观光车到麓镇的红旗连锁，给可乐买一根花瓣棒棒糖或者一小瓶彩虹糖，女儿只允许每次给可乐买一颗糖，可乐也基本上不会多要。嘴里含着糖，顺便还能把他带到广场上的儿童滑梯玩一会儿。不知不觉，可乐已经4岁半了，可乐的妹妹七喜也已经2岁多了，两个孙子与我的关系，似乎一直只有一颗糖的距离。

三

而今年春节，当我决定过了大年三十还是去三亚度假，可乐异常坚定地表示愿意跟我们走。可乐的这一态度，反倒让我和他外婆有了犹豫，也让女儿女婿犹豫了一两天，最后还是下决心给他补买了一张机票，真的说带走就带走了。

初二的清晨，可乐爸爸把他送到机场，刚刚从汽车后排被摇醒的可乐，懵懵懂懂让我牵起小手走进了机场大厅。一进门就需要安检，当我们把行李都送入传输带时，可乐却死活不愿意把他背上的小书包取下来过安检。我心想，糟了，才第一道关口就卡起了，真的就这样把他带走了，万一到了三亚他就吵闹着找妈妈咋办？万一这十几天他都根本不服从管理咋办？

离开成都之前，本来已经想好，这是外公外婆第一次单独带可乐出行，半个多月的时间相处在一起，我想至少要做到三点：第一，绝对保证他的安全和健康；第二，尽量让他玩得开心尽兴；第三，我还想做一个有文化的爷爷，趁此机会教他读书写字，所以特地把儿子当年读小学一年级的语文课本找出来，另外再带了一本中国经典童话——总共两本书，没有过多的期望，只想以此排个头，形成习惯，以后可乐每次见了爷爷，都靠知识吸引而不只依赖糖果了。

尽管我已有心理准备，但到了三亚才看见，走之前女儿已悄悄留了一封信，标题就是：陪伴可乐的注意事项。

女儿整整罗列了10条，密密麻麻写满了一大篇纸。具体内容包括：多喝牛奶少喝饮料，牛奶只喝特仑苏；防晒！！！出门一定要搽防晒霜（在他箱子里）；学习数字、字母、英语小书、故事书、绘本，平板电脑里的游戏每次定好闹钟只能玩15分钟；幼儿园布置的假期作业：认识树林和了解《西游记》；写字注意坐姿，不要太近；每天早上外婆做饭，外公就带他写一篇数字或字母，写了才准出去玩；注意安全！！！！后面打了4个惊叹号，而且着重点是：尤其担心外公和可乐独处的时候，看手机发生意外，伤了别人或自己，特别是人多的地方和水边。特别注明可乐现在有点野了，会自己跑开，一定要拉好，一刻都不能离开，千万不能耍手机！不能耍手机！不能！又重复了三遍。还有就是晚上8：30到9：00睡觉。还特别指出可乐现在很有自尊心了，很听得懂大人是不是在骂他，不要对他说“这个娃儿好笨哦”“这个娃儿咋回事哦”之类的话。最后还留了一句，如果带不动了，或者可乐想回家了，就让他回来嘛。

看完这满满一大篇留言，字字千斤，句句沉重，可以很明显地感觉到，女儿对外公外婆单独带可乐外出度假，心中无底，还满腹忧虑，也让我突然体会到，真的要带孙子，哪里只有“含饴弄孙”这么轻松。

四

到了三亚，第一次给可乐当老师就卡住了，我不敢太强硬逼迫他识字写字，只好先让他玩。

只要带可乐走出家门，无论是小区的院子里，还是到大街上，到旅游景点，我都是百分之百地绷紧神经，长时间、持续性，全神贯注盯梢，像个移动的摄像头。

我最基本的工作就是盯住他，一刻也不能脱离我的视线。

在人多拥挤的大街上、商场里，我会拉住可乐的小手，不让他脱离。但只要一停下来，比如选购商品，或者买一瓶饮料，手刚一松开，可乐就有可能像一条小鱼从我身边滑走，我只能寸步不离紧跟在他身后，他往哪里跑我就跟着跑。最紧张的是到了旅游景点，人山人海，大人多，小孩也多，只要几个大人停下来说几句话，稍不注意，可乐已溜到旁边卖东西的柜台边，或者和其他不认识的小孩搭上话，几个小孩一跑起来，很快就会脱离视线。尤其容易放松警惕的是同行还有其他几个小孩，即使是有比可乐大一点的小哥哥，也不能独自让可乐跟着小哥哥跑开。因为小哥哥不会像我一样一直把可乐盯住，万一小哥哥回来了，可乐不见了，小哥哥也说不出所以然的。

所以，无论可乐是一个人还是和几个小孩一起玩，我都只能目不转睛地盯住他。在海边的沙滩上，我给可乐套好游泳圈，带他下水走进大海。海水中有无数的人头攒动，密密麻麻起起伏伏，可乐的小脑袋浮在水面，有时候只是一个小不点，我的目光也只能一直将他牢牢锁住。他在海水里扑腾得很嗨，我的眼睛盯得发涨。

即便是在小区的公共区域玩耍，我也丝毫不敢懈怠。小区的公共空间很大，住户都是全国各地互不相识的业主，很多大人都带小孩来度假。沙坑、滑梯、秋千，小孩子聚在一起都会很兴奋，但没有一个大人会把小孩放到这里就离开，几乎都是在旁边守着孩子们玩耍。外婆给可乐买了一个滑板，可乐和其他小孩一溜起滑板来就完全无法掌控，经常是眨眼的工夫就不见了踪影。正是晚饭后夜色朦胧的时候，小区里总会有那么多黑咕隆咚的角落，可乐一脱离我的视线，我的脑海里马上就会浮现出人贩子的身影，正躲在某一暗处，张开一口麻袋要套可乐。我只有紧张地跟在滑板后面，不停跑动，无论滑板溜得有多快，都不能超出我能看见的范围。

我没想到，带孙子首先得做一个合格的暗哨，训练有素的特工。只是盯人这一简单的动作，就不能有丝毫马虎和任何闪失。说起来简单，实际上“亚历山大”。

五

要想小孩和你亲，首先让他玩尽兴。

孩子的天性就是玩。新鲜刺激，玩起来很嗨的地方，必定是孩子的首选。

我带可乐去亚特兰蒂斯水上娱乐世界，可乐一路都兴奋无比。他哪里知道，50多岁的爷爷，平生才第一次亲自参与类似的娱乐项目。我小的时候，没有一次被大人带进过游乐场；长大了走进游乐场，对那些惊险刺激的娱乐项目只能敬而远之。但这一次我没有了依赖，只能亲自上阵。怕冷，也得下水；怕晕，也得跳上那些高耸旋转的滑梯。

我先带可乐去冲浪。踩上凉意浸人的海水，我把可乐抱上了双人的救生圈，尽管感到浑身冷飕飕的还是下决心一屁股坐在了水里。我和可乐奋力滑动，驶向了冲浪的水道。我发现，当只有我们两个人亲密无间地躺上救生圈后，可乐已与我完全配合，心与心的距离顿时消失，一种从来没有的融合感让我感到心暖。漂浮到急流险滩，救生圈随着汹涌的波涛翻滚，肆意漂荡，乘风破浪，巨大的浪花打在脸上和身上，我们安然躺在救生圈上，留下一路喊声和笑声。漂了一转下来，可乐意犹未尽，我又带他漂第二圈、第三圈、第四圈……我明显感觉到，可乐已经玩嗨了。

这一漂，把可乐和爷爷的距离拉到亲密无间的境地。我又带他去玩其他娱乐项目，浅池塘里玩水已经激发不起可乐的兴趣，我便带他去高空水上滑梯，这一次鼓励他自己爬上滑梯，他对准一个滑道口就钻进去了，手舞足蹈从空中管道里冲出来。然后是更高一级，可乐依次战胜了自己。直到只剩下最高一级滑梯，我一鼓励，可乐竟然言听计从，和以往时不时唱一出对台戏完全不同，他勇敢地爬上了最高点入口，我在视频镜头里看见他都走进去了，然后又被管理员拉了出来。尽管因为身高不到1.2米不让他玩最高点的滑梯，但可乐勇气可嘉，而且完全听我指挥了。可乐的勇敢胆大，和他妈妈与舅舅小时候的胆怯怕事形成鲜明对比。

我带着可乐继续挑战我们的极限。有一个项目是拿一张泡沫垫子，人平躺在垫子上从50多米的空中水道上冲下来。可乐在入口处又因为身高不够被拦住了，我没有放弃，一个人朝高台上走去，想给可乐做个榜样。我不知道这个项目的具体环节，一边往高台走，心里却一阵发虚。到了高台顶端，当我面对一个竖向的大管道，将垫子平铺，然后头朝向管道口，身体平卧在垫上，双手朝前伸直抓住垫子。此刻，我的心里有一万个理由想放弃，这可是我平生第一次真正在做未知的冒险游戏啊。我睁大眼睛盯住管道口的一刹那，水流一下子把我整个身体推入管道，向下冲击的过程中，先是一阵旋转我还能紧紧抓住垫子，保持平卧向下姿势。突然间急剧加速，剧烈旋转，左碰右撞，飞速下坠，冲出弯曲的管道是50多米高的外接水滑梯，我没能从这50多米的滑梯卧身滑下。不知在管道里的什么地方，我的双手已被甩离垫子，身体蜷曲，裹挟翻滚，停住的时候已被甩在外接滑梯的中间。好在人没受伤，只是心有余悸。

我依然决定带可乐玩一个刺激的娱乐。正好有一个项目允许1.2米以下的儿童参加，我又和可乐排队领取了双人救生圈，带他爬上了高台。这个项目是双人对坐在救生圈上，然后被水浪冲进一个向下的管道。几乎与上一个项目相同，人在管道里旋转起初还很平和，但也是突然之间剧烈加速，旋转更快更猛，而且时间更长。加速的那一瞬间，旋转下坠如同狂风闪电，我做出兴奋的样子，摇头晃脑大声喊啊……天旋地转之间，我看见对面的可乐整张脸都僵硬了，神色凝重又努力保持清醒，两只小手始终抓住救生圈两边的扶手不放。在旋转晃荡最为猛烈的几个回合，人的身体每一秒钟似乎都会被甩出救生圈，可乐也并没有露出一丝惊慌失措的神色，直到坠入水底甬道平缓下来。

估计可乐事先也没料到，这个娱乐项目与之前的漂流等项目相比会如此猛烈，感受到紧张惊险，也更兴奋刺激。出来以后还忍不住说，和爷爷玩得最嗨。

六

女儿亲自带可乐长到4岁半，一直按她自己的育儿理念精细化抚养，因此可乐发育健壮，虎头虎脑，阳光外向，满头自然卷发，洋娃娃样子的小帅哥一枚。

可乐从小还很聪明，反应快，语言多。两岁的时候，他想要的东西而得不到，竟然会对我说，爷爷，这不公平。在三亚小区内爬滑梯玩的时候，我听他和一个业主老头斗嘴，内容大致是可乐说到四川、成都，炫耀有大熊猫，有多么好玩。老头说他们西安也有什么什么好玩的，以后不要你去。可乐竟然说，都是中国，习主席管的地方，你敢不要我去！老头大吃一惊，感叹道，这么小的小孩，咋个会说这么多。

在三亚国际免税商城，可乐看上了一套乐高玩具，外婆同意给他买，但这里买的东西要离开三亚上飞机前才能提货，而可乐心里想的是买了就拿到手。无论给他怎么解释也无法让他明白为什么买了却不能拿走，因此即使买了，手里无货，可乐也只会认为骗他没有买。售货员见状，说出门过桥免税城二期还有一家店，可以当场拿货。于是带可乐出了免税城，见他嘴里一直在念叨“二期”两个字，眼睛寻找着哪里有桥。我骗他坐上车，说带他去找“二期”，将车开到一家商场顶楼吃晚饭，尽管吃得很嗨，但却并不能让他忘记“二期”，我心想骗是骗不过去的了，只好说这里就是二期，吃完饭在楼下商场里给他买了，让他抱起乐高盒子高高兴兴回家。

我给可乐讲故事——其实就是朗读他带来的绘本。外国人写的童书，一个故事好几页也讲不完，在我看来又臭又长，连名字也是一串字，但我还得绘声绘色地给他朗读，可乐也听得很专注。我读得有点累了，就跳空一两段选读，可乐马上就会发现少了内容。读到后面，我按自己的想法续编一段故事，可乐立刻就会发毛，又板又闹起来。

我发现陪可乐玩自己还能应付，但要给他当老师，教授知识文化，我却真的还有点傻。本来想给他讲一点传统文化故事，或者教他几首优美的古诗，但却不知道如何首先引发他的兴趣。试了几次，也未能找到可以引他入坑的兴奋点。就连识字，也仅限于他带来的识字卡片，每次最多读七八个字。一次教的字数多了，或者已学的字重复考问的次数多了，他都很有可能在一瞬间炸锅，闹起来就不可收拾。

说到可乐的毛脾气，也就是突发性的急躁，不仅在学习的时候，玩耍中也随时都有可能爆发。

刚到三亚那几天还有3个大孩子一起玩。可乐的两个表哥，一个大他几岁，一个大他十来岁，加上同楼层邻居大他十来岁的哥哥。可乐很想和他们一起玩，他们做什么可乐都想参与。在西岛游玩的时候，3个哥哥坐上了电瓶车最后一排，我看见可乐二话不说就跑上去，一屁股坐在哥哥们的身上。他以为大哥哥天经地义就会让他，但要是别人不想让他呢？不让他就会急，一急起来就出手打人，而真打起来又打不过大哥哥。我对可乐说，不是每个人都会让他的，但这样的说教他就能听得进去吗？真要有切身体会，就让他在外面多碰几次壁挨几次打，这样我又能忍心吗？

同行还有个大可乐一岁多的小姐姐，可乐想和她一起玩，想引起她的注意，采用的方式却是不断骚扰、捉弄和搞怪，诸如撒一把沙在别人身上、抢走别人手里的东西之类，直到把小姐姐搞得号啕大哭起来。本意是亲热，动作却整人，这让可乐经常碰壁。在小区的沙坑边，可乐想与路过的小朋友套近乎，就亮出手里的铲子比画说，咻咻咻，我有这个你没有，结果自然是别人不想理他。

有几次我都亲眼看见，可乐想和其他男孩打招呼，就拿手里的东西撞人家一下，结果两个人打起来。我狠狠地教训可乐，以后绝不准先出手打人，结果又看见有几次是其他男孩先出手打人，可乐奋力还击，扭成一团被拆开。我又狠狠地教训可乐，以后在小区里玩耍绝不准打架，结果我又看见有一次，一个男孩突然攻击可乐打了他几拳，可乐没有还手痛得哇哇大哭……我的心完全凌乱了。先打人不对，还手打人不对，被人打不还手更要吃亏，我自己都不知道该咋样才最好。看来这盯孩子的工作不仅是防范人贩子，还有预防意外发生，防止伤害和被伤害，以及大人和孩子之间一系列为人处世之道。我第一次体会出，带孩子绝不仅限于当保姆，而是一门很专业很系统的学问。我在这方面的知识储备和专业技能，基本为零。

原来我一直只是个业余爷爷。

七

真正与可乐生活在一起，我才发现带小孩其实更多意味着陪伴。在公众场所盯住他是一种陪伴，和他一起玩耍、学习也是一种陪伴，这种陪伴贯穿一天中的24小时，甚至在他睡着了也要在12点摇醒他起来撒尿，在后半夜为他盖几次被子。

从每天早上睁开眼睛起，大人一旦带了小孩，便几乎没有了自己的空间。我和外婆带可乐上街逛商场，带他到旅游景点和游乐场，带他到海岸边玩沙冲浪，带他在小区里游泳、玩滑梯滑板，但依然有大量的时间需要陪伴。比如在外面玩了一整天，回到家已累得精疲力竭，并不意味着就可以把可乐晾到一边不管，他还是会继续缠住我们俩，我们也只能继续陪他兴奋，陪他放电。

这是一个不计加班却没有下班时间的工作。

当我还陶醉在精力充沛的年龄段，突然间就成了爷爷；当我还在看别人才像老头儿，自己已手牵孙子。“乐以忘忧，不知老之将至”，没有任何思想准备。做爷爷，我真的还很业余；但现实中孙子的角色，却十足的专业。

和之前“含饴弄孙”，见了面就拿糖果逗一逗不同；也和女儿一家隔周回来一次，最多忙一顿饭，吃完了就送人不同，这一次，我独立当起了全职爷爷，十几天时间，没有上过几次网，读过几页书，更没有写一个字。很多时候，都是外婆起床后，先带可乐到小区玩一会儿，吃完早饭又陪他识字、写字，画画，组装乐高玩具飞机。中午吃完午饭，外婆实在来不起了，想眯一会儿。我只有接力外婆，将可乐拉到电脑前，用汪汪队的动画将他黏住，外婆才能稍微休息一会儿。下午还要带他去游泳池或者海边沙滩，晚饭后还要陪他和小区里的孩子们疯耍，回家后还要做一会儿游戏，直到给他洗完澡，都还有最后一项——躺在床上讲故事。一个故事还没把他的电放完，那就再讲第二个……

我平生不喜应酬，最烦就是陪人，但陪伴孙子却完全是另一回事，还真没有产生过厌烦。陪孙子，不仅要时时刻刻盯住他，还要陪他一起疯，一起傻，一起乐。他要在沙滩垒碉堡，我如果陪同在旁，他会很乐意；但如果亲自和他一起挖坑垒沙，还做得像模像样，他的高兴则完全不同。他如果要画一架救援直升机，我不会画也得赶紧在手机里搜一张，照着画出来。他如果提出再稀奇古怪的问题，我都要逐一耐心回答；他如果将已经听了N遍的故事绘本又递给我，我还得用普通话绘声绘色地给他读出来……

这样的陪伴，没有烦恼，只有苦累。作为累的回报，那就是孙子与我的亲。一起生活了十几天，可乐嘴里已随时都是爷爷和外婆亲，最喜欢与爷爷和外婆在一起。甚至要求延长假期，和我们多待几天；要求回成都以后，住在爷爷和外婆家再“隔离”14天。

每天早晨和晚上，我坐在阳台上看手机，可乐都会跑过来往我身上爬。我看抖音他就跟我看抖音，还不停地帮我刷屏。当他暖暖的一团，静静依偎在我的怀抱中，和我完全黏在一起，我能清晰地闻倒他浑身散发出稚嫩清香的气息，这份空气里也呼吸不到的气息，像迷药融化我的心，让我彻底领略到骨肉亲情。

遥想我出生的年代，每家每户都有多个子女。父母为稻粱谋，小孩放敞马养，大多数时间，我几乎都泡在街巷里弄瞎混，自然体会不到长辈的亲情陪伴。而我的一对儿女，都是母亲和岳母分别带大，自己几乎从没有操心陪伴。我人生中所缺失的一课，现在该由下一辈的孙子来弥补了，这是我的福气，也是上天赐予的幸运。

看病：
最可信的专家是自己

我的“心脏病”突发经历

很平常的一个下午，最后一个离开办公室，外面正下着夏日高温天久违的大雨，一个人驾车刚刚驶进高速，突然，我的心脏地震了。

没有任何征兆，心脏的地震却来得那样陡。我无法判断是感觉出问题还是真的心脏病发作，于是拼命转移注意力，打开音乐，哼歌；打开车窗，透气……心脏的抖动却越来越厉害，整个胸腔越来越紧，手脚发麻，肚皮也发麻了。

大脑的意识还是清醒的，但我不知道该在路边停车还是继续把车开到出口。这几天老婆不在成都，赶紧给女儿打电话。打通了，不接；再打通了，还是不接。我的意识在喊叫，快接啊，快接啊，如果我突然栽下去，这可能就是最后一个电话……女儿终于接了，刚下班回家。我下决心让她帮我打120，

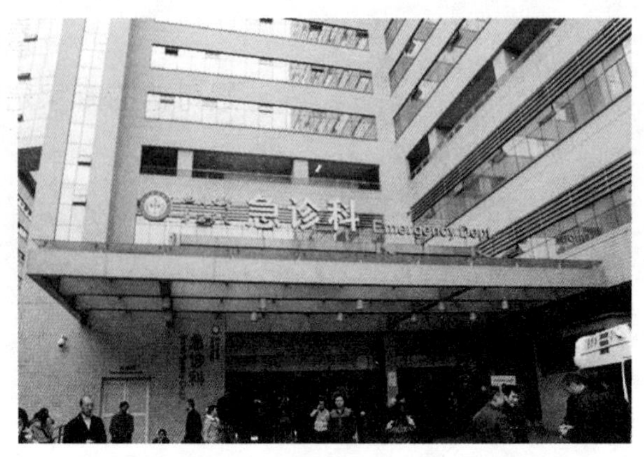

等我出了高速就上救护车。

我的车，实际上朝着与城区相反的反向行驶，所以前来救我的120是双流二医院，也就是华阳镇医院的救护车，好破旧的一辆面包车，躺上救护车上的担架，感觉整个车身都没有减震装置，很抖。这是我平生第一次享用救护车，想起30年前自己就是从小镇开始奋斗，好不容易在大都市安家落户，没想到最后送我去的地方还是个小镇……呸呸，神经错乱，我闭上眼睛，不去看这家乡镇医院简陋的环境，不去看正给我把脉的20多岁的年轻医生。挂上氧气，然后测血压，正常；测心跳，正常；测心电图，正常。几乎和十多天前出现过的突发症状一样，那也是下午独自驾车在路上突然心脏地震，立即将车开到最近的七医院，结果一切正常，当时完全没当回事。没想到才隔十几天又碰上相同的遭遇。我对赶到医院的女儿说，送我回家吧。

回家吃了晚饭，平静的心脏又开始“摇晃”。女儿咨询了一位心脏病专家，说可能是心理问题，叫我不要去想。她专门为我放了影碟让我转移注意力，我躺在沙发上一眼没看，拼命想睡着了就好了。摇晃的心脏也慢慢平稳了，直到确认没事了我才上楼睡觉。

不料，刚一躺下，平稳的心脏又剧烈“摇晃”起来，这一次来得更凶，胸闷气短，手脚发麻，连头皮都麻了，整个胸腔像压了一层又重又紧的烙铁，还能听到自己突突的心跳。我是真心不想再去医院了，但又做不到完全不理睬频频向我发出不祥信号的心脏。纠结了很久，“摇晃”的心脏一直固执地提醒我这次是反复发作，和以前不一样，我不知道怎样才能熬过这个艰难的夜晚，只好下定决心，让女儿开车，送我去华西医院。

时间大概是晚上11点，生平第一次来到华西医院的急诊。值班台的小妹听我说“心脏病”突发，但又看我自己走来站着说话，漫不经心地问：看不看？看就挂个急诊内科。从这一刻起，我才开始领教了如果突发疾病到大医院求医的滋味。

这时候，偌大的华西医院，半夜看急诊的也还有几十个人，却竟然只配有1名内科医生。任凭我的胸口怎样钻心地绞痛，只要没有昏厥不用推进抢救室那就依然只有等着叫号，这一等足足近两小时，我才见到那个看上去依然只有二十多岁的值班医生。没有多问，开一张查血的单子，缴费，抽血。又一问，天啊，还要再等3小时才能看结果！！我可是正在心绞痛哪，亲。没人理我，女儿也疲倦得在椅子上打瞌睡。再这样耗下去，我宁愿冒着半夜突发心肌梗死的风险，也不愿待在这里了。半夜1点多，我冒险决定回家，从恐惧中熬过了这担惊受怕的一夜。

迷迷糊糊到第二天早上，感谢上帝让我又睁开了眼睛。9点多赶到人山人海的华西医院，先去问金卡医院门诊，要等到下周一才轮到心内科专家坐诊，晕，还有3天！再到普通门诊，哪里还有专家号可挂呢？我只好躺在金卡医院大厅的沙发上，心脏的冲击波一阵一阵让我虚汗淋漓。女儿和我本家大姐各显神通到处打电话找熟人，最后还是大姐不顾一切直闯专家诊室才要来一个加5号。多么幸运的加5号，意味着老婆都已经从六七百公里外的地方赶到了医院，我才在下午五点半下班前见到门诊专家。候诊8小时，问诊10分钟。

接下来我都不好意思再详细记录了。简单地说看完医生，权威的专家也没法立即回答我得了什么病。照例是先要有各种检查报告，于是：

在发病的第三天，才开始预约上各种检查项目的时间；

发病第四天，才排上了抽饿血、心电图和彩超检查；

发病第五天，才排上了胸部CT和心血管造影检查（其间还在另一家小医院做了心电图，不然在华西这个小检查项目竟要排在发病第十二天）；

发病第七天，才能拿到最重要的胸部CT和心血管造影检查报告；

发病第八天，必须确保又挂到号了，才能再见到开单子让我检查的那位尊敬的门诊专家……

今天是第六天了，我还不知道自己的心脏到底出了什么问题，但我却突然产生一个强烈的预感，那就是等我终于能熬到再见到那位尊敬的门诊专家，我的心脏多半已经不会有啥“急”病了。

谢天谢地，到现在我还好好活着。虽然不时还会出现心悸和头晕，但我终于没有在这担惊受怕又无可奈何的6天中的某一刻因心肌梗死一头栽下去。所以我明白了，如果真的出现那一刻，医院也未必就靠得住，因为这要取决于两个基本的前提：一是栽下去的地方恰好离医院很近，二是立即送到的这家医院恰好还有很强的抢救能力。

与其恐惧栽下去那一刻，还不如防止这一刻出现，比如不再熬夜、少抽烟，多锻炼、常开心等。以前没想明白的这一刻都豁然透彻了：最靠得住的专家原来不是医生，而是自己；最有效的检查不是医院的各种项目，而是自我生活习惯的点点滴滴。自己做自己的医生，不用挂号；自己检查自己的生活习惯，不用预约。坚持30年，预防和控制，随时随地都可以。

突发“心脏病”的信号反而提醒我：心肌梗死这次还不

敢来偷袭，说明我有强大的力量将这个隐形敌人消灭。我还来得及。

我是一个精神病？

首先申明的是：我不是神经病，而是精神病。

陆军总医院的权威专家给我解释说：神经也属于人体的一种物质，我的神经没查出器质性损坏，所以并没问题，但我有问题的是精神，精神出了问题也确实是一种病。

精神病？是不是=精神分裂症？是不是=疯子？我在心里掂量着这3个可怕的汉字。这时候专家嘴里蹦出一个词：惊恐症。我有过惊恐吗？我为什么要惊恐？我咋个平白无故就患上惊恐症了呢？

一万个没想到。在华西进行了一系列心脑系统仪器设备的检查，艰难地挂上那位尊敬的专家门诊号，同时又等了几乎一整天后，终于迎来了我和专家的历史性见面，这次时间更短：1分钟。当时的历史性场景是：专家在和别的病人说话的同时，扫描了一眼我的检查报告说：没问题。我问：接下来该咋个办呢？专家说：不归我管了。我欲再问，专家助理喊：下一个……

我挂的是心血管内科专家，我的24小时心电图、心血流图彩超、胸部CT，心血管加强型造影、血凝脂检查等都没有问题，确实不该归这位尊敬的心内科专家管了。我记得之前还做过脑血管造影、脑部CT、脑血流图彩超等检查，可以排除无论心脑血管还是脏器都没有发现长了什么不该长的东东，也不该心脑外科管了。那么我这病到底该归谁来管呢？我不知道，我的家人也不知道。

实在没办法，我就只有自己来给自己下诊断。因为我经常突然之间无论坐着、站着还是走路，一刹那就头晕目眩人都是晃的，这个症状是事实；经常好端端地和别人说着话或吃着饭或开着车，一瞬间就胸口发紧甚至滚烫，这个症状也是事实。还有我长期失眠或者即使睡着了，也是一个脑袋在睡觉另一个脑袋兴奋地在别的场景中，这个症状还是事实。我的家人起初也反复提醒我没什么病，脑子里不要老是去想这个，但分明有很多时候，我真的没有想甚至专心在做别的事，突然袭击还是说来就来了，发作很厉害的时候就吃速效救心丸，还忍不住又要打120。所以我固执地坚信，有症状就肯定有毛病，在心脑部分检查完成以后那两个星期，我就掉进丈二和尚摸不着头脑的哥德巴赫猜想之中了。

我打电话问曾经成功做过脑血管手术的W大姐，大姐非常重视。想当初我第一次因头晕进医院，做脑部CT检查发现脑血管有个小白点，还是大姐的老公L大哥立即亲自陪我去华西找熟人，当天做了脑血管加强型造影排除了风险，所以大姐知道我不可能有心脑血管问题，请教她熟悉的一位中医高手，这位老中医说需要检查颈椎，于是大姐就天天催我查颈椎，比我自己还着急，说颈椎有问题胸口也会突然发紧。但我的颈椎检查结果是有点骨质增生，并未压迫到血管，应该可以排除。

我郁闷地在网上搜索，脑子里猜想着各种复杂的可能性。有一天突然看见大内科这个词，才想起应该找一个大内科专家来为我分析。立即开始在记忆中搜索有可能帮忙的熟人，想了半天，现在越是知名的医院专科分得越细，好多大医院连内科专家门诊都不存在了，试着给一位在重庆医科大学工作多年的好朋友打了电话，她正好和曾经的大内科主任关系很好，于是约好时间一个电话打给那位大内科专家，向他倾诉了我的苦恼，老专家说：这种情况该检查一下胃，如果胃有问题也可能引起心口发紧。

我又打电话找到好朋友H，她的爸爸是省医院的内科专家，几年前曾经帮我做过全面的体检分析。在得知我最新情况后，她爸爸又说该查一下肺功能，还说考虑到我有点阵发性心动过速，要做一个名叫心脏电生检查的特殊项目，我在网上查了，他推荐这种检查方式属于创伤性的，具体就是用心脏导管插入心腔，通过静脉插入一至几根特制的电极导管（直径2毫米左右）沿静脉送入心脏内，这些导管可探查到心脏不同部位的电脉冲或电活动，导管可以被用来刺激不同部位的心脏。在这些导管的帮助下，医生可以确定在心脏内引起严重心率紊乱的异常部位。监测心脏看有无异常起搏点，如果没有，还要电击刺激，刺激诱发出心脏异常活动，看是否和我发病时的感觉一样，如果和我发病时的感觉一样，就用射频消融心脏异常起搏点后就不会再发了。我看了这个直插生命中枢最敏感部位的检查介绍，感觉好恐怖！

所以我彻底蒙了。问得越多，越不知道该从何下手。突然想起，发病那天想走捷径先在华西金卡医院挂过心内科专家门诊，看见专家时间表上貌似有个全科，这才醒悟过来，得赶紧办一张金卡医院的会员卡。于是又给在川大工作的好朋友打电话请帮忙，然后找到管金卡医院的主任，这个主任正好就是全科专家。我记得就在金卡医院的大厅，他边走边听我说病情，然后就停下来在一张纸上写了一种外用药名，是一种涂抹用的药膏，他说：长期伏案工作的人，可能胸部肌肉有损伤，也会引发胸闷，涂抹点这种药在胸口就好了。他又说：金卡会员办理解冻了，任何人都可以办了。

我顿时感到一阵轻松。因为早在十几年前我就是华西金卡医院的会员，我的名字至今都还在金卡医院的电脑里。记得那时办一张会员卡，每年要交一千多元，还配了一个保健医生经常打电话询问身体状况，后来没什么大病需要进医院也就没有续费了。现在好了，找了熟人帮忙，办卡也解冻了，于是马上前去办理。一问前台，又蒙了，金卡会员从即日起开始恢复办理，每卡限1人使用，每年交会费5万元。晕死！这还不算每次看金卡门诊挂号费涨到了300元，药费还要上浮百分之多少，住院病房基本上按星级酒店价格，最便宜的一天也是300多元。

我悄悄算了一下，如果我再活30年，仅仅每年的会员费5万元，30年即使不再涨价也是150万元。也就是说，不想排队耗时间就得花150万元以上的代价。这还仅限于慢性病，一种专科的专家门诊在金卡医院一周只有半天。我反复问了前台，如果突发急病，有金卡也还得去看急诊科。

我又纠结了。我知道自己并没有患什么要命的大病，也不算必须马上手术之类的急症，但又确实想弄明白，我这说发就发阴魂不散的奇异症状到底属于什么病？为什么每次突发都要把我搞得像世界末日一样难受和恐怖？我的目的只想在一间诊室里，有一个内科专家不会几分钟就打发我，而是耐心听我说，耐心查看我的病历，指导我去做必要的检查，最后确诊我这点又“怪”又“小”的病。这在永远人潮涌动比菜市场和春熙路还热闹的任何大医院门诊，显然是不可能完成的。即使可能，也不知要耗费多少时间脱掉几层皮。所以，我最终还是花5万大洋办卡，住进了最便宜的300多元一天的病房，高价买来这个机会，把上述各路专家说的N种可能，都从容认真地检查和排查一遍。

落笔至此，我扫了一眼发病时的记事时间，貌似我的5万大洋会员费，一年时间转眼就要到期了。也许你会说何不就住进普通病房检查？但我告诉你，像我这种什么病也没检查出来的“病人”，任何大医院的专家门诊也不会收治住院的；而且在没有确诊之前，我也不知道去找哪一个对应的专家门诊科室。我在华西金卡住院部还是没查出来什么大点的毛病，所以主管医生就喊我去看精神病专科。华西最好的精神科专家对我说，我这种情况确实属于一种精神疾病，并且告诫我，必须坚持治疗一年左右不能半途停止，否则就很难医治。

我怎么也想不明白咋个稀里糊涂就成精神病了呢？我又不内向又不抑郁，虽偶尔抒发点感慨，但总的来说还算豁达乐观。我的家人在医生确诊后也开始确认我的精神病人待遇，说我发毛的时候两只眼睛鼓起确实就像个精神病人。我和好朋友聊天时，给我做了几个简单的问答测试，也居然说就是就是。我不甘心，又找了在陆军总医院工作的好友医生，直接带我去见该医院最权威的精神科专家，没想到得到的还是同样的说法。

还有更奇的是，最近我在例行开药时，居然碰到一个朋友症状和我完全一样，正在发病的初始阶段，也是住进金卡医院做完了各种检查，又正巧碰上他第一次被打发到楼下来看精神专科。穿着病号服，一脸的紧张和病恹恹的神色。他说：一发病都能听到自己突突的心跳声，就像人马上要死了一样。我问他是否排除了所有器质性病因，他说连院长都找了的，没得问题呀。我把精神科专家对我说的话转述给他，千万要坚持服用精神病药物不能停止。我就是吃完第一次开的药症状消除就停了两周，结果复发起来更凶。我看他满脸质疑，一定是和我一样搞不明白，咋个心脏的症状查来查去最后扯上了精神病呢?

现在，我只好老老实实每隔两周就去华西找精神科专家开药，每次花一千多块钱带回七八种药，我看了这些药盒上基本都写有治疗抑郁、焦虑、惊厥、癫痫、镇静之类恐怖的字眼。每天晚上十点多我的家人就拿着这七八种药强迫我按时服用，半个小时左右我就会在药物的作用下晕晕乎乎睁不开眼睛了。我的内心深处还是不敢确定自己真得了这种病，但又不敢不听医生的话再擅自停止服药。如果你读到这里又恰好认识我，你说我得了这种病是不是真的?有点像哇?

养狗：泰迪和芭比

比熊泰迪

泰迪失踪那天上午我还在睡梦之中，太太急匆匆地把我摇醒说：糟了！泰迪丢了。

那时候，我们还住在刚搬入不久的电梯公寓23层，每天都要带泰迪到楼下的小区花园放风，相对固定的时间分别是早晨上班之前和下午下班回家之后，那是一天之中泰迪最兴奋的时刻。

听太太说，本来那天早上她遛完泰迪都已经走到电梯大厅门口了，鬼使神差地看着泰迪朝电梯大厅右边的花园苗圃晃悠过去，太太以为那是一条死路，就没有咋个在意，没想到转眼的工夫泰迪就不见了。赶紧朝苗圃的方向找过去，才发现苗圃那头还有一条掩藏的小径，又赶紧朝小道方向追出去，早已没了泰迪的踪影。太太连忙向小区大门口值班的保安询问，

保安确认说没有看见泰迪跑出大门，所以她又赶紧上楼来把我喊醒。

那天一上午，我们两个都在小区的园子里，挖地三尺地寻找泰迪，几乎找遍了小区的每一个角落，喊哑了嗓子。然后又开着车在小区周围的几条街道上来回寻找，希望能看见泰迪突然从哪个旮旯冒出来。直到晚上，我们专门去查看了小区的监控录像，在泰迪失踪的那个时间段，确实看不到有狗狗跑出大门。所以，我们不敢相信泰迪真的就这样丢掉了。失望地回到家中，看见泰迪平时睡觉的地方，狗窝里已空空荡荡，我和太太的心也空落落的。

说来也怪，从那天晚上开始，我们就听见小区的另一栋大楼里总是有狗叫的声音。这个小区刚交房不久，当时的入住率还很低，我一直怀疑既然泰迪没有跑出小区大门，就有可能是小区里的某人顺手牵狗把泰迪弄走了；可是，既然有人偷走了狗，为什么又没把狗带出小区呢？

隔壁那栋大楼里，狗叫的声音一直很顽固，连续几天都在不停地喊叫。我和太太打开窗户仔细侦听，越听越像我家泰迪的声音。

我们跑到那栋楼下，大声喊着泰迪的名字，而只要我们一呼喊，楼上的狗就叫个不停。无奈楼层太高，我们实在判断不出狗叫的声音具体在哪一层，只能大致判断在大楼中部偏上的位置。所以我们又坐电梯一层一层去寻找，可当我们在每一层电梯门口喊叫泰迪，却又听不到狗叫的回应了。一旦我们走到楼下大喊泰迪，楼上的狗又一直叫个不停。

两年多时间过去了，我至今仍然相信，那只连续几天在另一栋楼里不停喊叫的狗，肯定就是我家的泰迪。可怜的泰迪，这股顽强撒泼的劲头正是它一贯的性格。

我家泰迪虽然血统完全来自英格兰，但它却一点都没有英国绅士派头，反而从小就是个狂吠乱跑的野孩子。泰迪的亲爹叫Usher，亲妈叫Pinky，据说出身名门世家，都是我老大哥的儿子从英国办了身份证明才不远万里带回中国的。两口子来到成都一胎生下4子，其中泰迪从小就跟了我们。那个时候，我们还经常为泰迪一家举行家庭团聚，在草坪上，看见泰迪和它的爹妈以及兄弟姊妹撒欢，唯有我家泰迪的性格最豪放，长大了都还像个愣头青。

所以，泰迪从小就受到严格管教。在我们还没搬家之前，每次出门溜达，都会给泰迪的脖子上套上一根绳子。这些年来，无论泰迪跟我们生活了多长时间，也无论它已经与我们多么熟悉亲密，我们一直不敢给它松开脖子上的狗绳。

记得曾经有几次，我试着刚一丢开手中的绳子，泰迪立即像利剑一样射了出去，眨眼的工夫它早已经飞奔远去。我已记不清在这几年中曾经找过它多少回了，但每一次都能成功地把它找回来。这一次，仿佛冥冥之中有种预感，在泰迪彻底消失的几天前就曾丢失过一回，我们也是开着车到处找它，结果竟然在小区以外很远的一个建筑工地，看到它正掺和在一群吃晚饭的民工队伍中，浑身在地上滚得脏兮兮的，还一副乐不思家忘乎所以的样子。

它就像个既贪玩又淘气的孩子，很多时候还冒险吓人和捣蛋调皮。面对这样一个从不安分守己的孩子，每次带它出门，都得全神贯注绷紧神经，生怕它一不留神就不见了，以至于我家几任保姆都害怕因为把它带丢了而承担责任。其间，有个李阿姨，在我们出国的时候回到宜宾老家，也只能寸步不离把它带在自己的身边。

这个从生下来就一直跟着我们长大的孩子，已经由我们养育了整整5年。当我刚把它从建筑工地找回来才几天，把它的全身上下清洗得干干净净，让它恢复了浑身雪白的英国贵族派头，又变成一个英姿勃勃的小伙子，在它最帅气迷人的时候，眨眼之间，它却不辞而别离开了朝夕相伴的我们，并从此在我的眼前彻底消失了。

这难道是命中注定?

很长一段时间，当我打开车门，都会想到那个雪白的身影，一个箭步就抢先跳上了我的车。当我的手里一拿起绳子，就会感觉到我用力拉它朝前走，它却倔强地停留在感兴趣的原地和我较劲。每次把它从外面找回来，打了骂了也训练不出它听话顺从的个性。养了这么一个桀骜不驯的纨绔子弟，是不是命中注定就会失去?

而就在泰迪失踪半月左右，有一天我刚开车回到小区地下车库，猛然看见一个小伙子正打开一辆法拉利跑车的车门，他的身边跟着一个衣着华丽的美女，美女怀中抱着一只雪白的比熊，啊？泰迪？我正想打开车门大喊一声，法拉利已轰鸣而去。

泰迪，你这个好色之徒，你是不是跟了那个美女？现在还撒野吗?

贵宾芭比

女儿把芭比抱回家里来时，事先没有给我们打招呼，先斩后奏。

我有点不高兴。本来因为丢失了泰迪，我还沉浸在失落的情绪中，女儿又从外面抱回来一只贵宾犬，而且是我不太喜欢的深棕红色，感觉看上去有点黑黢黢的，这反倒让我回想起泰迪那一身潇洒的雪白。

那个时候，芭比刚出生不久，小小的一团像只小猫，给我的第一印象就是身体太小胆子更小，警惕的眼睛随时观察着周围的一切，稍有动静就浑身瑟瑟发抖。

如果说泰迪是一个顽皮淘气的男孩，芭比则正相反，完全是一个听话乖巧的女孩。这个小家伙来到我家不到一周，就让我对它不再反感，而且慢慢地喜欢起来。

芭比的第一个特点是很会黏人。不管我是否待见它，我走到哪里，它就乐颠颠地跟到哪里；我站住了，它也会停下来；我坐在书桌前，它就会趴在书桌旁边。有时候，我一个人躺在家里的沙发上看电影，等投影放完打开灯，会猛然看见芭比就趴在地毯上，静静地陪着我。

去年冬天，我陪太子攻书突击英语，芭比也自愿跟着我陪读，感觉到地板上有点冷，它就会趴在儿子丢在地上的书包上面，常常是深夜收工，儿子喊一声：芭比，睡觉了。它就立刻从瞌睡中站起来，抖一抖小身子，颠颠地跟着我们上楼，乖乖地回到它的狗窝。

因为芭比黏人，有一天吃早餐的时候，我看见芭比眼巴巴地望着我，就顺手给它丢了一小块馒头，没想到从此成了我和芭比的固定习惯。每天早上，只要听到我起床下楼，芭比都会兴奋无比地围着我跑来跑去，因为它知道，只要我一坐上早餐的餐桌，肯定就会给它丢食物吃。我吃什么，都会分给它一点。

小芭比就这样融入了我的生活。有时候感觉很奇怪，初看它时，因为有前面的泰迪帅哥做比较，感觉芭比小妹长得很丑，但当它真正融入我的生活，再看它时越看越乖了。到现在，自从有了它的存在，很多时候都可以从它身上折射出我的生活气息。

比如每天吃完晚饭，只要我从电视机前的沙发上站起来，芭比无论在做什么都会立刻兴奋起来。只要我喊一声“走”，芭比顿时就会跑到门口，激动无比地等着我换鞋子。只要我打开家门，芭比刹那间就会射出门去。而无论芭比跑了多远，只要我走到小区道路上喊一声“芭比”，它就会从远处飞快地朝我跑来。

这正是芭比与泰迪不同的地方，也是芭比的第二个特点：非常听话。

所以，芭比和我出门，从来就不用套上狗绳。即使是天黑的时候，我和芭比穿行在小区的林荫小道上，我也不必担心它会走丢。记得有一次也是晚上，我边走边想问题，以至于忘了跟着我的芭比，回过头来看见小路上已没了芭比的踪影，赶紧顺着小路走回去，只拍了几声巴掌，它就从漆黑的树林里冒出来了。

我从此大胆地带芭比出门。无论走在小区院子里还是走到更远的集镇，我都让芭比自由活动。尤其是每一个傍晚时分，我带着芭比来到洒满夕阳余光的高尔夫球场，看见偌大的草坪上，一片宽广起伏的绿色之中，奔跑着晃动着那个深棕色的小不点，正在不辞辛劳地奋力追赶草坪上飞来飞去的麻雀，不禁冒出一句：狗撵麻雀，不懂科学，心中会意一笑，感觉这样的画面好美。

去年我生病那段时间，芭比每天都忠实地陪伴我出门走路。有时晚饭后一躺下沙发我有点懒得再动，芭比就会跑到我的身边来用前掌拨弄我的脚，还用它期待的眼光等着我说出那个“走”字。那段时间我能多走路，并让我感觉枯燥的走路变得生动有趣，很大程度应该归功于芭比。

我猜想它已经完全学会了“走”这个汉字。我和家里人言谈之中说到走字，它也会顿时兴奋起来。当然，这只会发生在晚饭后的时间段，而每天上午我出门上班的时候，芭比则会站在门口目送我，即使我把门打开了，它也会原地不动，它就这么神奇地知道，这个时候我不会带它出去走。

芭比之听话，简直到了一切行动听指挥的程度，几乎从来就没有违抗过我的指令。隔壁邻居家的公狗虎虎看上了芭比，几番眉来眼去之后，可能芭比也有点心动。但芭比却看着我的脸色，一副想去又不敢去的样子。碰上虎虎爱得执着，一直紧追不舍跟在我们后面，芭比回头看一眼虎虎，又自觉地转身跟着我走。这样一步一回头，走了很远，最终还是不敢未经请示同意，私自去和情郎约会。

我有点不忍心棒打鸳鸯，害怕破坏了芭比的初恋。有时候散步回来路过虎虎家门口，我明明看见芭比在前面跑得飞快，一转身溜进了虎虎家的院子，想和我打个时间差，我也干脆就故意不喊它。

而芭比的自觉性和自控能力简直就像天赋神授，只要到了该回家的时间，就总能听到芭比用两只前掌拨门连带着呜呜叫的声音。好孩子，总是按时回家的。即使放任它自由恋爱，即使我的家人也曾担心芭比会不会一时冲动就有了身孕，但奇迹的是，芭比身上居然至今什么也没发生。

我不知道这是否有点不通狗性，但至少芭比还是蛮有节操和尊严的，没有经过明媒正娶，它比现在好多漂亮姑娘还守身如玉。

徒步：
蓉城郊外的行走

“徒步”的感觉

在繁华的城市走路，我们称之为逛街，这基本上是女同胞的专利，男人大多不会太感兴趣。比如我遇到陪家人逛街的时候，就经常会独自在街边路沿坐下来，抽着烟，等着女人们逛够。

在高尔夫草坪上走路，我们称之为打球，这基本上是少数有钱人的专利。我家就住在高尔夫球道边，除了偶尔看见远处几个人影，偌大的草坪以及人造的风景及风景中弯曲的小径，多少显得有些高傲空寂。

还有在跑步机上走路，我们叫健身，基本上都带着太明显的目的性。我上过几次跑步机，每次一上去就开始数时间，恨不得设定的时间马上结束，虽说有益健康，但却一点也感觉不到轻松。

还有在巍峨壮丽的高山顶上走路，那叫探险，更是只有极少数想证明自己超能力或突破极限的冒险英雄的壮举，一般的人根本就望尘莫及；还有奔向远方去神州的名山大川，或者泰国的沙滩、欧洲的小镇、美洲的码头走路，那叫旅游，普通人一年最多也就安排几次，不可能说走就走。

而4月26日这次走路，意外地成为我人生中第一次纯粹的行走。组织者称之为“徒步”，呵呵，真是一个非常精准的命名。设想一下如果老婆叫我陪她逛街，11公里？如果为了撑场面陪领导或客户打球，11公里？如果为了减肥上跑步机暴走，11公里？如果去青藏高原探险，去非洲丛林猎奇……任何一种有明显企图的走路，我都有可能放弃这11公里。因为11公里的步行，对于长期除了汽车就是书桌的我，简直就是个恐怖的数字。而4月26日早上7点半，我却被当成“加挂”坐上了“欢乐中国”网友的大巴车。真的没有多想，也不知到底怎么回事，我就夹杂在一身行头的老老少少的150多人中，走上了山野丘陵的乡间小路。

没有比赛名次，也没有快慢速度的要求，边走边嘻哈谈笑的这一群人，说走即走，想歇就歇。一路上可以为几朵不知名的野花驻足，也可以为路边的几枚青果留步，还可以为采到一把满是泥腥味的野生折耳根而兴奋。无论随身使用的手机还是托着长枪短炮的专业相机，认识不认识的人都狂拍一通。一行人所到之处，所拍之景，都绝对说不上风景名胜，反而就是地图上随便一点都能随处可见的很中国的山野，很四川的丘陵，为什么能够让150多人，包括“加挂”而来的我，都集体兴奋？

5个小时，不知不觉走完这弯弯曲曲、爬坡下坎的11公里，我居然未感到一点劳累。直到11公里山路走完3天后的此刻，我居然也没有出现大腿酸胀之类的症状。我不得不想为什么曾经的“恐惧”变成了“轻松”，我也不得不琢磨为什么能把本是“吃苦”的差事变成了“享受”，为什么网友取了这个名字就能引起那么多人追逐和亢奋，这一切都让我的体验和思维集中在两个字：“徒步”。

其实“徒步”大致有两层意思：一是平民的代称，如《汉书·公孙弘传》：“起徒步，数年至宰相，封侯。”二是按字面理解，“徒”就是“空”，两手空空走出门不用带礼物；“徒”也表示“白白地”，不带任何企图的“无事闲行”。而

“步”字也很讲究，《释名》说：“两脚进曰行，徐行曰步，疾行曰趋，疾趋曰走。奔，变也，有急变奔赴之也。”古人称两脚行一次为一步，而现在的一步，古代叫“跬”（半步），如著名的荀子《劝学》：“不积跬步，无以至千里。”“行”就是正常速度的走；“步”则是慢走；“趋”是快步行走，相当于今天的小跑；“疾趋”就是今天的跑；而“奔”相当于今天的飞跑。古人讲求“堂下为之步”（《尔雅·释宫》），所以自古才有闲庭信步的说法。

明白了哈，为什么平民化的、两手空空的、不带任何企图的，而且还必须是“堂下”（正式场合之外）的“闲行”，也就是“徒步”，才最终会给我们带来真正的轻松快乐。美美立诚百货走出来的贵妇不一定会感觉到这份轻松，因为她们手里抱着昂贵的奢侈品，心里说不定想抵消独守空房积压的浓愁；高尔夫球道上的大佬也不一定会感觉这份快乐，因为他们挥杆的那一瞬间，心里可能惦记着输赢或者身边大佬还没签字的合同。登山探险、跑步减肥、旅行猎奇……但凡有太强烈的目的和要求，都不可能体验到轻松快乐，有时甚至还需要咬紧牙关坚持和忍受。人生路上的行走，身居高位“游毋倨”（《礼记·曲礼》），意思就是走路不要显出傲慢的样子；而身处逆境“立毋跛”，就是不要偏用一脚显出吊儿郎当的歪邪；至于心事烦扰使步履凝重，或者纪检人员突然出现让双脚颤抖，一切不轻松不快乐的根源都在于平时没能做到“徒”，才会越来越有“步”的恐惧症。

“徒步”这个词让我发现，原来最纯粹的快乐就是撒开两手，不带任何企图地朝着“堂下”走去。所以无论开奔驰还是奥拓，也无论是坐公交还是地铁，“欢乐中国”150多个网友才会在早上7点半都准时集合在3辆大巴车上。除了徒步鞋、太阳帽、登山杖、双肩包，男女老少我都分辨不出他们的身份和职业；除了亲密的低语，愉快的笑脸，鲜艳的身影，我不知道他们的名字也看不出他们之间的关系。而这样的周末野外徒步，已经是第262期，算一算竟然已有5年。遥想当初最早的那几个人，就这样在我们居住城市近畿随便朝一条乡间小路走去，他们身后的人就越走越多了，而且每个周末越聚越多，以至于到如今8分钟就能抢完下周行走的名额。这让我很惊喜在浮躁拥堵喧嚣的现实社会中，已经有这么一批人懂得了“放下”；也更惊喜“放下”一切的这批人，可以那么轻松地享受到快乐的真正含义：“平常”和“简单”。如同大地、天空、阳光、空气和水，最珍贵的从来都是免费的，却往往经常让我们熟悉得视而不见。

而快乐的价值，正是某一天对视而不见的突然发现。

徒行者的花海

太太说：爱花的人一定是热爱生活、情趣高雅、心地善良的人。

每天早上醒来，我一般都看不到太太，她一定早就蹲在园子里的某一丛花木旁边，一根一根拔着杂草；每天下午下班回家，我一般也看不到太太，她一定早就在天黑之前赶回，手里拿着花剪在园子里的花草苗木中修修剪剪。

太太爱花。所以当她听说“欢乐中国”263期徒步，由“连山回锅肉”改成了“熏衣花草行”，本来因忙于女儿婚事不打算参加这一期的她，赶紧报名抢位而且又把我“挂”上，还特别强调说：她还没看见过大片的薰衣草花海呢。

呵呵，我也没看见过大片薰衣草花海，但我到过普罗旺斯。我到普罗旺斯那个季节薰衣草还没盛开，只能遥想传说中那漫山遍野流淌的紫色。遥想到薰衣草，就不得不联想到英国人彼得·梅尔，想起他写的那本非常著名的《普罗旺斯的一年》。作为国际大广告公司高级主管的彼得·梅尔，也曾经年持久地保持着英国人的刻板，同时享受着大纽约的繁华。在麦迪逊大街广告业打拼15年终于过上了“土豪”的日子，不经意间发现失去了健康的身体和安宁的生活。“哈欠连天，没有胃口，脾气暴躁，没精打采，还有轻微的妄想症。”有钱有身份的忙碌，头顶却照不到明媚清澈的阳光，内心更丢失了随心所欲的潇洒。即使是“有钱有闲”去旅游，也只是来去匆匆，无法放纵。所以彼得·梅尔选择了“幸福的逃避”。哦，对了，他还写了一本同样很有名的书叫《一只狗的生活意见》，因为“想逃离一切”，他毅然决然炒掉了国际大公司，炒掉了高级主管，炒掉了大都市，带着太太和两只爱犬“找到了普罗旺斯，在这里静静地度过了一年”……

我当然还不敢奢望能像彼得·梅尔那样抛弃一切，带着太太外加两只小狗去世外桃源过这种神仙日子；我也不能像他那样写出神仙境界中日享暖阳，夜听虫吟，品赏美食美酒，结交农工匠人，适应乡俚乡俗的这一年12个月；我更不可能像他那样感受到“穿袜子这件事已经成为遥远的回忆”，“手表躺在抽屉里也很久了”，“凭着庭院中树影的位置估算时间”，对于今日是何日“不大记得”“也不重要”。“一夜醒来，我们便发现变了季节”……这该是何等彻底的自我放逐才能享受到的极致体验！我有这个福分？这份意境？NO。因为我还只是红尘世界中的俗人一枚，平凡人中的一个烦人，几周前还因为家庭琐事和兄弟姊妹吵架，几个小时前还因为一件生意上的急事暴跳如雷；即使有了足够毕生的积蓄，提到放弃一切，我的中国大脑也会蹦出“坐吃山空”这句汉语。唉，没办法。我虽然明白让彼得·梅尔“悠然自得”的“普罗旺斯”是都市一族心向往之的另一种生活方式，但对于我走到哪里都像他说的“别的地方”，“永远只是一个观光者”。如同这个周六，发现了这么一大片让人意乱情迷的薰衣草花海，我们都陶醉了！但我，还有同行的240多人，有没有一个人，喜欢——就决定留下来？而且还住上一年？安安静静地在这里写出12个月的精彩？

这就正好扯回到主题。继续说“欢乐徒步”，原来徒行者的真实身份本身就是“观光者”。对于人世间好山好水好景，大多数人都只能做一个“匆匆的过客”，但每次从决定出发的那一刻起，每个人是不是都放下了眼前就期盼着明天？放下现实就向往着梦境？所以徒行者的花海首先会开在心里。无论是3月的桃花，4月的梨花，还是5月的薰衣草，徒步而来的赏花人，每一次亲密约会的都是不同的花样颜色，却对每一种不同的花又都有初恋心跳的那种感觉；每一次激情相拥的都是难舍难分的美丽面容，却对每一个花容月貌又都只留下一天甚至几个时辰。哈哈，这正是徒行而来的我们，这就是我们的“欢乐”！那么好“色”，又那么花心；那么花心，又那么真情；那么真情，又那么短暂。是我们的回眸引发了薰衣草的纵情恣意，还是薰衣草的眼色点燃了我们的激情时刻。在紫色薰衣草铺开的柔软而巨大的花被上摆Pose，比花俏，搔首弄姿，嘻嘻哈哈，我竟然有那么一瞬间想到了曾经的桃花梨花，想到“观光者”和“匆匆过客”这些词，奇怪的是却没有丝毫的贬义，因为此时此刻，无论人与花，真的都很快乐。——纯粹的快乐！

世界上最大的快乐就是纯粹的快乐。所以快乐不等于娱乐，郁闷的人也许正娱乐着呢。娱乐是快乐的一种，但借助娱乐的快乐，不是快乐的全部。快乐的本意，应该是本来就乐，而不仅仅是找乐。所以我们今天为薰衣草而乐，如同曾经为桃花梨花而乐，但这不是找乐，更不是寻欢作乐。因为徒步的我们心中先有花后才有乐，因为我们穿越密林寻找花才有花之乐，因为我们融入花海中自己乐花也乐。人与花的交流，是天人合一的感应。如同我家太太，用最好的化妆品也抹不掉额头上生长的皱纹，但并不妨碍她一根一根细心扯掉花间的杂草，让她心中的花保持靓丽纯美。每天不吃饭也改变不了自己的身材，但并不妨碍她用手中的花剪，把心中的花枝修剪得婀娜招展……

是的，这就是我们所能够迷恋的“普罗旺斯”，只能停留在相机镜头咔嚓一瞬的美妙时分。我们从滚滚红尘中结伴而来，到大自然的怀抱中寻找灵魂深处的安宁；享受着花香鸟语白云悠悠却又只能匆匆而过，暮色之中已返回到滚滚红尘。我们可以出走，却不能隐遁；渴望悠闲，却不许放逐。这或许正是现代化城市化进程中大多数人的围城困境，但我还是要对每一个困在“城”里的人说，“走”与不“走”真的很不同！“走”不“走”不仅是态度问题，而且是精神实质问题。因为“走”，我们才能在时间的流转中舒缓光阴；因为“走”，我们才能在微风的轻抚中涤荡浮躁；因为“走”，我们才能在鲜花的簇拥中绽放快乐。一句话，正是因为有了“走”，我们心中的那片花海才会处处盛开。虽然时光短暂脚步匆匆。虽然花开四季各有不同。

爱花的人，“走”到哪里，心中的花海都不会凋零。

欢乐没有晴天雨天

从大巴车下来，鋈华山的细雨就密密麻麻飘过我的眼前。我有些惊异，7辆车，200多人，在同一时刻，不约而同又安安静静地各自撑开了雨伞、穿上了雨衣。

没有一个人抱怨今天遇上了坏天气。

山雾缭绕。山径两边挺立的老松树一定有点好奇，在这个湿漉漉的日子里，突然之间一下子冒出这么多人，个个都背着登山包，拄着登山杖，一个接着一个往前走，把狭窄的山路都拥塞了。好像所有人都完全不理会眼前正迎风飘来的飒飒山雨。

我又回到了这一群户外徒步的人中，时隔一个月。我没想到，即使在大雨之中，这群网上相约的人依然该徒步就徒步，该登山就登山，该拍照也照样举起长镜头在雾蒙蒙的山林中边走边拍。

我跟着这一群人开始爬山。没打雨伞也没带雨衣的我，似乎也忽略了不期而遇的鋈华山的这一场夏雨。眼前不禁晃动着刚刚过去的几天，我所经历的穿越不同时空的场景。

场景之一，两天前。

我和朋友一起吃完晚饭，被朋友拉到芳邻路酒吧一条街，时隔几年，我又一次走进了夜总会。我看到绚丽夺目的灯光下，节奏疯狂的音响中，身体暴露的一群美女，正搔首弄姿地在舞台上扭猫步。我被逐一介绍给七八个带“总”字的人，他们看中台上的哪一个美女，就可以按美女腰上挂的号码牌，把美女喊到身边来开心地玩。

那个时刻，我就夹在一群欢乐的人中。我的左右两边都是“总”们喊下来的娇艳欲滴的美女。不知到底出于什么原因，那天无论哪个“总”怎样劝我逼我挑选一个我都坚决不想要。“总”们身边楚楚动人的美人儿问我为啥不高兴，我不搭理；主动来敬酒，我不喝；主动邀我划拳，我不会；最后说到最简单的猜骰子，我还是不参与。

我不明白，为什么在衣香鬓影欲望流淌的狂欢中我却感到失落，甚至简直变成了格格不入多余的人。所以，我不顾朋友的情面坚决提前离开了。虽然我的身后灯光依旧那么迷离，音响还是那么刺激，美人和“总”们还在继续寻欢作乐。

场景之二，一天前。

如果说夜总会的欢乐有点浮华庸俗，第二天我的生活时空就转换到了高尚典雅：一场颇具规模的诗歌朗诵会。我在时隔更加漫长的20多年后，第一次出现在纯文学活动的现场，而且还是曲高和寡的诗歌朗诵会。

那个时刻，我也夹在一群欢乐的人中。我的身边坐的都是在这个物欲横流的金钱世界依然痴迷于诗歌的现代诗人们，我看见登台朗诵的诗人们个个激情澎湃朗诵他们的现代派作品，但我自己却总有点坐不住的感觉。我或坐或站以极大的耐心坚持到朗诵结束，还参加了诗人们深夜12点才开始的饮宴欢乐汇，直到第一次创下了凌晨一点半才回家的纪录。

这场诗歌大Party不仅邀请了国内外十多位圈内名人，而且参加朗诵会的诗歌爱好者也有二三百人，我的二十多年的老友邀我亲眼见证，让我发现他和他的诗歌兄弟姐妹不仅人到中年依然爱诗，而且简直就是诗痴。直到此刻，微信群里还能看见属于他们自己圈子里的诗歌狂欢仍在继续，我却失望地感到我读不懂不会写也写不出他们那样的诗了，更不可能像他们那么痴迷和陶醉，虽然我也曾经是他们中的一员。

场景之三，今天。

我随着“欢乐中国”网每周六固定去户外徒步的人群，登上了地震后新建的什邡蓥华山广场。眼前的雨水时而密集时而稀落，将远处的山峦掩映在云遮雾绕之中。我把最近这三天我的生活时空转换的场景做个描绘，发现夜总会像一幅浓墨重彩的西洋油画，诗歌朗诵会像天马行空的后现代抽象画，而登山徒步则更像古中国味的水墨画。

显然，我这三天所经历的三个不同场景，无疑都确实会让一部分人享受到人间欢乐。但为什么我总觉得，前两个场景的欢乐好像都太过显眼还含有点夸张，唯有户外徒步而行的欢乐是这样平平淡淡，以至于平淡得几乎看不到欢乐尖叫的任何痕迹。如同此刻的我，随着爬山的人流登上了蓥华山广场，累了就随意坐在广场边撑开的一把遮阳伞下，从背包里拿出一根自家地里种的大黄瓜，像田间地头的瓜农一样把这根生黄瓜啃上半截。这样的画面，怎能看出我有什么特别值得骄傲的欢乐？

这个时刻，我还是夹在一群欢乐的人中。我的周围散落着200多个结伴而行的徒友，每个人都和我一样，真心看不出有什么放纵欢乐的标志。我们之中，没有哪个人被称为“总”，连浑身行头打扮都差不多，所以也无须像美女那样抛媚眼吸引眼球。当然，我们之中也没有名气大小之分，更没有谁是什么界的“大师”。每个人都按报名顺序坐大巴，每个人的代号都只有网名，诸如狮子、微风、散客、桃园、幽谷、松下月之类，甚至大多数时候干脆都简称为“同学”。我已经跟着这一群人徒步了三次，但我却说不出三个以上徒友的真实姓名和身份。

每一次的户外徒步，都要花掉一整个白天十来个小时，但我从第一次开始，还真从来没产生过中途离开或下次不来的想法。尤其像今天这样的行程，雨雾朦胧之中，能见度还不到50米，这样的天气不能让我们走得太远，反倒使我有足够的时间，在慢行中穿透迷雾去寻找欢乐徒步的吸引力之谜。

我在雨雾中突然想到“接地气”这三个字，顿时有了豁然开朗的体验。

无论参加的哪一次，因为有了户外徒步才引导这一群人走进自然、亲近自然、爱护自然、融入自然。哪怕在今日的雨雾里，走到了这个曾经在大地震中天崩地裂的山谷，大自然依然赐给我们新鲜的空气和如梦如黛的美景。平平淡淡的户外徒步，除了强身健体，更重要的是引导我们接通了地气，而中国人从来都讲究天人合一，是不是可以说唯有“接地气”，才更加“通人性”？

所以我想，什么时候当我们的工作、生活和个人爱好都能够“接地气”和“通人性”了，平常而持久的欢乐就会悄然来到身边。这样的欢乐可能确实就是一幅水墨画，分辨不出晴天和雨天，只要白天能让我们感觉踏实，晚上能让我们安然入眠。

我还真得这样多走走。

游走在天堂和地狱之间

互联网时代，最近特别流行两个词：跨界和混搭。

记得曾经看到过网络上热传的一篇文章，说某互联网大佬在各种场合都严重提醒，传统企业如果不探索跨界和混搭的新路，未来几乎都只有死路一条。

互联网大佬所谓的跨界和混搭，就是把表面上看似不相关的传统行业，巧妙地与现代互联网组合成为相互依存的商业关系链，从而形成一种全新的商业盈利模式。比如文章中提到的，中国移动、联通和电信三巨头争来斗去好多年，却料想不到会冒出来个微信，跨界成为移动通信最可怕的竞争对手。再比如说现在各银行的客户等候大厅，说不定有一天就会成为卖书加阅览室混搭的场所。

我的脑子里从此刻上了跨界和混搭这两个关键词。

所以当我这周六坐上去内江市资中县圣灵山徒步的大巴车，当领队把圣灵山大溶洞的宣传资料发给我，当我看到宣传资料上赫然写着“上天堂、走人间、下地狱，神奇的地球腹心三界之旅”，我就突然有点奇怪地想：在造物主看来，天堂和地狱可不可以跨界呢？天堂和地狱混搭后的结果又会是什么样子呢？

人烟稀落的圣灵山大溶洞，形成于6亿年前的海底世界，号称“亚洲最长、最深、最美的溶洞”，据介绍，溶洞全长43公里，目前已开发13.8公里，深入地下达1230米。这里平日冷冷清清，也没什么知名度，在这个周六却突然迎来了10辆大巴车，400多人，我估计是它开放以来最热闹的一天了。

我们的徒步行走分成了A、B两条线。其中，A线爬圣灵山，B线进大溶洞。也就是按宣传所说，走B线进洞，直接就可以“上天堂”“下地狱”去体验地球腹心的“三界”了，而我却毫不犹豫地选择了A线“走人间”，踏上了往常一样普普通通的乡间小道。

本来，这样的徒步几乎已没有什么可写的了。在上周六，我刚陪同美国朋友登上了举世闻名的峨眉山金顶之后，仅隔一周我又行走在连风景也算不上的四川中南部丘陵无名的乡间小道，一路所见，除了远方和我海拔高度差不多的同样的小山丘，以及山丘之间低洼的水塘，离我最近的就是起伏的丘陵上遇到的一两户农家，小院边垦出的小块田地，还有地上即将成熟的玉米，以及偶尔延伸趴到路边来的小南瓜。

这样的上坡下坎，很多时候道路两边甚至连庄稼也没有，有的只是夏日野蛮疯长的茅草，已蹿到1米来高把山路也掩埋了的茅草，需要我们用登山杖拨开才能前行。当然，我们也碰到过一片小松树林，生长在斜斜的矮山坡上，细细的枝干，纤长的身子，一点都不挺拔也不壮观，更没有大寺庙前古柏森森的历史感。

还有一小段行程连山路也没有了，我们就行走在碎石和钢轨铺就的铁路线上，肯定不是现代高速动车的铁轨，据说是附近一家钢厂拉货的专用铁道支线，很陈旧很沧桑那种铁道线，我看见人行桥都是用铆钉固定钢支架搭建起来的，走在上面我就猜想，要是装满铁矿石的火车沉重而缓慢地开来了，这样的人行桥一定会颤抖得吓人。

可能机缘巧合吧。就在我写出以上这几段拉杂琐碎的文字之前，刚好拜读了香港中文大学校长沈祖尧院士在毕业典礼上的致辞。他希望这所名牌大学的毕业生今后要“不负此生”，而“不负此生”豪言壮语的具体内容竟然是过上“俭朴的生活”“高尚的生活”和“谦卑的生活”，因此我立即就想到，必须用尽可能详细生动的文字，描述我徒步所见的最平凡的山野。

在这个日益缤纷恣肆的世界里，即使是旷野中无名的山丘和小道，它的存在孤独吗？它扎根在大地，与丰富多彩的大自然为伴，原来并不孤独。即使是路边的野草杂花，它的生长需要勇气吗？它顺应自然而生，该发芽的时候发芽，该抽茎的时候抽茎，该长叶的时候长叶，该开花的时候开花，原来它并不需要什么勇气，只有顺其自然。即使是浅丘上的一片小松林，它会因嫉妒峨眉山的千年古柏而自卑吗？它默默无语地成长，在微风的陪伴下为偶尔路过的行人送上阴凉，原来它从不比较，万物异曲同工各有奇妙，地球上不能没有参天古柏，也同样不能缺失小松林。

如同有了极速飞奔的现代高科技动车，仍然需要支线上装载矿石和钢材的蒸汽老火车。万物皆有使命，而使命的真实意义就是按照自然规律生长绽放自己。玉米种子成长为秸秆就结出了玉米，南瓜种子长出藤蔓就结出了南瓜。石块、砂浆、水泥还有铆钉与铁轨组合在一起，就构成铁路支线。每一个人，每一种生物，甚至每一种物质，哪怕一粒尘埃、一滴水、一朵云以及一缕光线、一丝空气，存在于世间即服务于世界，天赋万物的生存使命原来并没有大小轻重之区分。

所以香港中文大学校长沈祖尧院士才会平淡而深刻地对他的弟子们嘱托：“假如你拥有高尚的情操，过着俭朴的生活，并且存有谦卑的心，那么你的生活必会非常充实。你会是个爱家庭、重朋友，而且关心自己健康的人。你不会着意于社会能给你什么，但会十分重视你能为社会出什么力。”

这让我又回想到圣灵山大溶洞宣传单上赫然写着的“天堂”和“地狱”。当我们徒步在人世间的山山水水，总有那么一小部分人抛开众人，独自朝着金光灿灿的天堂奔去了。一个男人可以同时占有100个女人，一个三口之家可以搜刮民脂民膏上千亿，一句有权有势的话可以裁决众人生死，还可以让山川大地翻江倒海……天堂一旦让人脱离了人间，就足以让这个人从此藐视人世间的万事万物。

而当人变成了神，无论上天堂还是下地狱，其实早就已经做了鬼。

我突然明白，原来造物主才是跨界和混搭的高手，什么互联网大佬只不过吸收了一点点天地灵气。造物主将“天堂”与“地狱”跨界混搭出来的世界，正是我们所生存的“人世间”；而人生，其实就是游走于“天堂”和“地狱”之间。一不小心上了“天堂”或下了“地狱”，都再也回不到“人世间”。

我在人世间最平凡的山野徒步，偶尔遇到那一两家农家小院所诞生的婴儿，可能日后会成为居庙堂之高的大官，也可能还是继续种田的农民，本质上都是这个世界生存的物种之一，谁敢说继续种田的农民就一定会羡慕官员呢？不信请去查查报刊和网络，关进笼子里的“官员”们，说得最多的一句话恰恰就是：好想回老家当一个农民。

好园：
听花开的声音

一

十多年前，在麓山国际社区选房子的时候，我一眼就相中了这一栋。

这一栋在组团的西南角，最边上的一栋，有一个明显的缺点，外面临路；也有一个明显的优点，花园面积大。

我想要的正是园子。

因为房子掉在角落里，按小区的用地红线将剩余的三角形地块围起来，竟然有一亩多地，这便成了我的私家花园。三角形的一条长边靠围墙，围墙外面是道路，另一条最长的斜边紧邻高尔夫球场，而且刚好是果岭和大水塘，有100多米长的绿色风景线。房子在三角形的短边，挡住了其他邻居的房子。因而，我的花园是一个既能观赏高尔夫球场风景，又不与任何邻居搭界的完全独立的大园子。

从很小的时候开始，我就有一座梦中的园子。

16岁之前，我住在川东北小城达县大北街11号小院最外面的平房里，一间里屋，大约20平方米；外面再搭建了一个偏房，约10平方米。我和奶奶住外间偏房，两张床呈L形摆放占了两面墙，剩下一面墙摆放橱柜和水缸。里屋用一道篾席半隔成两间，外面是两个妹妹的睡床加一张方桌，里面是父母睡的大床。全家6口人，30来平方米的房子，4张床一摆放，基本上就把屋子的空间占满了。那时候的我，不要说从来没看见过什么花园，我的整个家里，连一扇窗户也没有。唯一的采光空间是打开里屋的门，有一条不足1米宽的短过道连通一个小天井，两三米之隔就是连个门也没有的小院公用茅坑。

放一张小板凳在门槛上，背靠门框坐在上面，面朝漏光的小天井，同时也朝向公用茅坑张开的门洞，我一边捕获小天井些微的光亮，一边也采吸茅坑里飘来的气味。在这样的背景下，我看书看累了，偶尔闭上眼睛，脑子里竟然会冒出一座花园来——绝对是一座大花园，而不只是一张书桌，或者一间属于自己的屋子。一个洒满阳光，盛开鲜花，充满童话色彩的大花园，我不仅从来没亲眼见过，甚至连书本图片上也没见过，就这样神奇地从我的脑海里冒出来，在我后来漂泊无依的日子里，也一直清晰可见。

二

其实，我和妻都不知道该怎样打造一座园子。

2010年春天，麓山国际社区的房子正式收房，面对偌大一块空地，装修设计公司的设计师说，最好先把花园打造出来，再装修房子，这样便于大型树木的吊装。

于是赶紧在网上找了3家园林绿化公司。由于自己都没有想清楚，我们临时开给园林公司的设计要求只有短短四条意见：第一，欧式风格花园，要求与周边建筑和风景协调一致。第二，要按3个区域来设计，包括种植区，树木以果树为主，还可以种菜；草坪区，可以开Party、晒太阳、喝茶等；户外运动健身、儿童游玩区，摆放健身器材、游玩沙坑等。第三，一年四季都要有鲜花开放，特别要有蔷薇、蜡梅等。第四，要有水景，可以养鱼。

园林公司对这样的设计要求早已司空见惯，3家公司很快拿出了方案，相比之下，我们觉得美景金山公司的方案比较符合，大体设计布局是：在房子边缘挖一个水池养鱼，象征财富聚集；在园子中间垒起一个绿化的小坡，上面栽种七八种果树，形成一个小果岭；果岭的边缘用低矮的栀子花围起来，外面形成一圈小径，小径之外靠花园最外层矮墙的区域则种植草本花卉，其中一部分可用于种菜。

正是阳春三月之后，属于各类植物种植的最佳时节，花园的平面布局图一出来，也没做更多的研究和推敲，直接就开工了。我脑子里首先想到的是，有了这栋房子和这个园子，等于从此正式扎根在这座城市，再也不想搬迁了，所以要栽种几棵有象征意义的大树，在这里生生不息，世代相传。

我和妻来到宜宾市叙州区李场镇的大塔村，这里是我的祖先在元末明初动乱之际，从江西进贤县迁居湖北麻城，又从湖北来到四川境内的第一个落脚点，与我同姓的几十万四川本家人均发端于此地。从这里开始，此后又分出一支来到成都附近的简阳，另一支来到成都南端的仁寿。而我，正是简阳这一支脉的后裔，从来到四川的第一代始祖算起，到我这一辈，已经属于24代。

真的很佩服祖先的胆量和眼光，在600多年前兵荒马乱的时期，祖孙三代举家从那时候相对富裕繁华的中原地区，千里跋涉来到当时还很蛮荒落后的川南，却又能独具慧眼，发现了大塔这块风水宝地。这里四面环山，植被茂盛，负氧离子充足，中间一块相对平缓的土地，正是一大片肥沃的良田。这里盛产的荔枝、桂圆远近闻名，“一骑红尘妃子笑，无人知是荔枝来”里的荔枝，大致就摘自本地。而漫山遍野茂密的植被，几乎全是种植的一种叫油樟的香樟树，已成为中国最大的油樟基地。

热情的本家人尚富，十几岁就在山里种植油樟，到如今已是身价显赫的油樟大王。听说我要移栽祖居地的树木，尚富马上就为我挑选了最好的品种。一棵造型美观、根脉相连的巨型丛生香樟，拉回来栽在园子中间，两棵高大挺拔、独立躯干、粗若脸盆的香樟栽在园子两端，3棵大树都已有相当的树龄，因为尚富的专业移种，第二年就根繁叶茂，遮天蔽日。

有了祖居地移栽的参天大树，预示把根留住。我和妻又回到我们共同的故乡达州。我们俩都生长在城里，没有特别有象征意义的树木，于是就选择我们从小就特别喜欢吃的安仁柚子，专门托人到麻柳镇的安仁乡，选了3棵真资格的安仁柚子树，移栽第二年竟然就结出了大大的柚子，虽然口感与真正产自安仁的柚子略有差异，但味道还是那个味道，那是家乡的味道，预示不忘故里。

我们又到温江的苗圃基地，挑选了一棵腰身粗壮，腰部以上又弯曲延伸撒开枝丫的老皂角树。这棵树的造型相当美观，弯曲撒开的枝丫和枝丫上的嫩叶在阳光下斑驳陆离，婆娑动人，如同洒向天空的诗句。皂角树的另一边，是一棵修长挺立，身材姣好的黄桷兰，开花时节，满园飘香。而同样香飘满园的还有几棵身材肥美的金桂和银桂，有同一时间为之增添美色的公母银杏，有一枝独秀的红梅和蜡梅，有两棵相拥而立形成门拱，为喝茶的人遮阴蔽日的贴梗海棠，当然，还有桃树、李树、梨树、枣树、枇杷、橘子、广柑、荔枝、葡萄等十余棵果树，都在移栽第二年就开花结果。

三

从这个时候开始，妻迷上了种花。

她是被初中班上的黄同学带进花坑的。黄同学虽然是老家联通公司的副总，但他的另一个身份却是花卉植物专家，对各种花卉的生长规律、种养方法研究很深很透，因而他的身边积聚了一个小规模的花痴群，自从妻加入这个群里，人生便进入花痴模式。

花痴们只要一说起花就没完没了。无论聚会还是电话，爱花养花始终是他们共同的话题，似乎几天几夜也说不完。他们每年都要在花开的季节，轮流参观各自的花园，欣赏每一家精心打造的园艺作品，探讨养花过程中的点滴细节。就像布置了一年的作业，一年当中每个人都在努力完成每一道习题，而花开的季节，就是每个人交出答卷的日子。

妻一头扎进花园里。早上起床，她会先在花园里待一个小时，然后才吃早餐；晚上下班回来，喊她吃晚饭的时候，她一定正沉浸在花园的某一个角落。而离开成都的日子，她最牵挂的还是花园里的花，经常让我在视频连线里，给她拍这个花那个花。无论飞机坐了多长时间，也无论旅途有多么疲惫，她回到家第一件事，绝对是一头冲进花园里，与她心爱的花挨个打招呼，胜似久别重逢的亲人。自从迷上了种花、养花，妻才发现，每一种花都像一个独立的人，有各自的生长规律，更有天赋的秉性和个性。妻说，花通人性，你有多么细心地滋养哺育花，有多么耐心地照顾陪伴花，那么你所有的爱，都会回报在花开的季节。她甚至说，面对一朵含苞待放的花蕾露出笑脸的那一刹那，她惊喜地听到了花开的声音，如同婴儿醒来后对母亲咯咯一笑，真的是开天眼了。

果不其然，仅一年的工夫，我家的花园就迎来了满堂红的春夏。

最壮观的当数三角梅。紧靠房子墙体栽种的这几株三角梅，不知不觉就爬满了整面墙体并直达房顶，到了5月，每一根下垂的枝条绿叶都悄悄掉光了，枝条上全挂满了大红和紫红的花朵，纠集一片，形成花海瀑布，层层叠叠、波浪起伏，倾泻而下，恣意生长的气势，完全可以用野蛮和疯狂来形容。这是一片高悬在空中的红色花海瀑布，如同雄壮的旋律，奏响生命的颂歌。打球的人路过这里，都会停下来欣赏拍照。如果房子的这面墙体在马路边，这片紫红色三角梅的花海瀑布，也一定会成为一个小网红。

说来奇怪，我家的三角梅栽在哪里都能超常规生长。下层花园那一株，枝丫从上层露台上撒开，又形成一面倾泻而下的花海瀑布。入户门和朝北墙体下的几株，日光并不充足，但也顽强地攀墙越窗，爬上屋顶撒出一片花海。就连多余的几株，栽种在竹林围起来的菜地，几乎无人欣赏，也居然全部爬上了高墙，然后把整个高墙染红，又一片倾泻而下的花海瀑布。

整个初夏，我家屋里屋外都被三角梅的花海包围。

其实，花开的第一波高潮，是月季花安吉拉带来的，其中一棵位于下层花园的门边，栽种的时候还只有约一米高，很快就长到了七八米，从底层直接蹿到了三层的阳台，横向撒开的枝丫缠绕着上面的露台栏杆。阳春三月过后，安吉拉的花苞就开始绽放，直到4月中下旬，整个墙面都开满了红色的花朵，气势虽不如三角梅瀑布一样壮观，但也开得轰轰烈烈，个性张扬。

而小径上的拱形木门洞边，起初只栽种了几棵不大的安吉拉苗，稀疏地缠绕在拱形门的木架上，等到她爆发的时候，木架两边已完全被花枝覆盖，拱门顶上则形成了一座花山，蓬勃怒放的花山，层层叠叠，好像要把拱门压垮。来我家的客人，都喜欢站在拱门边拍一张照。

开园头两年，我家花园一年四季，次第花开，不仅有乔木系的黄桷兰、茶花、桂花、海棠花夹杂果树的桃花、梨花、李花；也有灌木的月季、茉莉、紫薇、杜鹃、栀子花、铁线莲；后来又在小径两边种了上百株绣球，竞相爆开，满地花团；就连寒冬腊月肃杀之季，还有一枝独秀的红梅和蜡梅，剪几枝插在大花瓶里，满屋生香。

四

首次打造的私家花园，虽然花多而杂，但基本上是看到什么就种什么，没有整体规划，更没有明显的个性和风格。

比如窗边的小叶榕树桩头，就是路过麓山大道的时候，看见福建人在路边叫卖，一时兴起，讨价还价花了1800元买回来，原以为不容易存活，结果却一直活得有滋有味。那时候，花园打造刚刚开始，园里的植物，除了即兴发挥买回来的，绝大多数都是园林公司配栽的大锅饭品种，基本上以红叶石楠等灌木为主，一排排修剪整齐，还有几个圆球的造型。等妻后来成了花痴，才从其他高级别花痴口中得知，这些都统称为市政植物，根本入不了个性化私家花园的法眼。

转变从黄同学的到访开始。作为花卉种植专家的他，一来就提了三点建议，说要引进“花园三宝（月季、绣球、铁线莲）”，月季要淘汰现有的老品种，换成欧月。还给了一个买欧月等花卉的网店，叫虹越园艺。黄同学一番指教，让妻一头雾水，啥子花园三宝哦？月季就是月季还分啥子欧月？园土泥巴就可以栽种植物还需要啥子基质？？？及至数年后她才明白，黄同学的这次来访，时间虽短却给她的后半生挖了一个很深的坑：花坑、园艺坑，让她不知不觉跳进去无法自拔。

黄同学走后，怀着对花园三宝的憧憬，妻开始上网淘宝。虹越园艺网店有铁线莲现货，她一口气就买了7棵，一株白色的冰美人，一株粉色的如梦，一株蓝光……最后一株叫小鸭，如今这7棵铁线莲除了有一棵送给了朋友，其他的都已经成为她园艺道路上的累累尸骨。

让她记忆深刻的是那一株冰美人，花如其名，洁白的花朵，叶片厚实而有质感，叶片上纹路清晰，淡黄色的花蕊点缀在叶片中间，一看就不是轻薄之辈，她把这一株冰美人栽在上层花园的花池中。初涉园艺，还不懂得需要给这株花配专门的基质，就在园土中挖了个小坑栽下去，之后的两年冰美人长势不错，花朵不多但每一片花瓣都洁白如玉、圣洁高雅。但在开过这茬花之后，没有任何征兆，冰美人两三天之内就枯死了，现在想来可能就是铁线莲的立枯病。后来几年，妻一直念念不忘这株冰清玉洁的美人花，然而美人一去不复返，彻底消失在花丛中，无影无踪。虽然日后也养过一些白色品种的铁线莲，但花型花貌再也没有冰美人那样的国色天姿。

第一次遇见欧月，还是在虹越园艺网店看见预售裸根苗的信息，顾不得价格昂贵，妻一下子又订购了7株欧月，当时也不懂是藤本还是灌木，也没研究有没有香味，花开一季还是多季，完全是凭自己对花型和颜色的喜爱来选择。如今查看购买记录，才一一知道花们芳名，分别是仲夏、蓝色梦想、罗宾汉、娇媚钢琴、诺瓦利斯、王妃，还有一株已经认不出也找不到名字了。妻有点佩服自己，一个花小白，连藤灌都分不清楚，居然敢在虹越一次买7棵裸根苗，在没有任何基质和指导老师的情况下，草草地用园土栽种了这批花。也许是缘分，收到这7棵月季刚好是2015年元旦这一天，新年大吉开门有花，又是顺丰送达，感觉这一年都会吉利顺遂，妻还嘚瑟地发了个圈。

好在虹越园艺的种苗的确质量不错，7棵月季裸根苗居然都被妻用园土栽活了。如今盘点一下至少有仲夏、蓝色梦想、王妃、诺瓦利斯、罗宾汉等5株都还健在，娇媚钢琴重修花园之前也在，施工的时候所有植物大挪动了几次，现在已不知在哪个角落或已仙逝了。妻决定善待这几株月季，不管是啥颜色啥花型，在新品种层出不穷的今天也一直保留这批花，给她们贵宾一样的礼遇，毕竟是第一次遇见的欧月，是花痴路上看到的第一片亮色。

五

随着逛花市和网上花店的次数越来越多，加入的花痴群越来越多，妻开始对花园里的市政植物越来越看不顺眼，连曾经心心念念喜欢得不得了的红叶石楠也不想要了。经过一番纠结，终于下决心处理院子里大众脸谱的市政植物。2016年3月，妻刚从美国回家，来不及倒时差，就拉上我到沙西线的花市，拉回来一大越野车的花毛茛、玛格丽特和蝴蝶兰小苗。我还亲自动手拔掉了窗边花台上的植物，栽了一片粉红色的玛格丽特。繁花璀璨，星星点点，确实比市政植物更梦幻。

于是妻手笔更大了，她干脆全部拔掉了花园楼梯通道处的红叶石楠和葡萄树，决定利用这个地方原有防腐木做的葡萄架，栽满月季和铁线莲。此时，她已能分清藤月和灌木月季了，又加入了成都著名的海蒂花园的花友群，认识了海妈的妹妹唐唐，去三圣乡与唐唐反复沟通，购买了一棵粉色的龙沙宝石，一棵大游行，搭配了3棵铁线莲，分别是乌托邦、蓝天使和包查德女伯爵。当时还缺乏等待的耐心，妻给唐唐提的要求就是要大苗，要立竿见影看到效果。第二天，唐唐喊了个司机兼花工送过来，帮忙栽下并进行了简单绑扎。这是妻第一次看到专业的花工栽种月季，挖了至少有50公分直径的坑，深度大约有60公分，这叫打窝子，坑中先垫一些专门栽月季用的泥炭土，再撒了很多美乐棵缓释肥，然后再把月季苗放进去，再填泥炭土，压紧实土再浇透水。工人栽花妻就在旁边默默地学习，把步骤一步一步记下来，慢慢地她也会栽花了。工人走的时候千叮万嘱要好好养护，并告诉她什么时候浇水，既不能少也不能多，十天半个月之后，出根了水土服了就好养了。

这一排棚架上除了在海蒂花园买的这几棵之外，妻还在虹越网店买了一棵詹姆斯·高威，黄同学从老家又送给她一棵灰色星期三，一共5棵月季3棵铁线莲，花了几大千人民币，妻这个一贯的财迷自然不敢懈怠，怕养死了心疼，一天看几遍，细心照料。好几个冬天，我都看见妻从农贸市场拉回来几大袋鱼肠，拌和以后埋进花园的土壤里，说是一种特殊的肥料。这几株花果然也没有辜负她，两三年时间就开出了一面耀眼的花墙。

詹姆斯·高威健壮抗病，长得非常快，只要冬天好好修剪横拉绑扎，再施一些冬肥，春天就会有密密麻麻数不清的花苞，淡淡的粉色，花朵多头直立，5年时间主干已经有8公分粗了。

而大游行花朵大，色泽艳丽，花后及时修剪，水肥跟上，秋天也还有一波漂亮的绽放。

遗憾的是，在花园二次改建过程中，这一面耀眼的月季花墙被改为素雅的风车茉莉，按照设计需要全部移栽别处，移栽的时候每挖一棵就像在挖妻的心肝。时值3月，正是月季打花苞的时候，先移走了大游行，再移龙沙宝石和灰色星期三，看到一棵棵长势健壮的月季被挖出来，剪掉全部花苞和大部分枝条，可怜兮兮迁移到角落，妻实在受不了，于是拼死抗争，她对设计师说，你要再移这一棵高威和铁线莲，干脆先把我杀了吧！能不能先让我把今年的花看了，冬天我自己来移栽。软硬兼施终于保留了高威和3棵铁线莲。

这一次移栽大大伤了花的元气，估计两三年之后才能恢复。可喜的是，大游行根系发达，移栽时可能还留了一点残根，今年春天居然在原来的地方又发出来细细的一枝，约60公分高，已经看到又有少量的花苞了。这或许正是天意，命不该绝，只有好好养护，等待它慢慢长大。

六

曾经有一段时间，我经常陪妻去白鹭湾花市，在那里她认识了小芳庭花圃的老板阿曼达。

阿曼达和我女儿同岁，毕业于四川农业大学，又曾到英国留学深造，一门心思只钻研园艺，已是骨灰级别的花神。妻和阿曼达一认识，就被她身上那股不折不扣的花痴精神折服。妻说，阿曼达完全不像一个经营苗木花卉和花园设计的生意人，而更像一位精通花卉品种和养育技术的专家，还像一位充满梦幻色彩的个人理想主义者，始终在打造她认可和期待的理想花园。因而，在对待客户的时候，阿曼达总是把自己的专业技术、风格偏好以至格局情调灌输给客户，而不是像市面上众多园林公司那样只迎合客户的要求，做成千篇一律大众脸孔。她追求的是高雅脱俗的品格，要的是与众不同的调性，因而只能是客户听她的而不是她迎合客户，如若不然，她宁愿不接这单生意。如果客户同意完全按她的思路办，她就像找到了知音，全心全意地投入，而对于价格、付款进度与方式，这些生意的基本要素，她全不在意，也从不计较。

阿曼达身上有一股拧劲，会让一般客户觉得不好沟通，但对于花痴们来说却能心领神会，明白她爱花胜过赚钱。已经进入花痴模式的妻，恰恰就服了阿曼达这包药。初尝养花的快乐，也让妻越发觉得我家的花园，根本就不算花园，而更像一个园林，过多的高大乔木，几乎覆盖了三分之二的面积，让她日渐提高的花艺简直无从施展，只有园子里的边边角角反倒满墙花开。时值2020年冬天，恰巧花园的水池坏了需要整修，妻与阿曼达一合计，不如趁机改造花园。由阿曼达担任总设计和监工，打造一个新花园。

阿曼达领了任务，没要一分钱的报酬，也不讲价码，果真就腾出了时间，一连数月天天坚守现场，指导花园改造的每一个细节。她并没有拿出一套完整的设计图纸，只是简单说了一下改建花园的思路，但妻心里非常清楚，一旦交给了阿曼达，那就意味着一切都得按她的思路办，因为她的心中早就装有一个理想的花园。

起初，我以为只是原有花园的部分改建，但随着施工进度的展开，我才发现，除了几棵大树，原花园几乎完全被推翻重建。

首先是大红大绿的花色品种，无论花开多么灿烂，都全部砍掉连根也不剩。我曾引以为傲的那些气势磅礴的三角梅一夜之间被砍了，爬满墙壁和拱门的月季被砍了，相拥而立形成遮阳伞效果的贴梗海棠被砍了，甚至连独自怒放的红梅、蜡梅以及桂花树也都被砍了。

其次是园子里原有的果树大多未能幸免。曾经的桃树、梨树、广柑、橘子、枇杷、荔枝、柚子树统统被砍，只留有一棵李子树移栽到墙边最远的角落做陪衬。

我发现，阿曼达的设计首先想消灭庸俗。在她看来，大红的三角梅，大红的月季，成片的红杜鹃，以及桃花、梨花之类，品种既不入流又很俗气，压根就不是个性化私家花园的菜，因而砍起来毫不心疼，目的就是坚决不让花园主景观有一朵大红花，破坏了品位。与此同时，她把能砍的乔木树种全部砍掉，让三分之二的地面敞开出来，形成绿地留白和多个种花节点，更适宜草本花卉生长。

阿曼达种花也不是单纯的种花，而是要打造“花境”。这个境是意境的境，非常美妙的一个词，足以让人无穷联想。每个种花的区域都由花卉草本搭配出一种意境，重要的节点她还精心挑选了一人多高的木绣球站在凉亭左边，四散撒开枝丫，没有树叶，只留下满树白色的绣球花，蓬勃呈现，仿佛把一生的精华全部奉献给春天。亭子右边，一棵斜依的红枫、遥望水池对岸的结香、溲疏和槭树，如同一群古装美女在嬉戏，又恰似山水画中的点睛之笔。还有水边垒石坡上倾泻而下的喷雪花，恍若花中之雪，生命只有那么一瞬，但却用诗的语言报晓春之声。这些都不仅是花境，更散发出一种悠远的禅意。所以，她在我家露台铁栏杆上缠绕了古朴的紫藤，如同挂起一排排紫色的花串。文化石的墙壁上则是满墙的风车茉莉，淡雅清香，含蓄无语，风吹过后才知道有多美。

我明白了，阿曼达心中理想的花园，首先是高雅脱俗。一样的品种丰富，一样的满园花开，如今已变成贵妇含蓄的微笑，而不再是春姑放肆的狂喜。从上层石梯走进花园，廊架的两边，一边是绿油油爬满石墙的雪藤，一边是竹篱笆上迎风开放的铁线莲。弯曲的小径两边，有月季林和美女樱群高低错落形成的花境，一年多次开花，地上繁星点缀，恰似从仙境中走来。

花园上层露台还有倾泻而下的蓝雪花，缠绕在树枝上的爬藤金银花和吊篮里的玉簪花，下层开阔的地面则保留了上百株茂盛的绣球，分布在小径两边、休闲椅旁、造型门、水池及草地上，这是整个花园唯一能开怀大笑的花朵，竞相盛开，最大的状如人脸。与绣球搭配成境的有洋地黄、蜀葵、大丽花、曼陀罗、波斯菊，以及金叶苔草、狗尾巴草，满眼都是花境，韵味各有不同。

除了地栽植物，妻还精心养育了一批盆栽花卉。印象深刻的是临高尔夫球道一百多米的矮墙上，初春会有一排盆栽一年生的郁金香，亭亭玉立的躯干，长圆形的花朵，如同精致的插花。4月及冬季，则有一排同样盆栽却花开两次的朱顶红，挺立的腰身上有一张傲娇的脸庞，传达出渴望爱与被爱的花语。此花又被台湾人称为孤挺花，意为任何情况下都要相信未来，如同迷茫中抬头看天，总有一颗闪亮的星星在指路。看一眼孤挺花，也能让人在灰心丧气时重塑信心。

的确，新建的花园，再也看不到三角梅和红月季大气磅礴的花海，如今每一处并不张扬的花境布局，都能让人慢下来，静下来。因为花园并不需要让人热血沸腾，而是让人淡定从容，慢嚼细品。

七

整个新花园建造，耗时数月，从10月动工，直到春节来临才基本完成。其中变化最大也最费力气的还不是软景，而是花园硬景。

阿曼达设计了一座很大气漂亮的欧式凉亭，成为花园的定海神针。先看了图片，由她请来的工匠——也是长期跟她干活的御用工匠，做出来的亭子竟然与图片一模一样。之前靠墙边的水池被移动到亭子前面，蜿蜒造型的池子全部用青色锈石片人工垒砌而成，一沾水则变成发亮的土黄。我和妻专门到双流一家养殖场买了几十斤各色金鱼，放进水池，顿显生机。但鱼腥味也引来了园外的野猫，趁无人时蹲守池边，过不了多久就被抓吃了一半，我们也不围栏和驱赶；而金鱼也繁殖力惊人，慢慢又看见有成群的小不点育苗冒出来，任其循环往复，原始生态，野趣横生。

园子里还靠高墙边修建了真正可以使用的欧式面包烤炉，冬日取暖的下沉式圆形坐台，还有童话色彩十足的树屋，围在最大那棵香樟树的下半腰身，底下是沙坑和秋千，这个地方成了两个小外孙每来必玩之地，耍沙，爬树屋，追赶草坪上飞舞的蝴蝶，不亦乐乎。

富有创意的还有香草吧台，面对高尔夫球道，以3根粗树桩为凳，以石片铺贴台面，上端的凹槽则种满婆娑的香草。坐在树桩凳上，放眼望去，以婆娑的香草为前景，远景的高尔夫果岭、水塘，更增添了几分迷人的梦幻。如果是在夕阳下，手持一杯红酒坐在这里细细品味，更会觉得人生有此情景，足矣。

阿曼达把院子里露出来的一部分土地垫高，用块状的乱石垒边，地面上是草坪和花境，石头边坡的缝隙里则长出来一些生机盎然的小花小草。下雨的时候，土黄的石头会变得油光闪闪，与缝隙里的小花小草组成软硬兼具、别有一番情趣的小品。

花园不是操场，层次分明更丰富多彩。两三步的台阶都采用专门切割的大鹅卵石面，自然堆砌成梯步，本身也成了一道景观。园子最低的平地，则将之前的艺术瓷砖铺地全部铲掉，代之以凹凸不平的乱石片随意组合铺装，石片与石片之间则长出绿油油的小草，浑然天成，仿佛这一片休闲区根本就不是人工打造。

园成，我正式给园子取了个名字，叫“好园”。最直白的意思就是我有一对儿女，刚刚能组成一个好字。隐含的意思还有，刚刚好可能就是人生的最好。三十多年前的蓉漂，如今已在这座城市扎下根来，开枝散叶，所有的挫折和不幸都已随风而逝，命运之神虽然没让我出人头地大富大贵，但也让我从此不再颠沛流离，一切安排都是恰到好处，如同我钟爱一生的这座叫成都的城市，总是能够让所有喜欢她的人感到安逸和巴适，而安逸和巴适，也就是不多不少，刚刚好。

附：麓山好园记

成都之南有麓山，虽曰麓山，实则无鹿无山。时运南来，忽有川商巨贾慧眼洞开，策蹇僻郊绘制鸿篇，浩浩然五千亩，浅丘起伏，植绿垒台，遂成高尔夫墅落，名之国际社区。

戊子年川地崩，患恐高症，遂置业麓山。当是时也，独钟翠云岭西南旮旯，非为房也，实为地也，向隅而围，竟一亩有奇。于是植香樟皂角金桂硕木，桃李杏梨果树十余，苗木草本百种以成私园。园中女主始爱花，遍交花痴以开花心，剪枝弄叶以过花瘾。晨暮不怠，身心具耽，然林荫所覆，虽千育万种而不尽展也。遂于己亥年冬一念顿生，毁园重建。有骨灰级花神通盘加持，一意制新，目不他瞩，肠不他回，口不他诺。日聚匠工数十，无图而作，随心所构。及百日余，造巨亭，亭前环一溪，溪水沿层磊而下，支壑回涡，石硇棱棱，其势峰峦簇陟。溪中清樾轻岚，滃滃翳翳；溪边灌木鬃丛，禽鸟啾唧；野趣之境，颓然碧窈。至于烤台炉峰、香草景吧、秋千树屋，篝火坐池，皆结构功雅，具添情志。尤劈敞地过半，袒胸沐阳，垒坡石径，砌墙搭架，专侍奇花异卉。园中木、藤、草本百花，皆错杂莳之，物归所候；浓淡疏密，葮动以时。色色自觅，近爆眼球，远旷胸襟。女主曰：花通人性，园在心中。樵叟拙院，虽非显贵刺而出门钥，然妻梅之人磨心精剔，亦使入园者无憾矣。是为记。

后　记

用时间给成都写情书

我和成都的缘分，仿佛是上天注定。

22岁之前，成都之于我还是那样遥不可及，只在电影屏幕里见过。当时不理解那些比我条件好的幸运儿，去了成都回来说每天要坐公交车好累，我的第一反应竟然是好可惜啊，那不是一闪而过浪费机会吗？这说明我对于大城市到底有多大，完全没有切身感受，更无法想象；也说明我太向往大城市，而不能身临其中。脑子里只有一个愚蠢的想法是，有朝一日我去了成都，一定要挨个挨个走，把每一条街都看够。

这一天终于来临。1985年9月7日清晨，当我随着拥挤的人流，从火车北站的地下通道冒出地面，我的整个身体和灵魂都如遭电击，刹那间目瞪口呆，吐出两个字：天啊！

我从来没见过如此巨大无边的城市广场，大过我22年所有曾经想象的总和。坐在慢悠悠的边三轮上，一路向南，整个宽广笔直的人民南路，长过我22年小城生活的岁月。我就像刚出

生的婴儿，满脸惊奇地打量这个全新的世界，每一条街道、每一棵树、每一盏灯、每一栋房子、每一辆车，以及蚂蚁般密集的自行车群，都让我新鲜兴奋。我像山泉里流出的一滴水，瞬间融入了滔滔大河，立即被这条大河吞噬，奇怪的是，我竟然没有半点陌生和孤独。

到成都第一天，我就有了回家的感觉。

几年后，我曾无数次从北京飞临成都双流机场的上空。当飞机开始下降，总会从晴空万里穿进一层厚重的乌云，然后在湿漉漉又灰蒙蒙的低空中，看见一片或明或暗的灯火。下了飞机，朦胧夜色中的机场路，十几分钟就把我带回家里。这时候，我会突然觉得成都其实很小，小到只相当于北京的一个角落。

可当我再次像一滴水，流入北京这条更加辽阔的大河，我却根本找不到瞬间融入的感觉。我在北京工作了几年，完全有更多的机会，更大的发展空间，但我不仅没有瞬间融入，而且时间越长，越发想回成都。北京是大，但大到让我感到陌生和孤独，大到让我无所适从。只有回到成都，我才如鱼得水。

20年后，我又飞到了世界上最牛的超级大都市纽约，这里被称为全世界的心脏。摩天大厦如同森林般高耸，曼哈顿的高科技产品和奢侈品琳琅满目，呼风唤雨的华尔街金融中心，灯火璀璨夺目的时代广场，还有迷人的中央公园、百老汇歌剧院、博物馆、图书馆……全世界的金融、技术、人才、产品和商业、文化、艺术都扎堆汇聚在这座特大型魔幻都市。我的女儿恰好在这里读大学、读研，她如果留在这个地方，这里会不会就是我晚年的归宿？

我居然没有心动。女儿也没有心动。与我当年第一次到成都不同，女儿这一滴水，也未能融入纽约这条大河。她在纽约待了6年，始终感到陌生和孤独，所以无所适从。又过了几年，轮到送儿子去美国留学，我花了更多的精力和心思，尤其是陪读妈妈待在美国那一段时间，我也曾动过一丝念头，在美国做点事情，安一个家，晚年好到美国养老。但盲目迷信美国法制健全、人人遵纪守法的结果，却让我做的几件事都上当受骗，留下惨痛的教训。美国并非那么美，虽然科技发达、国力强大，但终究不是我的归宿。

人到中年，才有机会看见我的族谱，搞清楚从简阳飘落到达州，又客死在宜宾的我爷爷一族的前世今生。原来我的祖辈是700年前的元朝末年，江西进贤县大户人家的一支，因躲避战乱祖孙三代跋山涉水迁移到湖北麻城，又继续迁移到宜宾大塔，在这里安家落户，历经五世。到了明永乐中年，大约1415年，樊氏三兄弟分家，老大留在宜宾大塔；老二迁移到成都宣化镇罗林沟，再迁移到简阳；老三迁移到仁寿。他们分别又成了宜宾、简阳、仁寿樊姓的始祖。我爷爷则属于简阳一支，如今已成为当地大姓，十多万人。查看族谱，方知我的祖先早在600多年前就已经在蓉漂了，虽最终落户简阳，但简阳在600年后也终究划归了成都。冥冥之中，作为流落在达州的简阳后裔，我一到成都就有回家的感觉，死磨硬缠、费尽千辛万苦也要留下来，是不是有某种天意？

我喜欢成都，不止一见钟情，而且还抵制了其他花花世界的诱惑，甘愿与这座城市终生相守。这，又是为何？

想起8年前满50岁的时候，我出了一本人生感悟的小书《烦人白话》，书的前言标题叫《可以了》。一晃又将近10年，在人生即将满一个甲子的时候，我想在“可以了”的后面，再加上三个字：“刚刚好”。

“刚刚好”不是刚刚才只有一点点好，这样还会有太多的欠缺和遗憾，让人还无法说出“可以了”。刚刚好也绝不是巨好和爆好，追求大权在握名利双收，样样出人头地贪无止境，这样的人永远都不会说“可以了”。我想说的“刚刚好”，是不多不少，恰到好处的好；是既能吃苦又会享受、劳逸结合的好；是追求所获与德行相配的好；是既有满足感又不会招惹祸事的好。“刚刚好”才是真的好，也是最好。这似乎成了我向往的人生境界。

所以说到“可以了”，目标正是“刚刚好”；而做到了“刚刚好”，才最懂得说“可以了”。草根的生长过程中，最容易受到大肆泛滥的所谓励志教科书的误导。因为现实生活中，不是每个人都能爬上金字塔尖，也不是每个人都能复制顶尖人物的成功，那么又何必让每个人一开始就非要志存高远呢？泥土中的草根可以抬头仰望星空，但目标并非对应天空中的某一个制高点，而更应该瞄准向上扩展的那一大片空间。在相对广阔的空间里，有持续不断的自我进步，日积月累的自我提炼，拾级而上的步步高升，只要恰到好处，真的就“可以了”。立意确实不高哈，立意高请看杰出人物成功秘籍的葵花宝典，太多太多了。普通人如何自我改进，底层草根何以破土生长的过程，很少有人记录，也难登大雅之堂。但芸芸众生之中，每个普通人又分明都在用自己的方式阐释“可以了”的含义，每个人都期望大胆追求自我努力的“刚刚好”。

如同我飘荡植根的这座城市。不小不大、不急不慢、不累不懒，一切适中，恰到好处，也正是“刚刚好”。小地方的人向往她的发展空间，特大都市的人又羡慕她的舒适安逸。看似隐逸实则进取，看似悠闲实则充实的生活方式，让各色人等都能在这里感受到生活的美好，不管从哪里飘来的每一滴水都能轻松融入她的怀抱。所以她才成为一个来了就不想走的地方，成为打工者的尽头、爱情开花结果的目的地。成都，已是全天下公认最安逸的地方。在最安逸的地方造一个安逸的窝，活出人生的种种安逸，还有什么比之更安逸呢。因此，我走遍世界，最终还是只对成都情有独钟，愿意用一生的时间为成都写情歌，不仅因为有天意的使然，更因为她确实最适合我——一个没有野心又追求上进、努力奋斗又享受生活的普通底层草根，在这里活出“刚刚好”。

因为我知道，不是所有的草根都能长成参天巨树，但每棵草根都有属于自己的开花季节。在不同的气候条件下，寻找最适合生存的土壤，默默努力，顽强生长，为这个社会留下各种平凡而灿烂的笑颜，也是草根的荣耀。

2022年1月8日 记于好园